文字的祕密

從甲骨文、羅賽塔石碑到表情符號，
重新認識文字穿越時空的演變史

安德魯・羅賓森
Andrew Robinson

作者的話

謹將本書獻給鼓勵我閱讀的母親

創意十足的電視製作人雷平（Brian Lapping）讓我得以在1989至1990年間進行文字系統的研究。我由衷感激。

沒有人是精通本書討論所有文字系統的全才。我自己則稱不上任一系統的專家。因此我必須仰賴真正專家的傑作，相信他們都不會滿意我對這些極複雜、極微妙議題的總結。我試著一一納入他們充滿洞見的批評，但一定要強調——比一般的作者更斬釘截鐵地強調——如有任何錯誤，都是我一個人的責任。

我要誠摯地感謝查德威克（John Chadwick，解讀線性文字B）、寇伊（Michael Coe，破解馬雅的密碼）、約翰·德范克（John DeFrancis，華語和看得見的語言）、帕波拉（Asko Parpola，譯解古印度文字）、昂格爾（J. Marshall Unger，第五代的謬論）詳盡的評論和鼓勵。也要感謝芬柯爾（Irving Finkel）、安德魯斯（Carol Andrews）、馬汀（Simon Martin）、波斯蓋特（Nicholas Postgate）、班尼特（Emmett Bennett）、布朗（Ann Brown）、休士頓（Stephen Houston）、拉森（Mogens Trolle Larsen）、馬哈迪凡（Iravatham Mahadevan）、帕森斯（David Parsons）和瑞伊（John Ray）提供資料。

在日文方面，Tetsuo Amaya給予可靠的協助和豐富的想像力；他也提供數個日本文字的範例。杜達（Krishna Dutta）則提供孟加拉文的範本。

在麥可·文特里斯和線性文字B的譯解方面，我要感謝文特里斯的專家、親眼目睹他在1936年開始執迷線性文字B的杭特（Patrick Hunter）；見證文特里斯1952年突破時刻的BBC廣播製作人史密斯（Prudence Smith）；以及文特里斯的友人、同為建築師的考克斯（Oliver Cox）。杭特親切地給我一些文特里斯的親筆手稿，我會永遠珍惜。在寫這本書的時候，我一直覺得是文特里斯開闊的思想和旺盛的求知精神鼓舞我竭盡所能。

■第1頁：龐貝壁畫《讀書的女孩》，西元79年以前，義大利那不勒斯國立考古博物館。攝影：Scala Florence

■第2頁：一幅埃及壁畫的細部。攝影：John Ross

目錄

序

文字是人類史上最偉大的發明之一，或許沒有「之一」，因為正是文字創造了歷史。文字是多數寫字的人視為理所當然的技能。我們在學校學習，以字母或中文字（如果住在中國或日本）為基礎，成年後卻很少靜下來思考，是什麼樣手腦並用的過程將我們的思想轉化為紙上或螢幕上的符號，或電腦磁碟裡的資訊位元。很少人能清楚回想，我們是怎麼學會寫字的。

一頁我們完全無法理解的外國文字，會強迫我們憶起這個學習成就的本質。失傳的文字，例如埃及象形文字或古代近東地區的楔形文字，在在讓我們覺得神奇。這些四、五千年前的先人是怎麼學會書寫的？他們的符號如何代表語言和思想？在沉寂數千年後，我們要怎麼譯解（或試著譯解）那些符號呢？今天的文字系統和古文字的運作方式截然不同嗎？中文字和日本字又是如何——像古代的象形文字嗎？象形文字比字母具優勢嗎？最後，最早開始寫字的是什麼樣的人？他們讓什麼樣的資訊、思想和情感成為永恆？

這本書試著回答上述問題。它涵括諸多文化、語言和人類發展的幾乎所有階段；它向各門學科汲取思想與知識，包括人類學、考古學、藝術史、經濟學、語言學、數學、政治與社會史、心理學和神學；它還涉及文學、中世紀和文藝復興的手稿、書法和印刷術。雖然涉及層面甚廣——文字的影響是如此深遠——這本書卻不是在描述歷史。它並非追溯文字從最早到今天的發展；也未提及過去到現在每一種重要的文字（那實在太多了）。本書更像是一部文字的紀錄：主要古文明使用的文字、我們今天使用的主要文字，以及把兩者結合起來的基本原則。因為古文字其實並非已經「死掉」的文字，也不只是深奧難解的骨董。基本上，我們在21世紀書寫的方式，和古埃及人並無二致。這就是本書背後多少令人訝異，卻相當簡單的概念。

■沒有文字就沒有歷史。在所有文明中，抄寫員都是文化的傳遞者，也是最早的史學家。圖中是西元10世紀中國新疆焉耆寺院的佛教抄寫員，他們對中國文明的重要性一如中古歐洲的僧侶和古埃及的抄寫員。

■文字用於宣傳。
西元前1285年前後加低斯戰役（battle of Kadesh）前夕，埃及法老拉美西斯二世（Ramesses II）討論攻打西台的計畫。拉美西斯稱埃及大獲全勝，但據西台銘文記載，西台才是勝方。

文字的功能

　　一般認為書寫和識字是善的力量。不用說，有讀寫能力的人獲得成就的機會比文盲來得大。但綜觀文字的歷史，雖然沒那麼明顯，但文字的傳播實有其陰暗面。文字用於記述事實，也用於撒謊；用於教育，也用於欺騙和剝削；用於擴展心靈，也用於僵化思想。

　　蘇格拉底透過埃及神托特（Thoth），即文字發明者的故事，指出我們對文字的矛盾心理。托特觀見國王，希望以此啟迪人心的發明獲得王的賜福。王告訴托特：「你，文字之父，已被情感蒙蔽，賦予文字與其本性恰恰相反的力量……你發明的不是記憶的靈丹，而是回想的妙藥；你給予弟子智慧的表象，而非真實的智慧，因為他們可以在乏人指導下閱讀很多東西，好像知道很多事情，實則多半蒙昧無知。」在21世紀充滿文字資訊，被速度驚人、方便又強勢的資訊科技層層包圍的世界，這些古代的話語儼然成為現代的警言。

　　政治領導人始終將文字用於宣傳。雖然從巴比倫黑色玄武岩上的《漢摩拉比法典》到1990年代伊拉克的標語和告示牌，時間相隔近四千年，且使用完全不同的文字，傳遞的信息卻大同小異。漢摩拉比自稱「偉大的王、巴比倫王、亞摩利王、蘇美和阿卡德之王、世界四方之王」；他承諾，遵守他的律法，人人都能獲益。H・G・威爾斯（H. G. Wells）在著作《世界簡史》（*Short History of the World*）中寫道：「文字，將協議、法令、戒律記錄下來。讓國家的成長得以大於古老的城邦。神職人員或國王的命令和印信，可遠及其視線與聲音所不能及，也能在他死後長留於世。」

沒錯，令人遺憾地，巴比倫人和亞述人的楔形文字、埃及的象形文字和中美洲馬雅人刻在宮殿和寺廟壁上的字符，用途一如蘇聯史達林歌頌列寧的海報：提醒人民誰是老大，他的勝利有多偉大，他的權威是如何高高在上。埃及卡納克一座神廟的外牆上，刻著西元前1285年前後拉美西斯二世對西台發動的加低斯戰役的圖像。象形文字記述法老與西台國王的和平協定，並頌揚埃及出師大捷。但西台帝國首都波亞茲柯伊卻有同一份協定的不同版本，把這場戰爭歸為西台人的勝利！

對不朽的強烈欲望向來是為文者最重視的東西。例如，數千片已知為伊特魯里亞人所寫的碎片中，絕大多數是葬禮用的銘文。我們可以讀出死者的姓名、死亡日期和地點，因為那些是用希臘字母的一種變體寫成；但對於這支

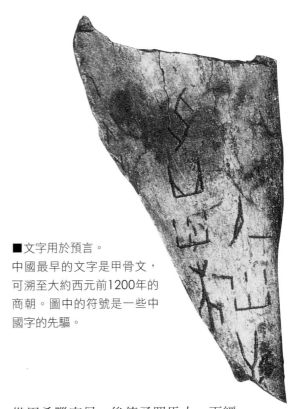

■文字用於預言。
中國最早的文字是甲骨文，可溯至大約西元前1200年的商朝。圖中的符號是一些中國字的先驅。

借用希臘字母、後傳予羅馬人，再經由羅馬人之手讓這種字母傳遍歐洲的重要民族所使用謎一般的語言，我們所知大概就只有這樣。譯解伊特魯里亞的語言就像只靠讀墓碑學英文一樣，無非緣木求魚。

文字的另一個用途是預測未來。所有古代社會都對未來倍感煩擾。文字讓他們得以用符號記下縈繞心頭的憂慮。馬雅人的預言記錄在樹皮紙上，那以繽紛的色彩精心繪製，並用豹皮綑綁成冊；預言是以成文的曆法為基礎，複雜到可溯至五十億年以前，比目前科學推算的地球年齡還久遠。另一方面，在中國，在青銅器時代的商朝，對未來的疑問則寫在龜甲和牛骨上，稱為「甲骨」。甲骨放在燃燒的木頭上烤到裂開，占卜者會依裂紋的形狀解釋意義，再把問題的答案刻上去。之後，實際發生的事可能也會補記在甲骨上。

■文字用於身分證明。
這些約西元前2000年印度河文明的石頭印章，雕刻精美，但是迄今無人能解，可能做為簽名畫押或財產的記號。

當然，多數文字是用於相對世俗的目的，例如提供相當於古代的身分證明或財產記號的作用。圖坦卡門（Tutankhamun）墓裡的物品，從華麗的王冠到最小的盒子，都被發現刻有其名號的「王名框」（cartouche，古埃及環繞法老和神明名號的橢圓形裝飾）。任何古代統治者都需要個人的印鑑在泥板和其他銘文上用印。商人或其他財產所有權人亦如是。（在現今的日本，蓋印仍是簽署商業和法律文件的標準程序，一般不用西式簽名。）遠至美索不達米亞、中國和中美洲都有這樣標記名字的習慣。西元前2000年前後盛極一時的印度河文明，其石頭印章更是引人入勝：不僅雕工精緻──描繪神祕獨角獸等主題（見144頁）──上面的符號迄今仍無從譯解。不同於巴比倫的文字，印度河流域的書寫形式並非見於牆上的公開銘文。那些石印被發現散落在「首都」的房舍和街道周圍，可能是用細繩和皮帶串起來，做為個人的「簽名」或標示這個人的辦公處所或隸屬的社會或職業團體。用於記帳的文字遠比印章和標記常見。史上最早的文字，刻在美索不達米亞蘇美人泥板上的符號，列著原料和產品（如大麥和啤酒）、勞工及工作、田地及所有權人、神廟收支等清單──全都與生產水準、交貨日期、場所和債務的計算有關。大致來說，已譯解的歐洲最早文字：在荷馬時代前的希臘和克里特島、用線性文字B刻寫的泥板，用途雷同。1953年總算解讀成功的線性文字B泥板就是一份存貨清單，記著各種大小和柄數的三足鼎（其中一只的腳被燒

■文字用於記帳。
西元前8世紀末，兩名亞述戰士在戰後相互問候，兩個抄寫員在記錄陣亡人數。前面的抄寫員用毛刷在紙草上寫官方的亞蘭文：一種字母文字。他蓄鬍的同事則在泥板或蠟板上寫傳統的楔形文字。

毀）和高腳杯。

文字的起源

　　儘管在現存的古埃及、中國和中美洲文字
之中，與記帳有關的相當少見，但現今多數學
者相信書寫是從記帳開始的。引述一位早期蘇
美泥板專家的話，文字發展是「經濟擴張造成
需求大增的直接結果」。換句話說，在稍早於
西元前3000年的某個時期，美索不達米亞早期
城市的貿易和行政管理就已複雜到某種地步，
使統治菁英的記憶力有未逮。以可靠而固定的
形式記錄交易成了必要之事。接下來，行政官
員和商人就可以說「我要把它記下來」和「我
可以把它寫下來嗎？」之類的話。

　　但這無法解釋文字是如何從非書寫形式
之中冒出來。過去盛行的「神啟」概念直到18
世紀啟蒙時代才被源於圖形的理論取代。一般
認為最早的書寫符號原為圖示，是用圖畫代表
具體的物件。有些學者相信文字是西元前3300
年前後烏魯克城（《聖經》中的以利〔Erech
〕）某個不知名的蘇美人刻意探究的成果；另
一些學者則相信這是團體的成就，可能是一群
聰明官員和商人的傑作。還有些學者認為文字
完全稱不上發明，只是偶然的發現。許多人視
之為長期演化的成果，而非「靈光一閃」。一
個流傳甚廣的理論主張文字是從一種行之有年
的陶製「籌碼」計算系統發展出來（這種實際
用途不得而知的「籌碼」在許多中東考古遺址
都有發現）：根據這個理論，用形狀類似那些
籌碼的二維符號取而代之，是邁向文字書寫的
第一步。

　　無論如何，要發展完整、成熟的書寫——

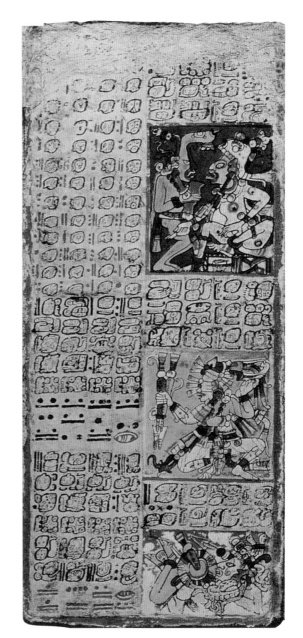

■文字用於曆法。
西元15世紀前後《德勒斯登抄本》（*Dresden
Codex*）的一頁記載了馬雅的日期。馬雅人使用一
套複雜精密的曆法。

而非北美印地安人和其他民族有限的純圖形文
字——必備條件是找出「畫謎原則」（rebus
principle，亦稱同音隱語原則）。這就是圖形

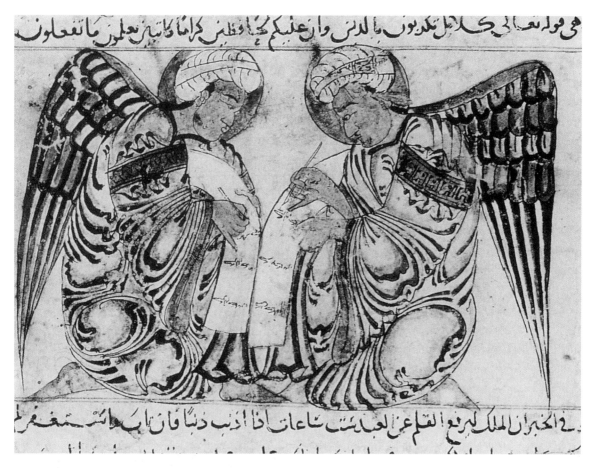

يم مولعا فم اكن لل لل يكدببون ما اللنس كما لكيس علينكم كتلا تعلمون

يخ الخبران الملك ليرقع القلم عن لحديث ساعات اذا اذنب اب كان يل تعغفر

■宗教的文字。

1280年卡茲維尼（al-Qazwini）有圖案裝飾的手稿中，天使在記錄人的善行和惡行。阿拉伯文字在伊斯蘭世界備受尊敬，因為《可蘭經》被視為神的真言。

符號可用來表示聲音的根本概念。例如，在古埃及的象形文字中，因為「貓頭鷹」一詞本身帶有m音，一隻貓頭鷹的圖案可能代表有m的子音；而在英文中，一隻蜂（bee）和一片葉子（leaf）組成的圖案（假如有人想這麼做的話）可能代表「belief」一字。

文字的發展

一經發明、偶然發現或演化——隨你怎麼想——文字就從美索不達米亞傳遍全球了嗎？

最早的埃及文字始於西元前3100年，印度河文明、克里特島、中國和中美洲最早的文字則可分別溯至西元前2500、1900、1200和600年（皆為大略的時間）。據此推斷，文字書寫（而非特定圖文符號）確實是從一個文化逐步傳播至遠方文化的概念看似合理。印刷的概念花了六、七百年才從中國抵達歐洲，紙的概念更久；為什麼書寫不可能經歷更漫長的光陰才從美索不達米亞傳到中國呢？

然而，因為缺乏扎實的證據證明文字概念

的傳播（即便是距離近得多的美索不達米亞和埃及文明也無實據），大多數學者傾向認為，文字書寫是在各大古文明獨立發展。樂觀的人，至少反帝國主義者，會想要強調人類社會的智慧和創造力；悲觀的人，史觀較保守者，則多半認定人類寧可墨守成規、陳陳相因，迫不得已才會創新。針對希臘人為何要借用腓尼基人的字母，再增加腓尼基文字不具有的母音，後者是專家較屬意的解釋。

某些文字無疑有借用的情況，例如古羅馬人借用伊特魯里亞的文字、日本人借用中文字，以及在我們這個時代，土耳其人（在阿塔圖克〔Kemal Atatürk〕執政時）廢除阿拉伯文字改用拉丁文字。被借用的文字會做些變化，因為有些新語言的讀音並不存在於文字被借用的原語言（所以Atatürk的u上面要加變音符號）。當兩種語言相當接近時，這個概念很容易理解，但當兩種語言天差地遠，例如日文和中文，事情就棘手了。為設法解決中日文之間的差異，日本文字有兩套完全不同的符號系統：漢字（數千個）和表示日語基本讀音的音節符號，即假名（約50個）。因此，一個日文句子常混雜漢字和假名，而被公認是世界最複雜的文字系統。

文字、說話和語言

一般識字能力的歐美人必須能辨識和書寫約52種字母符號和其他雜七雜八的符號，如數字、標點及+、&、£、$、2等代表「整個字」的語義符號（這些有時被稱為表意符號）。反觀有一般識字能力的日本人則要認識及能書寫約兩千個符號，受過高等教育的日本人更要熟知五千多個符號。歐美和日本的情況看似南轅北轍，但事實上，兩者的相似處比乍看下多。

與多數人，包括某些學者的想法相反，所有書寫系統完整的文字——即「可用於傳達一切思想的圖形符號系統」（引述美國傑出漢學家約翰・德范克的話）都是依循一套基本原理運作的。不論是字母或中國、日本的文字，皆使用符號來代表聲音（即表音符號）；所有文字系統也混雜使用表音和表意符號。差別在於——除了符號的外觀——表音和表意符號的比例。比例愈高，就愈容易猜測一個字的發音。英文的表音表意比很高，中文則很低。因此英

■借用文字。

從古到今都不乏文字借用的情形。在土耳其，阿塔圖克在1928年以羅馬字母取代阿拉伯文。圖為他親自教授新文字。

盧恩字母，西元2世紀

愛琴海文字
線性文字A（克里特島），西元前18世紀
線性文字B（克里特島和希臘），約西元前1450年
希臘字母（克里特島、希臘和西土耳其），約西元前750年
西台象形文字，約西元前1450年

伊特魯里亞字母，約西元前700年

日本文字，西元5世紀

中國字，約西元前1200年

薩巴特克／米斯特克文字，約西元前600年

婆羅米字母，約西元前250年

馬雅象形文字，約西元前250年

埃及象形文字，約西元前3000年
腓尼基字母，約西元前1000年

古印度河流域文字，約西元前2500年

美索不達米亞楔形文字，約西元前3100年

復活節島文字（朗格朗格），時間不詳

■文字的起源。

文拼字表現的英語讀音，比中文字表現「普通話」讀音來得準確；芬蘭文拼字表現的芬蘭語讀音，又比英文來得準確。芬蘭文字表音的程度最高，中文（及日文）的表音效率則非常低。

中國和日本文字之難學是不可否認的事實。在日本，1950年代中期出現的青少年自殺高峰期似乎與戰後大力推廣平民教育、要大眾使用不下數千字的完整日文字有關。中國人和日本人得比西方人多花好幾年的時間才能達到閱讀順暢的境界。

話雖如此，仍有數百萬西方人學不會讀寫。日本的識字率高於西方國家（雖然可能沒有該國聲稱那麼高）。日文字的錯綜複雜並未

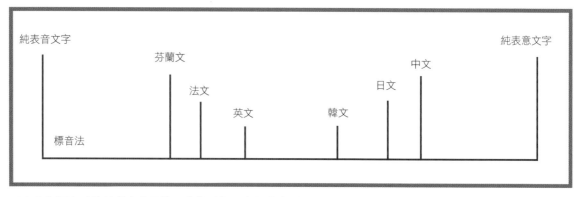

■文字和語言（依德范克和昂格爾的觀點）。各種書寫系統按照一種純理論的連續統排列，從純表音向右排到純表意：芬蘭文最能有效表音，中文則最不能表音。

■1960年代中期中國的文化大革命。毛澤東主張，理想上，他要徹底廢除中國字，以便上億不識字的中國人，能透過拉丁字母學會讀寫，但保守派強烈反對。爾後在文革期間，紅衛兵大肆破壞拉丁字母的標誌。（編注：因為認為是來自西方的污染。）

妨礙日本成為經濟強權，也沒有致使他們揚棄中文字，而改用以既有假名為基礎、數量少得多的符號集──雖然理論上可行。

現代象形文字

那麼，「字母系統較有效率」的強烈主張可不可能是被誤導的呢？假如字母式文字能包含更多代表整個詞語的表意符號，就像中國字和日本字和（程度較輕的）古埃及象形文字那樣，讀寫也許更輕而易舉？人們為什麼需要也想要創造以「聲音」為基礎的文字呢？對於讀寫的實際過程，聲音究竟有何意義？

我們只需環顧四周，就會發現「象形文字」正捲土重來──公路旁、機場裡、地圖上、天氣預報中、服飾標籤上、電腦螢幕上和電子商品上，包括文字處理機的鍵盤上。簡單的「→」代替「游標向右移」。那些象形符號告訴我們哪裡不可以超車、最近的電

話在何處、哪條是高速公路、明天可不可能下雨、該（及不該）怎麼清潔某件衣物，以及該怎麼將影片倒帶。有些人，從17世紀哲學家暨數學家萊布尼茲（Leibniz）開始，甚至猜想我們可以發明一整套舉世通用的書寫語言。那可獨立於世界所有口說語言之外，僅需仰賴一些高水準哲學、政治和科學交流的必要概念。既然音樂和數學辦得到，這些人想──為什麼不能更普遍呢？

　　本書將說明為什麼那樣的夢想，雖然看似吸引人，卻永遠不可能實現。讀寫與話語息息相關、密不可分，不管我們的嘴唇動了沒有。沒有聲音的介入，中文字並無法讓人心領神會，儘管數百年來中國人和許多西方學者聲稱可以。古埃及的象形文字也是如此，雖然他們的符號如此優美，雖然我們確實可以辨識出符號描繪的人民、動物、物品和自然世界。

　　亞里斯多德把語言──他的意思包括口說和書寫語言──的最小單位稱作「gramma」。現代語言學的奠基者斐迪南・德・索緒爾（Ferdinand de Saussure）則說語言或可比擬作一張紙。「思想是紙的一面，聲音是另一面。就像不可能只拿剪刀剪紙的這一面而不剪另一面，我們也不可能把語言的聲音從思想離析出來，或讓思想和聲音分開。」我們才剛開始了解說話的心智過程，對於讀寫的心智過程了解得更少，但或許可以肯定地說：完整的書寫不可能脫離說話；文字，以及運用文字的書寫系統，聲音和符號缺一不可。

文字發展編年史

冰河時期 （西元前25000年後）	原始文字，例如用圖形符號傳達意思，開始使用
西元前8000年後	開始有陶製「籌碼」作計數使用，中東
西元前3300年	蘇美人刻寫的泥板，伊拉克烏魯克
西元前3100年	楔形文字的銘文出現，美索不達米亞
西元前3100至前3000年	象形文字的銘文出現，埃及
西元前2500年	古印度文字出現，巴基斯坦／印度西北部
西元前18世紀	克里特線性文字A出現
西元前1792至前1750年	巴比倫王漢摩拉比統治時期；將法令刻於石碑
西元前17至前16世紀	已知最早的字母，巴勒斯坦
西元前1450年	克里特線性文字B出現
西元前14世紀	楔形文字字母的銘文，敘利亞烏加里特
西元前1361至前1352年	埃及圖坦卡門統治時期
西元前1285年前後	拉美西斯二世和西台人雙方慶祝加低斯戰役勝利
西元前1200年	中國甲骨文出現

西元前1000年	腓尼基字母銘文出現，地中海地區
西元前730年	希臘字母銘文出現
約西元前8世紀	伊特魯里亞字母出現，義大利北部
西元前650年	從象形文字演變而來的世俗體銘文出現，埃及
西元前600年	圖形銘文出現，中美洲
西元前521至前486年	波斯王大流士統治時期；創造貝希斯敦銘文（譯解楔形文字的關鍵）
西元前400年	愛奧尼亞字母成為標準希臘字母
約西元前270至前232年	阿育王用婆羅米和佉盧文字創造石刻法令，印度北部
西元前221年	秦朝「書同文」
約西元前2世紀	造紙術發明，中國
西元1世紀	《死海古卷》，用亞蘭／希伯來文寫成
75年	最晚使用楔形文字的銘文
2世紀	盧恩銘文出現，北歐
394年	最晚使用埃及象形文字的銘文
615至683年	帕卡爾，馬雅古典時期邦帕倫克城邦統治者，墨西哥
712年	《古事紀》，日本文學最早作品（使用漢字）
800年以前	印刷術發明，中國
9世紀	西里爾字母發明，俄羅斯
1418至1450年	朝鮮世宗統治時期；發明韓文字母
15世紀	活字發明，歐洲
1560年代	迪亞哥‧德‧蘭達記錄馬雅「字母」，猶加敦半島
1799年	羅賽塔石碑出土，埃及
1821年	塞闊雅發明卻洛奇字母，美國
1823年	商博良譯解埃及象形文字
1840年代以後	羅林森、辛克斯等人譯解美索不達米亞楔形文字
1867年	打字機發明
1899年	甲骨文發現，中國
1900年	伊凡斯發現克諾索斯遺跡，並鑑定出克里特島線性文字A及B
1905年	皮特里發現原始西奈銘文，西奈半島沙拉別艾卡錠
1920年代	古印度文明出土
1940年代	電子計算機發明
1948年	希伯來文成為以色列國語
1952年	文特里斯譯解線性文字B
1950年代以後	馬雅字符譯解
1958年	中國引進拼音系統
1980年代	文字處理機發明；書寫電子化
1990年代	網際網路的出現，改變了訊息取得的方式

■瓜地馬拉亞洛克出土的陶瓷
　花瓶，描繪一個神話場景。

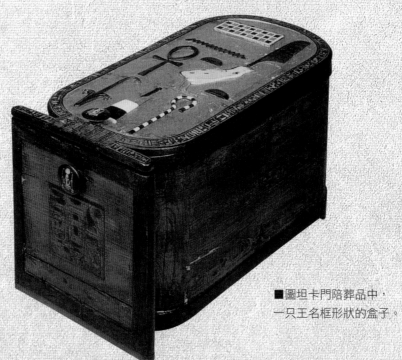

■圖坦卡門陪葬品中，
　一只王名框形狀的盒子。

I

文字是如何運作的

　　兩百年前，沒有人知道如何解讀埃及象形文字、美索不達米亞楔形文字或馬雅的字符。事實上，多數學者懷疑這些文字能否像字母文字那樣解讀。他們推測那些奇特的符號是代表概念和思想，或許崇高而神祕，而非某種曾經使用過的語言的聲音。

　　今天，我們可以解讀這個繪有古馬雅神怪場景的精美陶罐上的許多圖形符號，以及這只圖坦卡門的盒子上每一個黑檀木和著色象牙鑲成的象形文字。我們也知道，雖然看似奇怪，但這兩種古文字的基本運作原理，實與我們的字母十分類似。

　　要了解這是怎麼回事，必須先理解我們自己的文字是如何表音及表意。我們一般不使用那些明顯像圖畫的符號，不同於埃及的象形文字、蘇美人泥板上的符號，或冰河時期歐洲和岩洞壁畫一起出現的那些意義不明的記號。圖畫在文字演進的過程究竟扮演何種角色？已知最早的符號可以視為文字嗎？文字的精確定義又是什麼？

第一章　解讀羅賽塔石碑

■羅賽塔石碑，譯解古埃
及象形文字的關鍵。

古典時代對埃及的印象

羅賽塔石碑或許是世界最知名的碑文。它在1799年於埃及出土，使埃及象形文字得以順利解讀。要理解象形文字和字母之間的異同，最好的辦法或許就是跟著羅賽塔石碑的譯解過程走。

讓我們回到兩千多年前，回到古希臘羅馬，以及經歷三千年文明、已逐漸沒落的古埃及。羅馬和希臘人，特別是後者，以混雜輕蔑和崇敬的矛盾眼光看待古埃及：既輕蔑埃及的「野蠻」，又崇敬它的智慧和古老。埃及的方尖碑被傳到羅馬，成了威望的象徵；今天，羅馬仍聳立著十三座方尖碑，反觀埃及境內只剩四座。

古典時代的學者一般相信文字是埃及人發明的（普林尼〔Pliny〕則認為此頭銜當歸於楔形文字的創造者）。但沒有一個古典時代的學者能像解讀希臘文和拉丁文那樣解讀象形文字。他們相信，誠如西西里的狄奧多羅斯（Diodorus Siculus）所言，埃及文字「並非以串聯音節的方式，而是以模擬事物意義的方式來表達意欲表達的概念」。因此，鷹的圖案代表任何發生快速的事物，鱷魚則代表一切邪惡的東西。

赫拉波羅的象形文字

最重要的權威人士應非埃及尼洛波利斯的赫拉波羅（Horapollo）莫屬。他的論文可能在西元4世紀或更晚在希臘完成，然後失落，直到1419年前後才有一份手稿在希臘一座島嶼被發現。手稿於1505年出版，歷經30版，其中一版由阿爾布雷希特·杜勒（Albrecht Dürer）繪製插圖。赫拉波羅的象形文字解讀有真有假（虛構居多）。例如：「當他們想要指出宗教抄寫員、先知、屍體防腐員、脾臟、氣味、大笑、噴嚏、規定或法官時，就會畫一隻狗。」也可以看看以下赫拉波羅認為「他們畫禿鷹的意思」：

■上：象形文字中的禿鷹。
右：赫拉波羅的解讀法所啟發的狗頭人身。許多文藝復興時期的畫家都根據赫拉波羅的敘述繪製象形文字。

■阿爾布雷希特·杜勒繪

■出自法文版的赫拉波羅

■出自義大利文版

每當他們想表示母親、視力、邊界或預知時，就會畫一隻禿鷹。代表母親是因為這種動物沒有公的……代表視力是因為禿鷹是視覺最敏銳的動物……代表邊界是因為當一場戰爭即將爆發時，禿鷹會在戰場上空盤旋七日劃定範圍。代表預知是因為除了上述劃定戰場之能，牠還期待殺戮造就大量屍體供其享用……

以上純屬無稽——除了「母親」；母親的象形文字確實是一隻禿鷹。

象形文字的智慧

■西元前六世紀的埃及方尖碑，1667年立於羅馬彌涅耳瓦廣場。

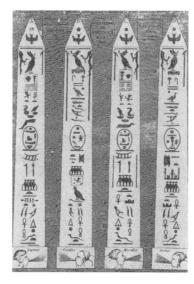

■阿塔納斯・珂雪於1666年所繪的彌涅耳瓦方尖碑。

■（左圖）「智慧」。據推測，象形文字的「權杖」符號最早是一支手杖，後來畫得更生動（中圖）。它取得進一步的涵義：「安然無恙。」表示「權杖」的古埃及文也有「安好」的意思，而「普通棍子」也意味「傷害」。

■（右圖）皮耶里奧斯・瓦勒里安努斯選擇將這個生動的圖案視為踩在河馬爪子上的鸛，鸛是孝順的象徵，河馬則代表不公不義、忘恩負義，因此他把這個象形字「翻譯」成「忠誠不自私」。

文藝復興時期，隨著經典學識再次流行，希臘人和羅馬人對埃及象形文字智慧的景仰也死灰復燃。在羅馬，1582至1589年間就有六座古埃及的方尖碑遷移新址或重建。羅馬的一大重要景點也從聖羅倫佐教堂移往主神殿。那正是古神殿的中楣（frieze），雖然並非是埃及文物，但可能代表象形文字。這被視為極為珍貴的遺跡，幾乎所有重要的畫家都畫過它的素描。

近代世界有多位學者寫過象形文字的著作，首開先河的是威尼斯人皮耶里奧斯・瓦勒里安努斯（Pierius Valerianus）。他的著作在1556年出版。受到赫拉波羅啟發，他用憑空想像而討人喜歡的「文藝復興」象形文字，給他的解讀畫插圖。

早期的象形文字解讀者

最著名（說不上惡名昭彰）的早期解譯者莫過於耶穌會牧師阿塔納斯・珂雪（Athanasius Kircher）。17世紀中葉，他是羅馬公認古埃及的權威。但他繁多的著述卻帶他遠遠超出「埃及學」的範圍；他是史上最後幾位試圖集人類知識之大成的學者之一，結果卓越與謬誤互見——而且謬誤多得多，從此，珂雪的名聲一落千丈，翻不了身。

1666年，他被委以重任：發表羅馬彌涅耳瓦廣場一座方尖碑的象形碑文（左上圖；其右 為珂雪的畫作）。這座方尖碑是貝尼尼（Bernini）設計、奉教宗亞歷山大七世之命豎立於此（屹立至今）。珂雪這樣解讀一個「王名框」——即一小組刻在橢圓形輪廓裡的

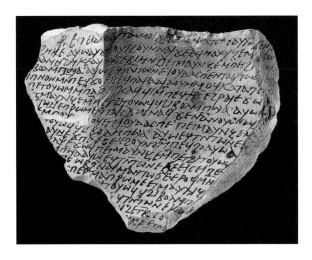

■刻有科普特文字的陶器碎片。這是一名主教在西元6世紀所寫的牧師信。口說的科普特語（勉強）流傳到接近現代，書寫形式至今仍用於科普特教會的一些宗教文本中。

科普特字母	名稱	發音
Ⲁ	alpha	a
Ⲃ	vita	v (b)
Ⲅ	gamma	g
Ⲇ	delta	d
Ⲉ	epsilon	e
Ⲍ	zita	z
Ⲏ	ita	i, e
Ⲑ	tita	t
Ⲓ	iota	i
Ⲕ	kappa	k
Ⲗ	laula	l
Ⲙ	mi	m
Ⲛ	ni	n
Ⲝ	xi	x
Ⲟ	omicron	o
Ⲡ	pi	p
Ⲣ	ro	r
Ⲥ	sima	s
Ⲧ	tau	t
Ⲩ	ypsilon	y, u
Ⲫ	phi	ph
Ⲭ	khi	ch, kh
Ⲯ	psi	ps
Ⲱ	omega	o
Ϣ	shei	s
Ϥ	fai	f
Ϩ	hori	h
Ϫ	djandja	g
Ϭ	chima	c
Ϯ	ti	ti

■科普特字母表。標準型（沙希地語〔Sahidic〕）有24個希臘字母和6個借自古埃及文字的符號（世俗體，非聖書體），代表無法用希臘文標示的科普特語音。

象形文字：

　　必須經由獻祭和求助歐西里斯（Osiris）的適當儀式，才能請這位陰府之神保護我們抵禦堤豐（Typho）的暴虐，以保尼羅河長年賦予我們的安和樂利。

　　如今人們普遍認為，刻在此王名框中的文字，只是第二十六王朝法老的名字：Wahibre（希臘文為Apries「阿普里伊」）。

　　但另一方面，珂雪確實協助拯救了科普特語（Coptic）——古埃及最後階段使用的語言。科普特一詞源於阿拉伯語「gubti」，而「gubti」本身是希臘語「Aiguptos」（即埃及之意）的訛誤。科普特語可溯至基督教時代，是埃及教會的官方語言，但後來逐漸為阿拉伯語取代，至17世紀末幾近滅絕。但在下一個世紀，數名學者習得科普特語的知識，而這後來證實是譯解象形文字的基礎。

　　在啟蒙運動的影響下，這些學者也開始質疑古典時代對象形文字的觀點。後來當上英國格洛斯特主教的威廉・瓦伯頓（William Warburton）率先提出：所有文字，包括象形文字在內，都可能是從圖畫演變而來。崇拜他的巴爾德勒米修道院長（Abbé Barthelemy）進而猜測，王名框可能包含國王或神的名字。

　　丹麥學者索伊加（Zoëga）在近1800年時大膽提出有些象形文字，至少在某種程度上是「表音符號」；索伊加創造了「notae phoneticae」一詞（即語音符號之意）。至此，通往譯解象形文字的道路已開拓就緒。

發現羅賽塔石碑

王名框一詞是1798年隨拿破崙入侵埃及的法國士兵所發明。銘文中包圍多組象形文字的橢圓形，讓他們聯想到槍中的彈藥筒（法文為cartouche）。

所幸，這支遠征軍對文化的興趣不亞於攻城掠地。一批法國學者與軍隊同行，後留在埃及三年之久。也有多名藝術家隨行，為首的是多明尼克·韋馮·德儂（Domenique Vivant Denon，上圖）。1809至1813年間，他畫了《埃及記述》（*Description De L'egypte*）一書，而整個歐洲都對古埃及的奇蹟驚嘆不已。右圖描繪了底比斯城，後為路克索神廟的廊柱，前為精雕細琢的方尖碑。牆上的雕刻描繪了加低斯戰役中，乘雙輪馬車的弓箭手奉拉美西斯二世之命向西台人衝鋒的場景。拿破崙的軍隊為此深感震撼，據目擊者表示，「他們不禁停下腳步，不由自主，放下手中武器」。

1799年7月中旬，一個班的拆除部隊發現了羅賽塔石碑，那可能嵌在尼羅河一條支流河畔拉希德（羅賽塔）村裡一面非常古老的牆中，距海不到幾英里。班隊主官認為此石碑非同小可，遂下令立刻將它搬到開羅。畫家臨摹後，摹本在1800年送交歐洲學者。1801年，石碑被運往亞歷山卓，避免被英國軍隊擄獲。但它最終還是落入英軍之手，被送往英國，在大英博物館展示，此後就一直沒離開過。

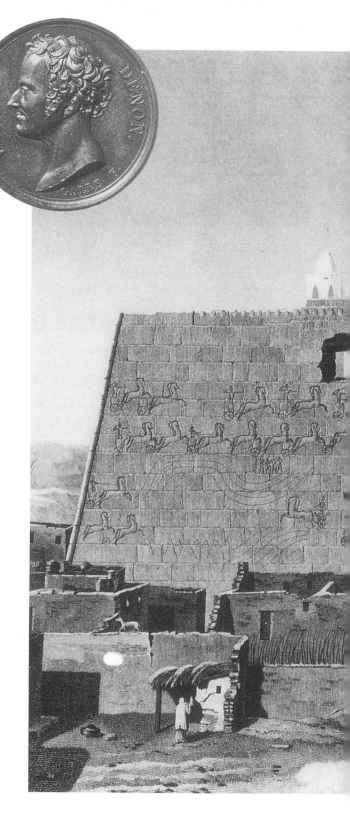

解讀開始

羅賽塔石碑是一塊密實的花崗岩板，有750公斤重、114公分高、72公分寬、28公分厚。

從發現的那一刻起，專家學者皆清楚，石碑上刻有三種不同的文字，最下面是希臘文、最上面（毀損嚴重）是帶有明顯王名框的埃及象形文字，兩者之間則是當時無人認識的文字，明顯不像希臘文，倒和上方的象形文字有某種程度的類似，但沒有王名框。今天我們知道那是象形文字的草寫體，通稱世俗體文字。

解讀碑文的第一步顯然是翻譯希臘文字。內容原來是西元196年3月27日，埃及王托勒密五世（Ptolemy V Epiphanes）加冕週年當天，來自埃及各地的教士齊聚孟斐斯城召開總理事會所通過的一道教令。之所以用希臘文寫是因為當時埃及的統治者不是埃及人，而是馬其頓希臘人：亞歷山大大帝一名將領的後裔。托勒密、亞歷山大、亞歷山卓等人名皆出現在碑文中。

接下來學者將注意力轉向世俗體（象形文字部分因毀損太過嚴重，看來希望渺茫）。他們從希臘文部分的一句聲明中得知，三部分的碑文雖非「逐字」翻譯，但意義相仿。所以他們開始搜尋托勒密之類的名字：在和希臘碑文托勒密出現處大致相同的位置，挑出重複出現的世俗體符號。找到那些符號後，他們發現用世俗體寫成的名字似乎是用字母拼寫，跟希臘碑文一樣。因此他們繪了一張試驗性的世俗體字母表。其他某些世俗體文字，諸如「希臘」、「埃及」、「神廟」等，現在可用這套

■湯瑪士・楊格，英國皇家學會成員，為語言學家、醫生、物理學家，對於譯解埃及象形文字也有卓越的貢獻。

字母表鑑定出來。由此觀之，世俗體說不定全是字母文字。

可惜不是。第一批學者無以為繼，因為他們執著於世俗體是一套字母的概念──反過來說，他們又認為象形文字全是非表音，其符號就像赫拉波羅解釋的那樣，是表達想法的。象形文字和世俗體符號外觀上的差異，加上背負文藝復興以來對埃及象形文字的傳統觀念，使學者相信這兩種文字：象形文字和世俗體，背後的運作原理截然不同。

湯瑪士・楊格的突破

率先跳出這個泥淖的是英國人湯瑪士・楊格（Thomas Young, 1773-1829）。身為傑出語言學家、醫生和物理學者，迄今仍因光波理論為後人懷念的楊格，從1814年開始研究羅賽塔石碑。他注意到某些世俗體和「對應的象形字」之間有「明顯的相似處」，並指出，「這些字體〔指象形字〕若非強行曲解，不可能與

■湯瑪士‧楊格日記的一頁。他的基本觀點正確：埃及文字兼有表音及非表音的成分，可惜他具體的研究成果大半有誤。

任何想像得到的字母形式趨於一致。」因此他斷定世俗體混合了字母符號和其他象形類的符號。

他更進一步，繼續研究早先學者所提出王名框包含王室或宗教名號的見解。羅賽塔石碑的象形文字裡有6個王名框，而那必然包含托勒密的名字在內。這會兒楊格假設「托勒密」一詞雖是以象形文字刻寫，卻是用字母拼成。他的理論是托勒密是外國而非埃及的名字，因此不可能像埃及當地人名那樣，是用非表音符號拼成。他舉中文字做類比：中文中的西方名字雖是以中國字拼寫，但會加上適當的記號標

示這些字僅表讀音。藉由比對王名框裡的象形文字和希臘文的托勒密，楊格找出不同象形文字的聲符（如p、t、m等），而其中許多是正確的。

不過，楊格在此陷入僵局。赫拉波羅的理論宛如強大的魔咒。雖然楊格可以接受象形文字適用字母來拼寫外國名字，但他仍深信，其餘象形文字，用來書寫埃及語（而非借自希臘的文字）的部分，是非表音的。因此他的「象形字母」不適用於大部分的象形文字。楊格已經朝譯解象形文字邁出極其重要的一步，但他並未成為破解密碼的人。

商博良破解埃及密碼

埃及象形文字能完全破解，是讓一法蘭索瓦·商博良（Jean-François Champollion, 1790-1832）的傑作，他在1823年宣布這項成果。1790年出生於法國大革命期間的他未接受基礎學校教育，反倒請家庭教師教授希臘文和拉丁文，據說9歲就會讀荷馬和維吉爾（Virgil）了。搬到格勒諾勃上國立高等學校後，他接觸到數學家和物理學家傅立葉（Fourier）。正是曾獲拿破崙派任埃及總督的傅立葉帶領年輕的商博良走上埃及學之路。1807年，還沒滿17歲的商博良就發表了一篇論文，探討希臘及拉丁文著作所保存埃及地名的科普特語源。三年後，在巴黎研習完東方語言和科普特語，商博良回到格勒諾勃，開始認真研究法老時期的埃及。

1819年，湯瑪士·楊格在《大英百科全書增刊（第四版）》（Supplement to the Encyclopaedia Britannica）發表對埃及文字的看法。那時他已經寫信跟商博良傳達過他的想法。商博良起初置之不理，仍相信象形文字全為非表音，並於1821年發表這方面的論文。他和楊格無疑是競爭對手，至今人們仍懷疑商博良受到楊格多少影響，而他本人當然不遺餘力地在探討埃及文字的主要著作中駁斥這點。但商博良的獨創性和嚴謹是毋庸置疑的，而這要歸功於他對埃及和埃及語的熟悉，楊格在這兩方面望塵莫及。

■這座方尖碑是威廉·班克斯在菲萊島上發掘，並運回英國，目前它聳立於多塞特郡的金斯頓雷西。1822年，它提供給商博良一個關鍵的線索。

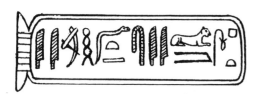

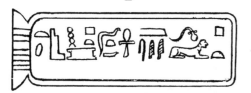

1

2

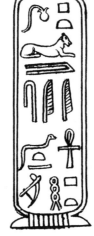

3

4

■商博良畫的4個王名框：
1. 托勒密（羅賽塔石碑）
2. 有帝王頭銜的托勒密（羅賽塔石碑）
3. 托勒密（菲萊方尖碑）
4. 克麗奧佩特拉（菲萊方尖碑）

■讓—法蘭索瓦‧商博良，埃及象形文字的解譯者。這幅1823年的畫像中，他拿著他的「字母表」（參見31頁），他也是在這一年有了突破性的進展。

羅賽塔石碑上的托勒密王名框，另有一個較短的版本：

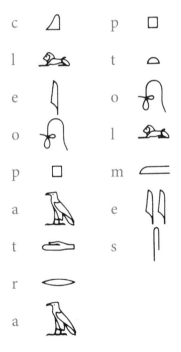

商博良判定短版拼的是托勒密，較長版的（羅賽塔）王名框則一定包含某種帝王頭銜，加在托勒密一名的後面。現在他採用楊格的論點，認為托勒密是用字母拼成。他繼續猜測菲萊方尖碑上第二個王名框的象形文字的讀音：

c	◁	p	□
l	🦁	t	◠
e		o	
o		l	🦁
p	□	m	—
a		e	
t		s	
r	◦		
a			

菲萊方尖碑

　　1822年1月前後，威廉‧班克斯（William Bankes）寄了一份兩種語言的方尖碑碑文抄本給商博良，成了商博良研究進一步發展的關鍵。那份抄本來自英國，方尖碑在菲萊島（Phelae）出土後即火速送往的地方。基座的碑文是希臘文，柱上則是象形文字。希臘文中提到托勒密和克麗奧佩特拉的名號，象形文字中則只出現兩個王名框——可能代表基座上的托勒密和克麗奧佩特拉。其中一個王名框幾乎和羅賽塔石碑上一種托勒密的王名框形式一模一樣：

羅賽塔石碑

菲萊方尖碑

兩個名字有四個符號相同：讀音為l、e、o、p的符號，但表示讀音t的符號卻不一致。商博良正確地推斷它們是同音異形字，也就是有同樣讀音的不同符號（可比較英語裡的Jill和Gill、practice和practise）。

象形文字中的亞歷山大和凱撒

不過，真正的考驗是，將這些新的讀音用於其他碑文時，能否創造出合理的名字。商博良拿下面的王名框作嘗試：

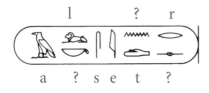

代入讀音後形成al?se?tr?。商博良猜是Alksentrs，即希臘文的Alexandros（亞歷山大）。此處兩個代表k/c的符號（◁ 和 ◺ ），及兩個代表s的符號（◦— 和 ∬ ）也是同音異形字。

他繼續鑑定其他非埃及出身的統治者的王名框，例如伯利尼斯王后（Queen Berenice，楊格已經鑑定出來）和凱撒（Caesar），以及羅馬皇帝的頭銜，王（Autocrator）：

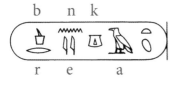

伯利尼斯（Berenice）

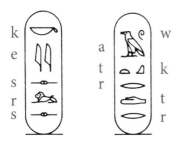

凱撒（Caesar）　王（Autocrator）

商博良在1822年的這些努力是基於這個前提：世俗體和象形字中非埃及的名字和詞彙是字母拼成。依此，他發展出他的語音符號表，

如對頁所示。他一開始並未指望這套字母表適用於法老的名字，他仍堅信那些不是按讀音拼寫。他更不指望他的「譯解」能套用在整個象形文字系統。從古典時期流傳下來的古老觀念：埃及象形文字絕大部分只表意、而非表音與表意兼有，仍盤據商博良的腦海，就像湯瑪士·楊格那樣。一直到1823年4月，商博良才宣布他全盤理解象形文字的原理。

■ 這件來自西元前1世紀丹德拉哈索爾（Hathor）神廟的浮雕，描繪克麗奧佩特拉和她的兒子小凱撒。在兩人的頭飾之間有兩個王名框，各為克麗奧佩特拉和托勒密。

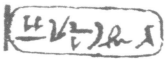

■ 古埃及文字譯解工作的初期成就。這張世俗體和象形符號與希臘字母的對照表繪於1822年10月，與商博良首次以書面宣布的譯解成果，著名的《致達西先生信》（Lettre à M. Dacier）同時發表。表中可見到相當多同音異形字，例如有3種不同符號代表讀音b。商博良在1820年代持續譯解工作期間多次大規模修改這張表。他自己的名字以世俗體寫在下方，並畫上王名框，放大如上圖（在這張表之後較莊重的版本中則刪除不用）。

Pl. IV.

Tableau des Signes Phonétiques
des Écritures Hiéroglyphique et Démotique des anciens Égyptiens

Lettres Grecques	Signes Démotiques	Signes Hiéroglyphiques
A		
B		
Γ		
Δ		
E		
Z		
H		
Θ		
I		
K		
Λ		
M		
N		
Ξ		
O		
Π		
P		
Σ		
T		
Υ		
Φ		
Ψ		
X		
Ω		
TO. TΩ.		

Litho. de Bernard, rue du Petit St Bernard n° 17.

■拉美西斯二世最大
的紀念像，位於阿布
辛貝、在沙岩峭壁雕
出的巨大神廟（西元
前1256年落成）。

解讀拉美西斯大帝

　　商博良於1822年9月收到古埃及神廟諸多
浮雕和銘文的摹本後，對象形文字的觀念開
始轉變。其中一件來自努比亞阿布辛貝（Abu
Simbel）神廟的摹本包含引人入勝的王名框。
那些王名框似乎是以各種方式書寫同樣的名
字，最簡單的是：

商博良想知道他從希臘羅馬時代晚期的銘文
推知的新字母，能否套用在這組純埃及文字
上。最後兩個符號他很熟悉，有s的讀音。運
用他科普特語的知識，他猜想第一個符號讀作
re，是科普特語「太陽」的意思——顯然是以
符號表示物體。有哪位古埃及統治者有類似
R(e)?ss的名字嗎？商博良立刻想到古埃及十九

王朝的拉美西斯王，托勒密時代的史學家曼涅
托（Manetho）曾在名著希臘語埃及史中提到
他。如果商博良推測正確，（🦩）的符號一定
有m的音。

　　第二組銘文令他大受鼓舞：

這三個符號中有兩個「已知」；第一個，一隻
朱鷺，是托特神的標誌，所以這個名字一定是
托特美斯（Thothmes），曼涅托也有提到的
十八王朝法老。羅賽塔石碑看似證明了（🦩）
的讀音。石碑上的符號也是跟（│）連袂出
現，位於一組譯為希臘語「genethlia」（生
日）的象形文字之中。商博良馬上聯想到科普
特語的「誕生」：「mīse」。

托勒密和他的王號

　　對拉美西斯的拼音，商博良只對一半：（🜚）並非如他所想，有m的讀音，而是讀雙子音ms（如科普特的「mīse」所示）。商博良尚不明白其中的複雜。在成功譯解拉美西斯和其他法老名號幾個月後，他仍不肯接受整個象形文字系統都有語音元素的概念。他從未提及後來是什麼改變他的想法，但可能是諸多因素共同促成。首先，他驚訝地從法國一名漢學家那裡得知，在中國數千文字最原始的拼寫之中，竟也有表音成分。另外，他也突然想到，在羅賽塔石碑的1,419個象形符號中，只有66種不同的字符；如果象形文字真的是純表意的符號，那字符的數目應該遠不止66個，每一個字符都代表不同的詞語——單純表達語意。

　　商博良一接受象形文字混雜了表音和表意符號的概念，便可譯解菲萊方尖碑托勒密長長王名框的後半部了。其為：

根據希臘文的碑文，整個王名框的意思是「托勒密萬壽無疆，為卜塔（Ptah）所愛」（卜塔是創造孟斐斯城之神）。在科普特語，表示「生命」或「存活」的字是onkh；這被認為源自（♀）符號代表的古埃及文ankh（一個純表意文字）。接下來的符號（🜊）據推測意為「始終」，且含有t的聲音，因為已知符號（◠）有t的音。據希臘文和科普特語，（🜉）可能有dj的音，形成大略的古埃及音djet，意為「永遠」。（另一個符號（—）不發音，是稱為限定詞的分類表意符號，代表

「平地」。）

　　在剩下的符號（🜋）中，現在已知第一個代表p，第二個代表t——卜塔的前兩個聲音，因此第三個符號可推知有類似h的發音。第四個符號（另一個純表意文字）則可推斷為「為……所愛」之意。科普特語再次於判斷發音時派上用場：已知科普特語的「愛」是「mere」，因此第四個符號的發音可能是mer。就這樣，商博良研究出這個知名王名框的概略讀法：Ptolmes ankh djet Ptah mer（托勒密萬壽無疆，為卜塔所愛）。

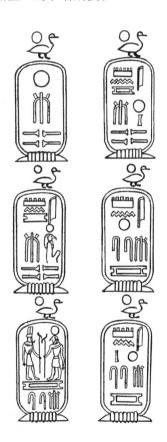

■拉美西斯二世的6個王名框，商博良繪。其中三個以文中敘述的方式拼寫名號，另三個則改用（🡒）代表s。請參考30頁亞歷山大象形字的段落，比較這兩個s的同音異形字。

埃及象形文字的本質

　　商博良率先揭露的埃及象形文字基本原理或許可如此總結：這套書寫文字系統是表意符號和表音符號的結合；前者是代表詞語和概念的符號，亦稱語標符號，後者則代表一種或多種聲音，包含字母或多子音的符號。有些象形文字是可辨識的物體圖畫，例如一隻鳥或一條蛇，它們是圖形符號，但符號不見得代表畫中的意義。例如在克麗奧佩特拉的王名框中，「手」的符號就跟「手」的意義無關；它是代表發音「t」的音標符號。因此，一個圖形符號可能是表音的功能，也可能是純表意的作用，視語境而定。換句話說，埃及象形文字裡的某一符號，可能具有不只一種功能。

■圖坦卡門雪花石膏箱的蓋子，內有兩綹用亞麻布包住的頭髮。蓋上刻文的意思是：「偉大的勝利之神，偉功偉業之神，儀式之主，太陽神化身，太陽之子，王冠之主，圖坦卡門，底比斯之主，被賦予生命。」

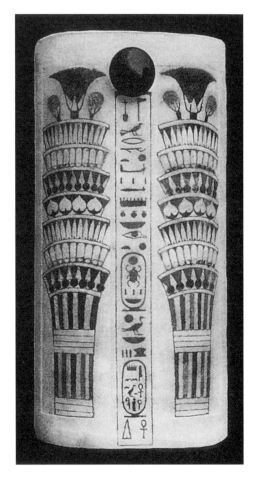

■小型金棺，用以保存圖坦卡門的腸子。象形文字的意思：「塞勒凱特之言：我已用雙臂環抱在我身內之物，我會保護在我身內的凱布山納夫：歐西里斯王、太陽神化身的凱布山納夫，真實之音。」

右圖的圖坦卡門王名框是在其陵墓出土的一只鑲嵌盒的上半部，它充分印證了這些基本原理。讓我們從上到下解讀：

　　一根蘆葦是字母式的表音符號，讀音近似i。

　　帶棋子的棋盤是讀雙子音mn的表音符號。

　　水是字母式的表音符號，讀n。在此有補足語音的功用，即強化mn中的n音。

　　這三個符號合起來讀imn，一般發imen的音，或更常見的amon或amun（象形文字大多不顯現母音，這點我們將陸續看到。）Amun是路克索之神，在新王國時期被視為眾神之王。出於尊敬，祂的名字列在最前面。

　　這個半圓形（托勒密王名框的熟面孔）是發t音的字母式表音符號。在這個王名框出現兩次。

　　這隻小雞是發w音的表音符號，w是類似母音u的弱子音。

　　這我們已在托勒密的王名框見過，代表三子音「ankh」的符號，意為「生命」或「存活」（後來演變成科普特教堂「有柄」或「有眼」的十字架，即「crux ansata」）。

　　這四個符號讀「tutankh」。

　　牧羊人的拐杖是表意符號，意為「統治者」。

　　圓柱是赫利奧波利斯（Heliopolis），開

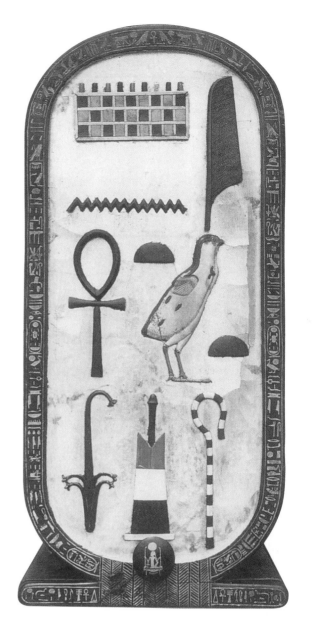

羅附近的城市。

　　這是上埃及地區的紋章植物，就代表上埃及。

　　「上埃及的赫利奧波利斯」是底比斯城的別稱。所以完整的王名框意為：「圖坦卡門，底比斯的統治者。」

1　f ɔˤ s k　ɔˤ æ n d s ɛ v n j i r　z ɔ g o

2　four score and seven years ago

3　фор скор энд сэвэн йирз эго

4　ꠖꠥꠞ ꠍꠇꠥꠞ এꠘ ꠍꠣꠁꠜꠘ ꠁꠄꠞ ꠀꠉꠥ
　　for　　skor　　eṇḍ　　saivin　　yīars　　ago

5　휘 스코어 앤드 세븐 이어스 아고
　　h̥wŏ　skh̥ŭo　aednŭ　sebŭnŭ　iŏjį　agŏ

6　f r s k r a n d s w n y r z a g o

7　ߴﻮﻗ ﺱﺎﻔﻨﻳﺮﺳ ﺪﻧﺎﻛ ﻥﻮﻜﺳﺍ ﺭﻮﻓ
　　ogaʃ　sri:ynafas　dnaʃ　roksiʃ　rof

8　フォアー スコア アンド セブン イヤーズ アゴー
　　foā　sukoa　ando　sebun　iyāzu　agŏ

9　pu ar es ku ar an de se ba an yi ir iz a gu

10　佛爾斯國爾恩得色文伊爾斯阿鈞
　　fo er si guo er en de se wen yi er si a gou

■各種文字表現聲音的準確度不一。左圖為十種文字書寫的「47年前」（林肯蓋茨堡演說的開頭）。最上方是某位說話者（一位華裔美國語言學家）的聲波圖，接下來是1.國際音標；2.英文拼字；3.俄羅斯字母譯寫；4.孟加拉字母譯寫；5.韓文字母譯寫；6.埃及象形文字版本（托勒密時代）；7.阿拉伯文字音譯寫；8.日文片假名譯寫；9.楔形文字譯寫；10.中文字譯寫（及漢語拼音）。（資料來源：德范克，1989）

看得見和看不見的語言

書寫和口說語言之間最大的差異在哪裡呢？除了書寫看得見、說話看不見這個明顯的事實之外？最重要的差異在於一段書寫文字會自然分解為組成符號，可能是字母、中文字或埃及象形文字，一段言語則不然。當然，我們常把言語分成子音、母音和音節，語言學家更創造許多其他語言「原子和分子」的類別。但這些區分都是人為的，且無法完全避免重疊。

語言科學家史蒂芬・平克（Stephen Pinker）寫道：「語言是條呼吸的河流，由嘴部和喉嚨的柔軟肌肉彎曲成各種嘶嘶嗡嗡的聲音。」正常說話的字和字之間沒有間隔，今天多數書寫系統的字和字之間則有空白。我們可能想像語言有這樣的空隙，但當我們聽一段外國話時，就會明白那只是錯覺。言語就像河的流動，頻率、音量和音調時時在變。如果我們把錄音帶裡某人說的「cat」分解成兩個組成子音和一個母音（盡可能做到），然後倒轉播放，我們不會聽到「tac」，而是某種難以理解的聲音。我們在一般對話裡使用的字詞，如果分解成子音和母音個別播放，將有超過半數無從辨認，因為那些字詞平常都快速地連在一起、不拘形式地表達。

每一種口說語言都有其獨特的音域，取自名副其實無限種可能的聲音。其書寫系統會反映出某部分的音域——比例因系統而異——剩下的就留給讀者去猜。這種聲音和文字的不一致在外國詞彙和名字表現得最明顯。每兩種文字的音譯方式都不一樣，正確度也不同。音標字母的正確率極高，甚至能表現原說話者的口音（例如英國人和法國人使用的符號不一樣）；但這項優點卻因音標字母不易讀而抹殺。因此，所有書寫文字都必須在嘴巴能否正確說出和心智能否理解之間找到折衷。

le

mɛːtrə fɔnetik

organ

də l asɔsjɑːsjɔ̃ fɔnetik ɛːternasjɔnal

vɛ̃tnœvjɛm anc. — ʒɑ̃ːvje-fevrie 1914

■1914年出版的《國際語音期刊》（La Maître Phonétique），1970年後，期刊改用標準拼字法，因為讀者覺得音標拼字法太難懂。這篇刊頭寫：「La Maître Phonétique，國際語音學學會期刊，第29期，1914年1-2月」

手語

手語不是「在空中寫字」；顯然也不是說話，但它確實在某些重要的方面既像說話，又像書寫。一般人對於現行的手語系統有三大誤解。一、手語絕大部分的手勢並非表現圖像，跟影子遊戲裡表示「兔子」、「鴨子」和「蛇」等等的手勢，即「手的圖形符號」不同；手語是抽象概念，就像字母系統的字母一樣。二、手語並非獨立於語言之外；每一種成功的手語系統，例如美國手語（ASL），都是以一種口語為基礎。（因此美國手語使用者無法和中國手語使用者溝通。）三、手語並不原始；流利的手語使用者可以跟上流利說話的速度，而許多手語在表達意思時遠比對應的口語來得簡潔。從這方面來看，手語就像在某些語境中傳達得比字母更有效率的表意符號。

當我們這些正常說話、寫字的人初次接觸時，會覺得手語極難理解。這是因為我們已徹底浸沒在說話和書寫的技巧中。比方說，我們可能使用時態來表示過去、現在和未來；手語則是用空間。在身前比的手勢代表未來，身後則代表過去。另外，手語會同時用手和表情來傳達意義。如旁邊的照片所示，這使得手語格外複雜而豐富。

美國手語

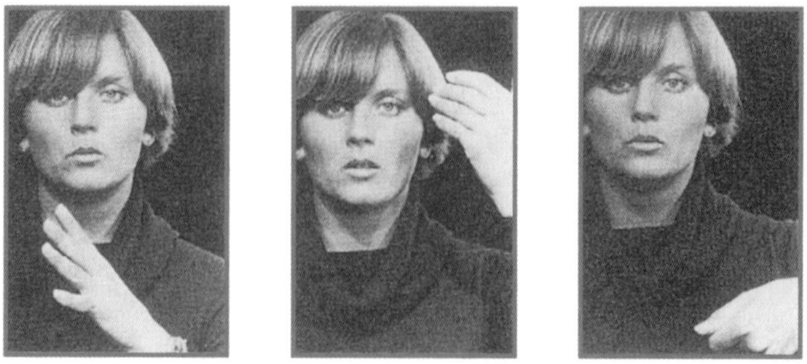

■「那個女人忘了帶錢包。」「女人—忘記—錢包」的順序做為陳述句使用。

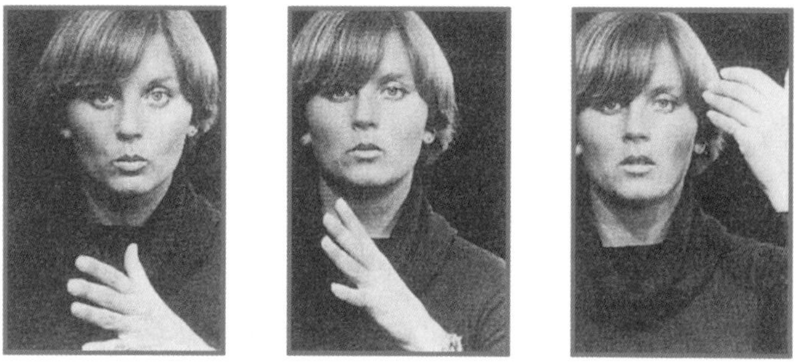

■「那個女人忘了帶錢包嗎？」同樣的手勢順序，但頭和肩膀向前，眉毛上揚。

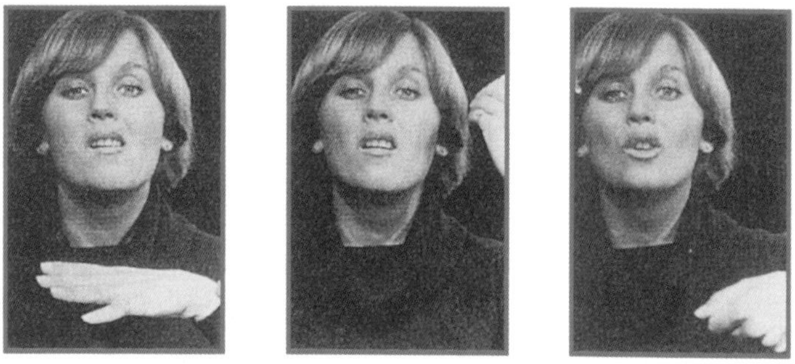

■「那個忘了帶錢包的女人……」眉毛上揚、上唇噘起、頭往後傾，表示這是一個關係子句。

閱讀的原理

相信多數經驗豐富的讀者都有這種倉皇失措的經歷：看著一個熟悉而拼寫正確的字彙，卻覺得「哪裡不對勁」。我們會查字典，把字彙分解成一個個字母，明白所有字母都拼對了——卻依然覺得那個詞彙無來由地陌生。

閱讀無疑是個複雜的過程，足見學習閱讀的過程有多複雜。沒有單一簡單的理論可加以解釋。視覺和聽覺，眼睛和耳朵，皆有密切的關係。我們可能覺得書頁上的字詞是在我們的心智「直接」產生意義，但一旦我們在心裡問自己那是什麼意思，就非得使用「內在語言」（internal speech）了。

「眼睛」與「耳朵」的理論都有實驗證據支持。先說「眼睛」的證據：比如「read」和「reed」、「write」和「right」等同音字；我們的心智絲毫不會混淆。它甚至還會先選擇「bow」在「he bowed down（他鞠躬）」和「she bowed the violin（她拉小提琴）」裡的意思，再判斷「bow」的發音。此外，在簡短的暴露實驗（exposure experience）中，受試者辨識完整單字的速度，比一個一個字母來得快。例如在RED、ERD、E這個群組裡，他們讀得最快的是RED。「眼睛」理論也允許「速讀」者大放異彩，他們每分鐘可以讀500個詞——速度遠比用「耳朵」一個接一個字母聽來得快。但「耳朵」的理論則有字母辨識速度為後盾：每個字母約10到20毫秒，與人們大聲朗讀的平均速度一致（每分鐘約250個字），而默念和口語閱讀的速度相仿。亦顯而易見的是，在閱讀困難的素材時，人們常會動嘴唇，

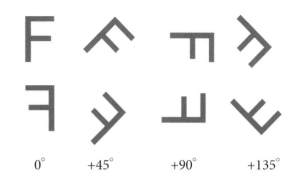

| 0° | +45° | +90° | +135° |

■反射和旋轉字母的實驗證明，我們的心智有一部分是借助圖像思考的。螢幕閃現一個字母，請受試者回答字母是正常的還是鏡像。為偵測心智過程，字母會旋轉（最多到180度），使受試者必須在心裡將它轉正。實驗發現字母旋轉角度越大，受試者回答所需時間就愈久。據估計，心智每分鐘可旋轉字母56次。

有時大聲對自己讀出句子，因為這樣似乎有助於理解。另外，人們似能不費吹灰之力地辨識各種字體和筆法，這也不符合「眼睛」理論的預期。

圖像還是詞語？

上述理論之爭的根本問題在於，我們的思想究竟是圖像還是詞語，或其他某種被稱為「心語」（mentalese）的東西。一個簡單的試驗可證實詞語比圖像來得重要：閉上雙眼，想像假裝你正一個人開車，沿著一條熟悉的路線前往一間購物中心。此時圖像會在你的腦海湧現，不帶語言。現在繼續想像你得向某個人解釋如何抵達同樣的地點，不必大聲說出來。你會自動轉換成語言模式來描述同樣的畫面，雖然就眼前的目的而言，這可能毫無作用。（你也可以畫地圖，但詞語仍不可或缺。）

發音和拼寫

如同我們讀得懂形形色色的筆法，我們也能理解許多不同的口音。紐約人的英語發音和正統英語（Queen's English）差異甚大，但稍加練習，任何以英語為母語的人士都能辨識，這兩種不同的發音實有相同的口語「元素」。

語音學（phonetics）是研究所有發音的學問——不在乎這些聲音是否有含意。音韻學（phonology）則研究雜亂語音中的秩序：說某種語言的人士如何從所有可能的聲音中做選擇，以建構一個能傳達意義的系統。因此在語音學中，母音是不必或幾乎不必壓縮聲道就能發出的音，子音則是收縮或堵塞聲道發出的音。反觀音韻學，母音被定義為一般出現在音節中心的單位，子音則通常出現在音節的邊緣。一個音節，例如「cat」，通常以「子音—母音—子音」的結構表現。

這帶我們來到音韻學的一個重要概念：音素（phoneme）。音素的定義是「一個語言的發音系統中最小的對比單位」。不同於字母，音素無法脫離特定語言而存在；它不是真的，而是人為創造的聲音，是前文提到的基本口語「元素」。基於這個理由，音素會被寫在兩條斜線之間。以英語為例，「set」和「sat」的母音音素分別為/e/和/a/，「bat」和「pat」的子音音素則包括/b/和/p/。一種語言的音素不見得是另一種語言的音素。例如「leaf」和「pool」發音中的「l」只含有一個音素，儘管這兩個字的「l」在英語有兩種不同的發音（感覺一下舌頭的位置）；但在俄語中，這兩種聲音卻涉及兩種完全不同的音素。

理想上，字母的拼寫應能表現某種語言的音素，但現實無法盡如人意，至少在英語是如此。英文的同音異形比比皆是，一種聲音有數種不同的拼法，例如so、sow、sew、oh、owe、dough、doe、beau、soak、soul等字彙母音裡的o。英文也充斥著多音現象（polyphony），即一個字母有多種不同發音，例如so、to、on、honey、horse、woman和borough裡的o。反觀希伯來文和阿拉伯文，母音一般完全不出現於書面文字，要讀者自己依上下文補足。英文若拿掉母音也可以憑猜測閱讀，但相當困難。

■蕭伯納（George Bernard Shaw, 1856-1950）不僅是舉世聞名的劇作家，也是知名的英文拼寫批評者；他自己用「皮特曼式速記術」書寫。蕭伯納在遺囑中留了一筆錢贊助更合理字母系統的設計，他認為那至少要有40個字母（如右邊金斯利·李德〔Kingsley Read〕所製的蕭伯納字母表）。這些字母分為四類：長、深、短、複合。字母名稱標示在字母下方，粗體則是字母的發音。

用文字傳達意義

　　英文字母是語音的符號，即表音符號。一般來說，英文字母不具意義，意義來自字母結合成的字詞。不過「a」也可以是表意符號，即語標，做為名詞前的不定冠詞（例如「a dog」）；也可以加上圓圈形成@，代表「按……的速度」之意。「x/X」又更見異思遷了。做表音符號時，它在「xenophobia」裡發「z」的音、「excel」發「ks」、「exist」發「gz」、「Xmas」發「kris」、「Xing」代表「cross」、「X^{th}」代表「ten」，或法語X^e裡的「dix」（X^e = dixième）。做表意符號時，x/X更有五花八門的意義；其中一些列舉如下：

- 「十」的概念，即英文裡的「ten」、法文裡的「dix」等等
- 源於拉丁字母的英文26字母的第24個
- 未知的量，如$x^2 + 2x = 3$，和「Mr. X」
- 「乘以」，如3 x 5 = 15
- 禁止之意，例如在相機上畫X的標誌代表「禁止攝影」。
- 錯誤的答案，例如測驗卷上的X
- 色情，例如X級電影
- 物體的位置，例如藏寶的位置
- 不識字者的簽名
- 選票上的投票
- 吻

因此，除了我們熟悉的£、$、&、%、!、†和數學符號外，平常的書寫英文裡也有不少表意的符號——超乎想像的多。

電場E是粒子結構的函數，所以我們應該可以把U用E的函數表示。為了解這個可能性，我們考慮這個函數：

$$U_T = \tfrac{1}{2} \int \varepsilon_0 E^2 d^3 \mathbf{R}.$$

如果我們寫 $\mathbf{E} = -\nabla \phi (\mathbf{R})$ ，其中

$$\phi(\mathbf{R}) = \sum_m \frac{q(m)}{4\pi\varepsilon_0 |\mathbf{R} - \mathbf{r}(m)|}$$

而

$$\nabla^2 \phi(\mathbf{R}) = -\frac{1}{\varepsilon_0} \sum_m q(m)\delta(\mathbf{r}(m) - \mathbf{R})$$

我們可以把U_T表示為

$$U_T = \tfrac{1}{2}\varepsilon_0 \int (\nabla \phi)^2 d^3\mathbf{R} = -\tfrac{1}{2}\varepsilon_0 \int \phi \, \nabla^2 \phi \, d^3\mathbf{R} + \tfrac{1}{2}\varepsilon_0 \int \phi \, {\partial \phi}/{\partial n} \, dS,$$

在其中，無窮的面積分可以拋棄。

■就連高級數學也不是純表意符號構成；我們仍需要詞語連接等式。如果詞語不常出現在數學家的黑板上，那是因為數學家在計算時會口頭對自己或聽者解釋。

畫謎

　　「這個人愛貓。」這個句子相當容易「讀」。你也許不禁以為，這種方法可以進一步發展來表達更複雜的概念。但只要稍微想一下，便明白這有幾乎無法克服的障礙。我們很容易表達「這個人愛貓」、「他的老貓」，甚至「莎拉的貓」——但「這個人以前愛貓」、「這個人會永遠愛貓」呢？

　　單純的圖形注定無法表達某些基本的口說概念，不過這可以用一個具獨創性的構想加以轉換——畫謎。圖形符號不代表它描繪的概念，而是與那種概念有關的聲音。依畫謎的原理，聲音可以用一種有系統的方法變成「看得見」的東西，抽象的概念也可化為符號。埃及象形文字充滿畫謎，例如太陽的符號（⊙）R(e)，就構成拉美西斯象形文字拼寫的第一種符號。在一塊早期蘇美人的泥板上，我們發現難以用圖形簡單示意的「歸還」一詞，用一根蘆葦表現，因為蘇美話的「歸還」和「蘆葦」有同樣的「gi」音。

■西元前3000年前後蘇美人的畫謎。左上角的「蘆葦」代表「償還」。

■喬凡巴提斯塔・帕拉蒂諾（Giovanbattista Palatino）在1540年前後所做的畫謎。內容是這樣的：

（那雙眼睛在哪兒，如此清澈，

你喜悅、快樂又深情的臉？

那象牙般的手，美麗的酥胸，

每當我想到它們，就心如泉湧？）

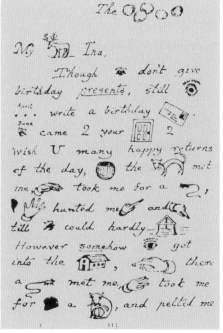

■《愛麗絲夢遊仙境》作者路易斯・卡羅（Lewis Carroll）在名為「栗子」的屋子裡寫給一個女孩的畫謎信。

速記

為書寫英語而設計的速記系統有四百多種。有些是用傳統拼字的縮寫；有些代表說話的聲音；有些需要學習一系列專用符號；還有些方法結合以上不同的原則。

最為人熟知的是艾薩・皮特曼爵士（Sir Isaac Pitman）在19世紀發明的速記法。其基本原理是表音，使之更易於書寫英語外的語言。這套系統大約使用65個字母，包含25的單子音、24個雙子音和16個母音。大部分母音略去不寫，而可透過某個字位於那一行的上、中、下方來表示。這套符號是直線、曲線、點和橫線的組合，也有位置和筆跡輕重之分。這些跟發音有關；例如直線用來表示所有閉塞子音（如p），而所有唇音（如f）都往後斜。線的粗細則表示清音或濁音。

山繆爾・佩皮斯（Samuel Pepys, 1633-1703）在1660至1669年間用來寫日記的速記法則沒有那麼複雜。這套在1620年代由湯瑪斯・薛爾頓（Thomas Shelton）發明的系統，某些方面神似巴比倫楔形文字之類的古老書寫系統。雖然其中許多符號只是簡單地以字母或縮寫代表單字，但也發明了近300種符號，主要是自創的表意符號，例如2代表「to」、比較大的2代表「二」、5代表「因為」、6代表

■山繆爾・佩皮斯，日記作者。

■知名的佩皮斯日記的最後一頁。他在1669年因誤信自己即將失明而放棄撰寫：「不能再寫了，我一路寫到現在，只要我睜開眼、拿起筆就會寫……如今我走到這個地步，對我與步入墳墓無異：失明，以及所有將伴隨失明而至的困苦，求上帝幫助我！」

「我們」（這些符號之中有幾個是「空白」的，或許是為了保守作品的祕密。）單字的第一個母音用符號表示，中間的母音則視前後子音的相對位置而定，最後的母音則用排列方式相近的圓點代替。總的來說，這套系統是半表音的。儘管有其缺點，它在當時是相當普遍的佈道和演講記述方式，一分鐘最快可記一百個單字。

■皮特曼的速記法（左）和速寫（右）：「從歷史之初，人類就努力和同伴交流，並記錄不記就會遺忘的經驗。」

書寫系統的類別

這張樹狀圖依據書寫系統的性質而非年代將其分類；那並非表示從歷史觀點來看，某種系統可能催生出另一種（直線只是表示一種系統可能對另一種產生影響）。如何給書寫系統分門別類是件有爭議的事情。例如有些學者不認為有其他字母比希臘字母早出現，因為腓尼基文字只有子音而無母音（像今天的阿拉伯文）。分類問題的根源在於世上沒有所謂「單純」的書寫系統，也就是完全透過音節符號或字母或純表意符號表達意義的系統──因為所有成熟的書寫系統都混合了表音和表意符號。不過，分類能提醒我們不同系統的顯著特性。這裡使用的分類名稱，如表意加表音，難免有點複雜：當我們一一詳加探究每一種書寫系統時，這些名稱的意義就會比較清楚了。

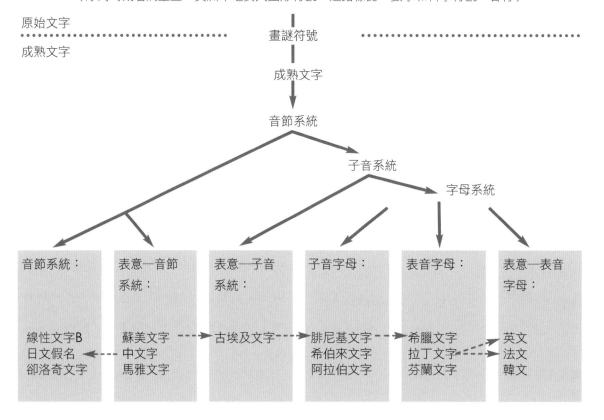

圖畫

圖形符號

原始文字

（冰河時期岩洞壁畫、美洲印地安人圖形符號、道路標誌、數學和科學符號、音符）

原始文字
成熟文字

畫謎符號

成熟文字

音節系統

子音系統

字母系統

音節系統：	表意—音節系統：	表意—子音系統：	子音字母：	表音字母：	表意—表音字母：
線性文字B 日文假名 卻洛奇文字	蘇美文字 中文字 馬雅文字	古埃及文字	腓尼基文字 希伯來文字 阿拉伯文字	希臘文字 拉丁文字 芬蘭文字	英文 法文 韓文

語言與文字

語言與文字在我們的腦海裡是如此密不可分,以至於我們忘了英語、法語或德語等,理論上可寫成任何一種文字。如果我們決定完全用阿拉伯文字或日文「假名」寫英語,我們會遭遇嚴重挫折,因為英語裡有許多聲音無法用這些文字表現。但原則上用來書寫某種語言的文字,是可以書寫另一種語言的。

這情況在歷史屢見不鮮。在蘇美人之後統治美索不達米亞的阿卡德人(Akkadian)沿用了蘇美楔形文字,儘管阿卡德語和蘇美語並不類似。日本人引進中文字,雖然兩種語言有相當大的差異。希臘人的字母可能源自腓尼基人,修改了閃族人的文字並加入母音擴充。

今天的借用情況

文字借用現象延續至今。在中國,從1958年後,拼音系統讓華語得以寫成羅馬拼音。在馬爾他,馬爾他語雖屬阿拉伯語系,卻用羅馬字母書寫——唯一這樣書寫的阿拉伯語。而在土耳其,鄂圖曼土耳其人用的阿拉伯文字在1928年被凱默爾·阿塔圖克正式廢止,改用羅馬文字。雖然向阿拉伯文借用文字,也和伊斯蘭有強烈文化連結,但就結構而言,土耳其語和阿拉伯語毫無關係。為解決土耳其語的音

■馬爾他語是阿拉伯語系中唯一用羅馬字母書寫的文字。請注意增加的字母和一些子音上方的變音符號。

素無法完全用26個字母表現的問題,必須加進數個語音符號,例如ğ(弱子音/gy/)、ö和ü(同德語發音)、ş(/sh/)等等。

這些決定明顯帶有政治色彩。1960年,甫獨立的索馬利亞面臨索馬利亞語該用哪一種文字的問題。伊斯蘭是索馬利亞官方宗教,阿拉伯語和索馬利亞語同為官方語言,但義大利語和英語也很多人說。負責的政府委員會考慮了18種文字:11種「索馬利亞文字」、4種阿拉伯文字和3種羅馬文字同場競爭。首要的「索馬利亞文字」競爭者是奧斯曼字母,以其發明者奧斯曼·優素福(Osman Yusuf)為名。他融合了義大利文、阿拉伯文和衣索比亞文的概念。子音、母音符號區分明顯的用法,以及書寫方向,都來自義大利文;字母的順序和表現長母音的方式,則以阿拉伯字母為基礎;字母的整體外觀則展現衣索比亞文字的風格。

1961年,兩種字母獲選為官方文字:奧斯曼字母和一種羅馬字母。1969年,索馬利亞發生政變,而其中一大目標便是解決該國書寫系統的爭議。1973年,奧斯曼系統被廢止,索馬利亞確定採用羅馬文字做為官方文字。

■優素福在20世紀為書寫索馬利亞語發明的奧斯曼字母。1973年被廢止。

文字的威望

MCMXCV

在文字的歷史中，傳統極為重要，通常被列在便利之前。古埃及象形文字和索馬利亞楔形文字在字母普及後仍存活了數個世紀。在今天的日本，就算以中文字為主的書寫系統複雜難學，部分由於傳統，沒有任何受過高等教育的人士會考慮徹底改變它。在中國和日本，中文字受人尊敬，右頁這幅毛澤東於1953年所題紀念碑文的摹拓即為一例。

在以色列，一個獨一無二的情況自1948年發生至今：一種口說語言參照古老的書寫語言被塑造出來。在1948年前的數個世紀，希伯來語和希伯來文字幾乎只有宗教文獻在用。以色列建國後，希伯來文成為國家官方語言和官方文字——雖然它沒有母音符號，因此不易閱讀。

這情況就差不多如同復興口說的拉丁文且用於日常對話，不再僅限宗教和儀式用途。不過，有些拉丁文的書寫形式迄今仍相當常用，特別是羅馬數字。羅馬數字出現在硬幣、時鐘、某些公開題字、一些學術性期刊的裝幀，甚至BBC電視節目的工作人員名單上。把路易十六寫成Louis 16、女王伊莉莎白二世寫成Queen Elizabeth 2是不被接受的寫法（除了船名），「大笨鐘」上的時間改用阿拉伯數字也很奇怪。雖然書寫不便，但羅馬數字仍享有阿拉伯數字並未獲得的威望。哥德體（blackletter）的情況類似，文藝復興之前，哥德體

■大流士一世（西元前521-前486年）樹立這座他自己的雕像來慶祝擊敗埃及人時，波斯帝國的官方文字是字母形式的亞蘭文。但這座雕像上的文字卻是楔形文字和埃及的象形文字，被尊為慶祝勝利使用的文字。前四行楔形文字（將照片逆時針旋轉）寫的是古波斯語，接下來三行是埃蘭語，最後三行，即籠罩在陰影裡的，是阿卡德語。

曾是歐洲基督國家標準字體，達500年之久。後來，羅馬文字取而代之，因為人文主義者認為那比較適合，唯德國例外：哥德體一直沿用到1940年，希特勒才以它有「猶太」起源為由下令禁用。

一般而言，文字的轉變會比口語漸進得多。西方人仍崇敬羅馬字，猶太人和日本人仍

對古希伯來文和中文字情有獨鍾；在印度，仍有數百萬人書寫梵文，即「神城文」，那是從早期書寫梵語的文字演變而成。兩千五百多年前，我們看到波斯王大流士立起阿卡德楔形文字的碑文——先前統治者的語言。在他之前一千年，巴比倫的抄寫員正忙著編纂兩種語言的泥板來幫助學生學習用楔形文字寫蘇美文。這些東西就像一代代西方學童使用的拉丁／英文字典，差別在於用泥土做的而已。

■蘇美—阿卡德雙語對照，年代約在西元前1750年。左邊的蘇美文字譯為右邊的阿卡德文字。每一行蘇美文底下的小符號代表它的發音。

Frankfurter

■德國哥德體。

■中文字備受尊敬。圖為毛澤東在西元1953年前後紀念題字的摹拓。

■1918年4月耶路撒冷橄欖山，群眾等待猶太委員會到來。現代希伯來文早在以色列建國前便已成形。古文字的復興帶給人們一種前所未有的一統感。

字形的重要性

我們已經明白，所有文字都透過表音符號和表意符號運作。文字也透過字形，即符號的形狀來傳達意義。字母使用者通常會忽略字形的重要性，因為他們感受不到個別字母的意義，雖然他們確實認為字體不同，傳達的意義也不同（因此羅馬體、斜體、哥德體等字體各有含意。）相對來說，中文字的使用者似乎就太過強調字形的象徵，因為每一個字，不同於字母，都有其意義，而有些字看起來就很像其代表的意義。寫中文字的人喜歡說中文字不需聲音介入，就能「直接和心靈交談」。

這句話雖然言過其實，但中文字和埃及的

■五個常見的中國字和其視覺記憶法。「男」字據說代表「田裡的力量」，反映以往中國男子的主要工作是耕種稻米的事實。

象形文字，確實有額外的意義面向。這兩種系統，如果精心演繹，可以產生彷彿有生命的文字。右頁的大字意謂佛祖。對今天的基督徒來說，在字母前面祈禱是極不尋常的事：無論中世紀的僧侶把英文字母裝飾得有多漂亮，那就是沒有中文字那樣的象徵力與生命力。

僅有少數中文字一看就知道是什麼意思。但外國人在獲知字義後，常覺得中國字的外形切合意義，於是有人發明視覺記憶法來幫助學習字形字義。但我們切莫誤入陷阱，以為視覺記憶法「說明」某個字是從圖像一路演變而成。的確有一些中國字原為圖形——例如「女」和「田」——但絕大多數不是。

■現今，女人也在耕作。

■廈門一塊巨石上刻的「佛」字。這是中國南方重要的佛教聖地之一。這個字刻於1905年。

圖形文字

　　一般觀念認為，許多文字符號衍生自圖畫，學者之間的共識也支持這個論點。還有什麼比人、牛、蛇或樹的圖形更容易「讀」呢？事實上，圖形符號沒有乍看下那麼簡單。下面有12個古中國圖形符號，年代約在西元前1200至前1045年，以及18個西元前3000年前後的蘇美圖形符號。猜猜看這些符號的意義，再看下面的答案。

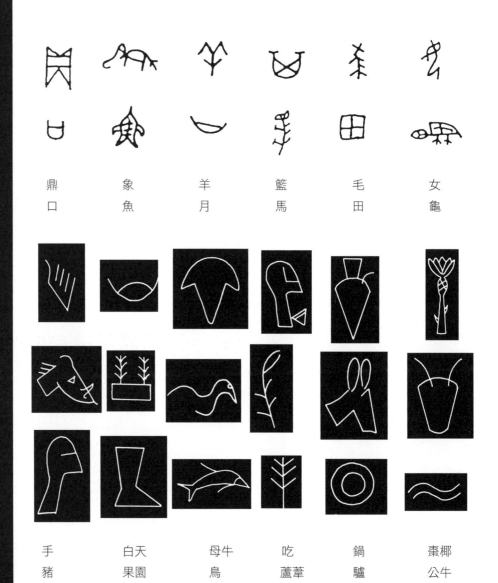

| 鼎 | 象 | 羊 | 籃 | 毛 | 女 |
| 口 | 魚 | 月 | 馬 | 田 | 龜 |

手	白天	母牛	吃	鍋	棗椰
豬	果園	鳥	蘆葦	驢	公牛
頭	走、站	魚	大麥	井	水

史前岩穴壁畫，義大利北部卡蒙尼卡谷地。

古中國圖形符號，意為「頭上」或「天」。

中國東北通古斯族的薩滿教僧人畫像。

現代標誌，可能代表「人」、「站立」或「男廁」等。

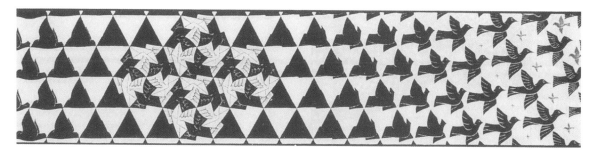

■艾雪，《變形III》（*Metamorphosis III*），1967-1968。

有兩大實際的難題跟著圖形文字一起出現。首先，符號從哪裡開始可算是圖形文字？反過來說，圖形文字可以到多抽象的地步，再抽象就不能算文字了？藝術家M‧C‧艾雪（M. C. Escher）將這個難題化為迷人的藝術品，附圖就是其一。圖中央的黑色圖形是明確的三角形，最右邊是明確的鳥，但兩種形狀之間的呢？

其次，圖形代表的意義，可運用多大程度的概括和聯想？站立男人的線條畫可以代表一個男人和全部男人，也可能象徵「站立」、「等待」、「單獨」、「寂寞」或「男廁」。無獨有偶，蘇美人的「大麥」符號也可能代表其他種類可長出穀物的植物，甚至任何植物。這種情況很像孩子學說話。學到家裡養的狗叫「狗」之後，他們可能會過度延伸這個詞，不管見到什麼動物都叫「狗」，例如貓——但也可能把這個詞用得太狹隘，只用「狗」稱呼某隻特定的狗：家裡養的那一隻。

文化的徵象

圖形文字也充斥著文化理解的難題。椅子有數十種設計，包括吧檯椅、有椅墊的扶手椅和桶子造型的旋轉椅等等。但這些都不大可能在非洲村落的柳條椅中找到。母牛在西方會被聯想到牛乳和肉類；但在印度，牛的背上有隆起的肉瘤，而且是印度人的聖獸，不會被宰殺。座椅和牛的圖形，不論在外觀或涵義上都可能因文化而異。

先進科技的圖形比較不會這樣意義不明。只要讀者熟悉相關裝置，圖形可以完善地表現電晶體、電阻器、開關、電容器等等。線路圖是圖形能充分傳達意義的極佳範例。不妨想想，同樣的資訊若改用文字傳達會是何種情況。不過，線路圖也僅限於傳達它所能傳達的那一類資訊。

■電路圖是一種成功的圖形傳播形式。

第三章　原始文字

■冰河時期的
塗鴉：是藝術
還是文字？

冰河時期的符號

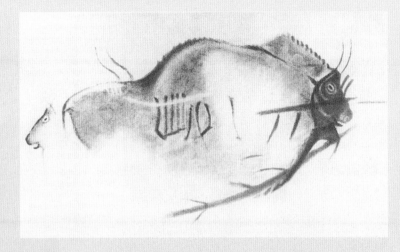

■帶有符號的野牛，發現於
法國南部的馬爾蘇拉。

左頁圖中巨石上的手印和紅點可能已經有兩萬年的歷史。它們位於法國南部洛特省佩赫梅爾的一個洞穴中。這些生動的冰河時期塗鴉有何意義？是「我在這裡，和我的動物一起？」或者有更深的象徵？沒有人知道。上個世紀法國南部發現了許多冰河時期的繪畫，有的在岩洞壁上，有的在物體上，其中一些帶著尚無法解釋的符號。在洛塞特發現的雕刻畫裡有一頭雄鹿的頭和兩個菱形，馬爾蘇拉則有一頭野牛身體上了色，還帶著符號（上圖）。

這些都是文字嗎？如果這句話的意思是——這是某種可用來傳達思想的圖文符號系統的一部分嗎（請回想我們先前給文字下的定義）——那答案是否定的。如果有人要我們相信冰河時期的人類發明了某種書寫系統，甚至字母，只是後來徹底失傳，我們不會輕信；畢竟，我們連那些岩洞畫家能否充分口說語言都不確定（不過多數科學家認為他們可以），更別說寫字了。但同樣令人難以置信的是，那些畫家有如此充沛的活力和高超

的本領，卻無法發明一種有限的文字傳播形式。且讓我們將冰河時期的符號和其他半文半圖的符號稱為「原始文字」。世上有無限多種原始文字，來自各種不同的時代，包括我們這個年代（例如線路圖和路標）。早在西元前3300年前後成熟的蘇美文字系統出現前，就有原始文字存在，而它也會一直和成熟的文字同時存在。

■刻繪的馬，身上有一連串的P形符號，發現於法國南部三兄弟洞窟。在鄰近的蒂多杜貝爾洞穴，藏在一處小凹壁的是另一匹被80多個P包圍的馬，而這些符號顯然是用不同工具刻上去的。也許，這曾是冰河時期某些人類在祕密儀式裡崇拜的圖像？

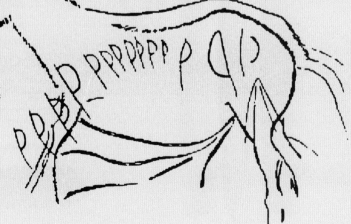

畫記

據古希臘史學家希羅多德（Herodotus）記載，波斯王大流士在一次遠征不受控制的斯基泰人（Scythian）期間，留下一支希臘部隊（他的盟軍）在後方鎮守一座具戰略意義的橋梁。臨走時，大流士給希臘部隊一條繫了60個繩結的皮帶，要他們一天解開一個結。他說，如果在所有繩結解開時他仍未歸來，他們就乘船回家。

像這樣的畫記（tally）就可算是最古老的原始文字類型之一。冰河時期的骨骸上也發現有一連串整齊的刻痕。顯微鏡觀察發現，那些刻痕是在一段時間內用多種不同的工具刻上去的。一個合理的解釋是那些骨骸是用來標記月相：藉由追蹤月亮的圓缺，冰河時期的人類創造了實用的曆法。

我們很容易認為，隨著識字能力普及，社會就不再有人使用畫記。其實，畫記可以補讀寫之不足。手帕上綁的結可提醒不識字的主人進行某項工作，但同樣便於提醒識字的人上圖

■中世紀海關官員收取酒稅。一人拿錢袋，一人拿兩支木籤和一把刻刀。圖取自比利時圖爾納教堂15世紀的窗戶。

書館查資料（舉例）。英國財政部的歷史和畫記的歷史密不可分；從1100年前後到1834年，財政官員都用畫記的木籤來記錄收入，並在刻痕上加注。

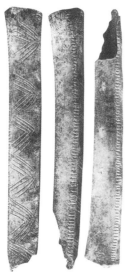

■法國西部夏朗德省萊普拉卡出土的鷹骨。鷹骨上的刻痕可能記錄月相。

■英國財政部使用的畫記木籤，上有注釋。這樣的木籤一直沿用到1834年。記錄的金額愈大，雕刻的凹槽就愈大。代表1000英鎊的是平直的V字口凹槽，寬約一個男人的手（10公分）；代表1英鎊的凹槽則只有一顆成熟大麥粒那麼大；1便士僅簡單地用一道鋸痕表示，半便士則只戳一個小洞。不論識字與否，人們都對這些標準數值瞭若指掌。

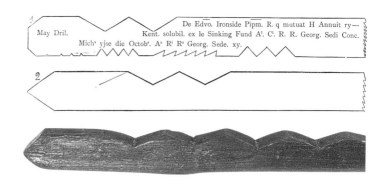

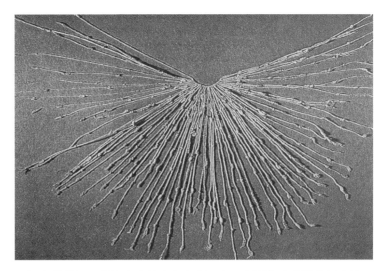

■祕魯的結繩。結繩上的結有很多種，每一種都代表十進位制中的一個數值；沒有繩結代表零。例如，一條繩子的上端有兩個單結、中端有一組四個單結、下端有一個五倍長的結，代表245。不同位置的繩結亦代表不同數值。另外，所有繩子會用表示總和的細繩束在一起。

■托雷斯海峽島發現的畫記木籤（「庫佩〔kupe〕」）。

■瓜曼・波馬（Guaman Poma de Ayala）所繪之「拿著結繩的印加帝國官員」，約1613年。

印加的結繩記事

　　一般而言，有文字才能建立一統的帝國，而印加文明是個著名的例外。不像阿茲特克和馬雅文明，印加人沒有文字。印加帝國用「結繩」（quipu），在繩索和粗線井然有序地打結來記錄帝國的貨物流通。結繩是印加官方唯一的記事方式；每個城鎮都有結繩記事員負責打結和解釋的工作。這套系統運作良好，到16世紀西班牙「征服」印加帝國後仍沿用一段時間。

美洲印地安人的圖形文字

最負盛名的原始文字大概就是北美印地安人的圖形文字了。這些文字大多是相對粗略的記號和符號，刻或畫在牆壁或岩石上。最常見的一種通稱為岩石畫（petroglyph）。但有些美洲印地安人的圖形文字較為複雜。

上圖中的圖形文字是1883年奧格拉拉蘇族（Oglala Sioux）的首長遵照美國達科他地區印地安事務代表的指示「書寫」。圖中畫的是勇士（臉上的紅色條紋代表勇士）。勇士的名字由頭上的符號賦予，例如「熊饒他命」、「鐵鷹」（藍色代表「鐵」）、「紅角牛」、「衝鋒鷹」、「披羽」和「紅烏鴉」等。

美洲印地安人也有幾封圖形文字的「信」被發現。那些所謂的「信」稱不上真正的信件：比較像是熟知內情的人才看得懂的密碼信。

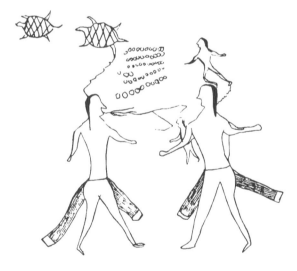

■ 這封信是名叫「烏龜跟著妻子走」的夏安族（Cheyenne）男子寫給兒子「小兄弟」的信。信上說他要寄給兒子53元（用53個圓圈表示），並請他回家。信被「烏龜跟著妻子走」寄出，錢則託事務代表戴爾帶去，並向他解釋信的意義。戴爾把錢和寫好的說明交給事務代表麥吉利卡迪，讓後者能夠配合信件把錢轉交給「小兄弟」。父子二人可能在兒子離家前商量好信要這麼寫。

一封西伯利亞的情書

　　另一個眾所熟知的圖形文字例子是俗稱的尤卡吉爾情書。這是在1892年前後由一名尤卡吉爾族（Yukaghir）的女子所寫。這支小而與世隔絕的部落住在西伯利亞東北部。1895年，一個被流放到西伯利亞、後來成為人類學家的俄國政治犯將這封信公諸於世。

　　我們只要看一眼便明白，單憑研究信中的圖形和相互關係，無法理解這封信的涵義。（部分的）解釋如下：針葉樹狀的圖形代表人。針葉樹c是寫信者（女性），針葉樹b是收信人（男性），也是寫信者的前男友，現在則離開尤卡吉爾村，與針葉樹a，一個俄羅斯女子同居。這情況自然破壞了寫信者和收信人的關係，因此從俄羅斯女子頭上冒出的線段x，切斷了連結b和c的線。但a和b的家族劍拔弩張（a和b之間有線段交叉），而寫信者一個人在家悶悶不樂（在圍住她的長方形結構裡有線段交叉）；她仍思念著收信人（捲曲的藤蔓從c伸向b）。

　　另一方面，她要收信人知道村裡有另一個年輕男子，針葉樹d，對她有好感（捲曲的藤蔓從d伸向c）。如果收信人想對寫信者的訊息有所回應，最好快一點，趕在他的新家庭（不完整的結構）有孩子（最左側的兩棵小針葉樹）之前。

　　毫無意外地，一經解釋，這令人著迷的設計便誘使許多學者認定它是一封真正的信：用非語言的圖形文字交流的範例。但這是謬見。

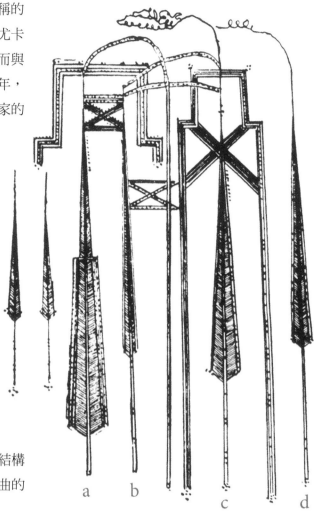

a　　b　　　　c　　d

近年來對俄羅斯原始資料更詳盡的調查已經揭露，這封「信」實為尤卡吉爾部落集會時玩的一種遊戲，由害相思病的女孩刻在白樺樹皮上。她一邊刻，其他尤卡吉爾的年輕人會聚攏過來逗她，並試著猜她的意思。因為大家彼此熟識，意思並不難猜。「信」本來就沒打算寄出；它的內容是口頭傳達給收信人，也許是女孩自己說，也許是他人轉達。

陶製「籌碼」

中東地區出土的文物除了泥板，還有大量小而難以歸類的陶土製物品。依照出土的地層推算，那些文物的年代應在西元前8000年至西元前1500年之間，不過屬於西元前3000年後的物品數量逐漸減少。較早期的物品沒有裝飾且呈幾何形狀——球形、圓盤、圓錐等等，後期的物品則多有雕刻，形狀也更趨複雜。

沒有人確切知道這些東西的用途。最可能的解釋是，它們是用於會計的計量單位。不同的形狀可能代表不同的實體，例如羊群中的一隻羊，或某種商品的特定測量單位，例如一蒲氏耳的穀物。數量和形狀的變化可以擴充解釋，因此一件某個形狀的東西可能代表十隻或一百隻羊，或黑羊而非白羊。如此一來，就不需要那麼多數目的陶土製物品即可進行大數目和高總和的算術。這也可以解釋這些東西隨時間愈來愈複雜的趨勢，反映了古代經濟的分枝變化。

基於這樣的猜測，這些物品一般稱作「籌碼」，可能代表概念和數量。根據一項理論，這種籌碼系統是圖形文字的雛形；因此從西元前3000年起，隨著泥板上的書寫愈來愈多，陶製籌碼的數量就愈來愈少。這個理論並未廣獲接受；現在我們就來看看原因。

■陶製「籌碼」的發現。它們分布甚廣，從巴勒斯坦經安那托利亞、越過伊拉克到伊朗東部都有（但沒有在埃及發現），巴比倫尼亞地區尤其豐富。繪製這種分布圖有兩大難題，一是挖掘者常丟棄籌碼，二是難以判定一個小陶塊是否合乎籌碼的條件。（資料來源：Denise Schmandt-Besserat）

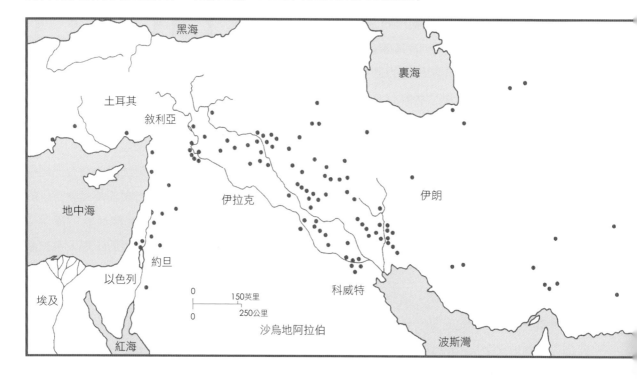

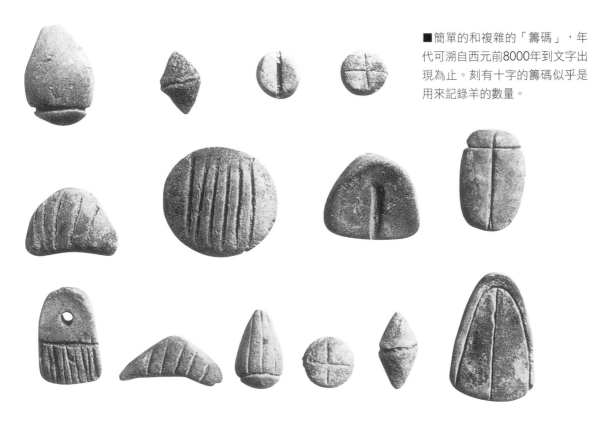

■簡單的和複雜的「籌碼」，年代可溯自西元前8000年到文字出現為止。刻有十字的籌碼似乎是用來記錄羊的數量。

■1920年代，倫納德·伍萊爵士（Sir Leonard Woolley）在古蘇美吾珥城（Ur）進行挖掘工作。他和其他幾位早期的挖掘者認為多數籌碼無考古價值而予以拋棄。

陶製封套

在出土的陶製籌碼之中，最有趣的發現莫過於：那些籌碼都被包在陶製封套中。封套多半為球體，通稱為「大泡泡」（bulla），表面密封且留有印記，印記有時和裡面的籌碼相關。目前已知有80顆籌碼完好如初的大泡泡；拿起來搖一搖，它們會咯咯作響；用X光掃描，可看見裡面籌碼的輪廓。有一些大泡泡已經被打破，還有一些在挖掘過程中被破壞，內容物散失而無適當紀錄。但儘管物證有限，我們還是可以做出若干結論。

大泡泡的用途極可能是確保內中籌碼的正確和完整。若綁成一串或放在袋子裡，籌碼可能會被動手腳；如果籌碼密封起來，要竄改就沒那麼容易了。遞送物品時，密封的籌碼可做為貨物清單。發生爭議時，可以打破大泡泡，核對籌碼和貨物的數量。

藉由在陶土表面做記號，不必打破大泡泡就能核對內容物（當然這些記號不保證不會被動手腳）。但這方面的證據並不明確。你可能以為表面的印記會相當於籌碼的數量，有些案例如此，有些不然。你也可能以為印記的形狀會與籌碼的形狀一致（推測是：在大泡泡密封後，使用者會拿其他類似的籌碼壓印。）其實兩者的關係並非絕對。

很多學者（以丹尼斯‧施曼德—巴塞瑞特為首）覺得，這些大泡泡表面的印記，正是在泥板標記更複雜符號的先驅，而後文字應運而生。這種論點固然合理，但似乎過於複雜。泥板上的符號為什麼該被視為比泥球上的印記，甚至籌碼本身先進的概念呢？真的要說，也該是塑造有刻記的籌碼，比在板子上畫記號來得進步吧？對照錢幣的發明，那可是發生在木籤刻痕畫記之後。此外，在楔形文字於西元前3000年出現後，籌碼和大泡泡仍續存很長一段時間。與其說催生文字的概念，不如說籌碼和大泡泡就跟畫記一樣，扮演了輔助文字的角色。換句話說，它們不是早於文字，而是伴隨文字一同發展。

■內有6個籌碼、表面有6個相對應印記的大泡泡。

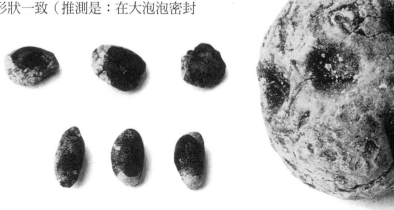

■內有7個籌碼、表面有4個印記的大
泡泡，或許是其中幾個籌碼壓印的。

■於魯齊（Nuzi）出土，刻有楔形文字、年代約在西元
前1500年的獨特大泡泡，文字述說內有49個籌碼（挖掘
時完好，但現在下落不明）。

■密封的大泡泡和X光圖（可見到
籌碼的輪廓）。

最早的泥板

已知最早的泥板來自美索不達米亞的烏魯克，書寫者是蘇美人，年代可能在西元前3300年前後（所有早期泥板的年代皆無法確定）。它們是表示數值的泥板，尚未展現成熟的文字：它們僅和計算有關係，而上面的符號包含數字和圖形符號或類圖形符號的標記。我們無法肯定確切詳盡的意義，不過有時可以明白其計算方式。

泥板數字的壓印法沿用了數百年之久，至楔形文字在西元前兩千多年發展時仍然雷同。書寫者會用蘆葦針筆的圓端垂直壓入軟黏土，形成一個圓洞，或以某個角度壓出指甲狀的印記（參見83頁）——也可能結合兩者，重疊壓印，用來表示較大的數字。

這些數字很可能是從陶製封套表面的印記發展而來，但也可能是分開來發展，專門用於泥板。

泥板書寫的概念或許是美索不達米亞城邦的經濟更趨複雜下的產物。正如冰河時期的人類用岩洞的壁面和骨骸來記錄他們覺得重要的事，古伊拉克城鎮的居民也運用了在這片沒什麼石頭或木材的土地上唾手可得的天然原料。黏土相對容易用針筆作記號，如果出錯也容易消除；用火燒過之後，它就是一份可長久保存的紀錄。在右頁呈現的早期泥板中，我們已經知道圖形符號表示的物品是大麥（用來釀啤酒）。記錄的數量和年代皆已確知。最小的單位 ⌣ 可能代表約4.8公升的大麥。每一個數值符號都是前一個的倍數，數值如下：

▷ = 5	⌣	或約24公升
● = 6	▷	或約144公升
⬤ = 10	●	或約1,440公升
▷ = 3	⬤	或約4,320公升
▶● = 10	▷	或約43,200公升

■烏魯克出土的早期泥板，前面（上圖）和後面（下圖）。記錄物品不得而知，但計算方式可總結如下：

18 ▷ + 3 ● = 8 ▷ + 4 ●

（如果1 ● = 10 ▷）。

■烏魯克出土的早期泥板，用來記錄與大麥有關的交易，附翻譯。左下角的兩個符號出現在18個同時期的泥板，可能代表大麥交易主管官員的名字（也可能代表主管機關的名稱）。基於這個符號與後期已知表音符號的相似處，這位官員可能名為庫辛姆（kushim）。右下角符號的意義較不明確。由於這塊泥板記錄的大麥數量極大，記帳時間也很長，它似是一份「資產負債表」的摘要。

（資料來源：Nissen、Damerow和Englund）

● 商品的數量：

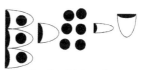

約135,000公升

● 商品的類別：

大麥

● 記帳時間：

37個月

● 主管官員的名字：

庫辛姆

● 文件的作用（？）：

最後的帳目？

（刻在一個被部分塗改的符號上）

● 大麥的用途（？）：

交易（？）

古代中東的計數

在一件重要的事情上，我們仍沿用五千年前蘇美人的計數方式。在標記時間和角度時，我們採用六十進位制：1分鐘有60秒、1小時有60分；1度有60分、一個圓有360度。蘇美人的計數系統有很多子系統，其中一個重要的數列如下：

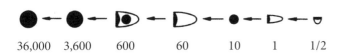

| 36,000 | 3,600 | 600 | 60 | 10 | 1 | 1/2 |

這些特定的數字用來計數離散物件（discrete object），例如人和動物、乳製品和紡織品、魚、木製或石製工具和容器等。第二個重要的數列則可能是一種配給系統，用來數離散的穀物、乳酪和新鮮的魚；第三個數列則用來估計面積。另外還有數列用來記錄穀物的容量，特別是大麥（我們在63頁見過），一個用來算麥芽、一個用來算脫殼的大麥，以及其他數列。這些都讓解讀早期泥板的工作難上加難。只有曆法系統相對簡單明瞭：

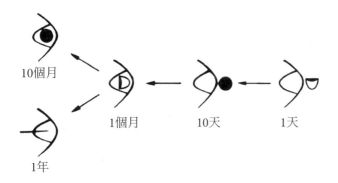

10個月　1個月　10天　1天　1年

■亞述王撒縵以色三世（Shalmaneser III，西元前858-前824年）為慶祝勝利所立的黑色方尖碑。碑文顯示，拜敗軍的貢品──金子、銀子和其他貴重金屬，以及穀物和油等原料──所賜，亞述人在地中海東部經商的地位日益強大。因此，計算用的數字系統對亞述人格外重要，就像過去對巴比倫人和蘇美人那樣。

我們所用計數系統的根本原則——數字是抽象實體，可依附於任何事物，從幾分鐘到乳酪重幾公斤——卻不是早期人類的計數觀念。他們的符號在不同情況代表不同意義，這令我們這些現代計數者感到困擾。例如，數字符號 ● 可能代表下列數值，視使用情況而定。

1 ● = 10 ◗ 用於數羊

1 ● = 6 ◗ 用於數大麥

1 ● = 18 ◗ 用於數田地

這裡有三種計數系統，我們可以用其中一些符號來理解66-67頁那塊關於釀造啤酒的複雜泥板上的符號。第一個系統用於計算大麥和穀物製品，第二個系統用於計算麥芽，第三個系統則用於計算脫殼的大麥。

系統1 大麥和穀物製品

系統2 麥芽

系統3 脫殼的大麥

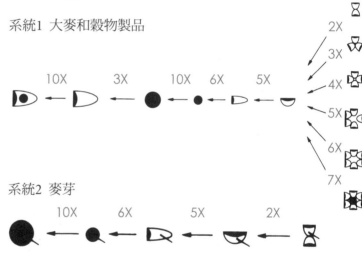

■這些蘇美人的符號不是抽象的數字符號，而是度量單位，例如1公斤的麥芽、10公斤的麥芽，小的在右，愈往左愈大。我們不知道每種度量單位確切的數量是多少，只知道各單位之間的比例。

請注意：一種符號的小刻痕數目因泥板而異。（資料來源：Nissen等）

古老的簿記

我們在這幾頁見到的泥板是最重要的早期蘇美人泥板之一。泥板上的符號，我們可以稱為文字嗎？不行，這仍是原始文字，純用於計算，沒有使用畫謎來表現語言中的語音元素。我們或可想像這些符號可能會形成楔形文字，但它們尚未達到那個階段。不同於63頁的泥板，這塊泥板沒有署名，可能是行政文書（我們手邊沒有）的某種補充注釋。不過，泥板據信出自庫辛姆辦公室的抄寫員之手，就是署名於前一塊泥板的那位庫辛姆。

泥板列出製作九種不同穀物製品和八種啤酒所需的原料。我們不知道那些穀物製品是什麼：或許是麵包之類的烘焙品？每種製品分別用 ⬡ ⬡ ⬡ ⬡ ⬡ 稱呼，或用 ⬡ 等語標符號表示。這裡用了五種不同的數列，有六十進位制和雙六十進位制，分別用於啤酒容器、穀物製品和原料的度量。

以下我們挑出泥板上五組主要的符號加以解釋。

■行政管理使用的泥板。其中五組符號已被分析出來（如右頁）。有些記號上的小刻痕不見得一致，而因為這情況並非這裡探討的重點，我們予以忽略。（資料來源：Nissen等）

● = 10（屬六十進位制）

= 一種穀物製品（烘焙品？）的名稱
（見65頁的計數系統1）

= 10份 所需的脫殼大麥數量
（見65頁的計數系統3）

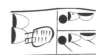

= 2 x 60 = 120
（屬六十進位制）

= 某種啤酒的酒罈

= 啤酒所需的脫殼大麥數量
（見65頁的計數系統3）

= 所需麥芽的數量
（見65頁的計數系統2）

●
● = 20（屬雙六十進位制）

= 一種穀物製品（烘焙品）
的名稱
（見65頁的計數系統1）

= 20份 所需的
脫殼大麥數量
（見65頁的計數系統3）
抄寫員省略了表示
穀物製品的符號

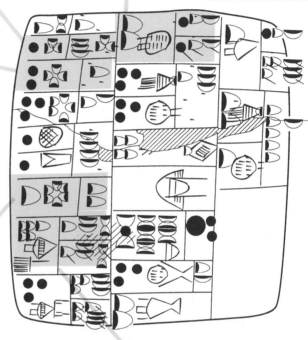

= 60（屬雙六十進位制）

= 一種穀物製品（烘焙品？）的名稱
（見65頁的計數系統1）

= 60份 所需的脫殼大麥數量
（見65頁的計數系統3）
抄寫員省略了表示穀物製品的符號

= 5

= 大

= 某種啤酒的酒罈

= 啤酒所需的脫殼大麥數量
（見65頁的計數系統3）

= 所需麥芽的數量
（見65頁的計數系統2）

■巴比倫尼亞出土之刻有楔形文字
的界碑，年代約在西元前1120年。

■埃及十八王朝一個陪葬護身符上
刻了《死者之書》的一段文字。

■美索不達米亞刻有「古體」楔形
文字的權杖頭。

II

失傳的文字

今天，除了在特定的宗教或儀式場合，沒有人說拉丁文——卻有數億人寫羅馬字母。相反地，在中國，兩千年前使用的語言和文字皆以修改後的形式流傳至今。然而，在美索不達米亞，古代的語言——蘇美、阿卡德、巴比倫和亞述——以及用來書寫這些語言的楔形文字，都沒有人用了。從過去到現在，世上的語言遠比文字來得多，而語言消失的速度也遠比文字來得快。往往，一種文字會因為被一種甚至多種新的語言採用而持續廣為流傳。楔形文字、中文字和希臘字母都發生過這種情況，但值得玩味的是，埃及和馬雅的象形文字沒有。

一種文字為何留存或失傳的原因尚不明朗。符號夠不夠簡單，或能否有效表現一種語言的聲音，皆非文字存續的唯一標準。若是如此，中文字早就在中國絕跡，被字母取代；日本人也絕對不會借用漢字。政治力和經濟力、宗教及文化威望，以及是否有重要文學作品流傳，都會對一種文字在歷史上的命運起關鍵的作用。

第四章　楔形文字

■巴比倫的圓筒印章，以及今人用這枚印章壓印的作品。它呈現吾珥的統治者之一吾珥南模（Ur-nammu，西元前2112-前2095年）。楔形文字寫著：「強大的吾珥南模，吾珥之王：哈什漢默，伊士坤辛的統治者，是你的僕人。」兩位女神在哈什漢默，即印章的持有者（最左側）和吾珥王之間仲裁。新月底下，吾珥王戴著象徵王室的圓形高邊頭飾，坐在立於高台、用牛腿做成的王座上。

■大流士獵獅：今人用他的圓筒印章壓印出的作品，年代約在西元前500年。

古美索不達米亞

　　現今伊拉克給人的印象並不符合古時「肥沃新月」之名。西元前3500至前3000年間，氣候變遷使美索不達米亞適宜人居，造就了肥沃的沖積平原和理想的自然條件，套用一句學者的話，那「就像我們期望在伊甸園看到的景致」。

　　這裡農業發達，城市、國家乃至帝國陸續發展，文字也隨之出現。第一批泥板是圖形符號，年代就我們所知約在西元前3300年；它們是在烏魯克發現。到了西元前2500年前後，這些符號成了抽象的楔形文字符號，在書寫蘇美語時廣為使用；後來那發展成巴比倫和亞述帝國的文字；而在約西元前500年，大流士統治的波斯帝國內，發明了一種新的楔形文字。最晚的楔形文字銘文出現在西元75年。就這樣，楔形文字被用作書寫系統達三千年之久。

　　楔形文字記載了古美索不達米亞的歷史。巴比倫的漢摩拉比、拉格什（Lagash）的古地亞（Gudea）和亞述王西拿基立（Sennacherib），現在都透過他們的銘文跟我們說話。但這段紀錄仍有麻煩的缺口，有些時期不見泥板或銘文的蹤跡。我們會傾向推測那些時期的經濟活動較沉寂，但事實可能恰恰相反：那些可能是和平繁榮的階段。不同於戰火頻仍的時代，那些階段沒有圖書館被燒毀，也就沒有珍貴的檔案被意外烘烤而流傳給後世。

文字的階段	西元前	歷史的發展
數字泥板和陶製封套	3400	巴比倫尼亞開始出現大規模定居
烏魯克的古文字	3200	最早的都市中心 早期文明時代
吾珥的古文字	3000	
	2800	建構大型灌溉網
	2600	
古蘇美文本	2400	城邦相互競爭 第一個地域國家出現
古阿卡德文本	2200	拉格什的古地亞 吾珥第三王朝的中央集權國家
古亞述文本 古巴比倫文本	2000	
	1800	巴比倫的漢摩拉比
	1600	
	1400	
	1200	喀西特人統治時期
	1000	
最早的亞蘭文本	800	亞述帝國
	600	西元前539年巴比倫被居魯士占領
古波斯文本 楔形文字在塞琉古人統治下復興	400	大流士一世

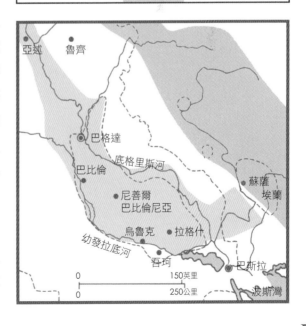

　　■巴比倫尼亞和伊朗西部的地圖。深色部分是雨量豐沛區；淺色部分代表灌溉農業。虛線圍出的是有人定居的區域。

解讀楔形文字

楔形文字最後出現於銘文的年代，與後來被近代歐洲重新發現的年代，足足相隔一千五百多年。這份銘文是1618年在波斯波利斯出土，也就是昔日大流士和阿契美尼德王朝波斯王的都城。發掘者是西班牙駐波斯大使賈西亞·席爾瓦·費格羅亞（Garcia Silva Figueroa）。他依據古希臘和羅馬作者對這地方的描述，確定設拉子（Shiraz）附近的廢墟即是波斯波利斯的遺址。廢墟裡的神祕銘文皆精巧地刻在黑碧石上，因此他斷定那些銘文屬於「現已無法找到，或從來不存在的人類」。那些字母不是亞蘭文、希伯來文、希臘文或阿拉伯文，而是「三角形的，形似金字塔或小型方尖碑……一模一樣，唯有位置和排列方式不同」。

第一份楔形文字的銘文在1657年公諸於世。不同於埃及象形文字，它幾乎沒有引發好奇：多數學者認定那些符號不是文字，而是裝飾（甚至是鳥類在剛軟化的黏土上走過的腳印！）牛津大學希伯來語和阿拉伯語教授湯瑪斯·海德（Thomas Hyde）在1700年撰文，認為那些符號是波斯波利斯建築師進行的一場實驗，他們想看看運用單一元素可以創造出幾種不同的模式。它們不可能是文字，海德說，就

■阿契美尼德王朝的首都波斯波利斯，在西元前330年毀於亞歷山大大帝之手。照片裡的廢墟在1618年被鑑定為波斯波利斯。

■騰雲駕霧的阿胡拉·馬茲達（Ahura Mazda）是古波斯瑣羅亞斯德教（Zoroastrianism）至高無上的神明。西元4世紀瑣羅亞斯德教聖典《阿維斯陀》（Avestan）所用的語言，為譯解楔形文字提供了線索。這幅畫出自海德發表於1700年、有不少訛誤的古波斯研究，描繪波斯波利斯的一個場景。

算只是因為看起來沒有任何字符重複出現。

但海德確實創造了「楔形」之名，即「楔子形狀」，或「ductuli pyramidales seu Cuneiformes」（「cuneus」是拉丁文「楔子」的意思）。事實上，相同的字符是有重複出現的，而且相當頻繁：海德拿到的銘文副本有誤。更好的版本是1712年由坎普佛（E. Kaempfer）發表的銘文，行醫的他曾在1686年拜訪波斯波利斯。正是坎普佛率先察覺這些銘文可能用來表現不同的文字，因為有些符號獨獨見於特定的銘文。

18世紀上半也有其他去過波斯波利斯的人發表銘文，但直到1770年代，譯解工作才有進展。知名丹麥旅人卡斯坦‧尼布爾（Carsten Niebuhr, 1733-1815）發現許多銘文是複製品，這使他得以一一比對內容。從複製銘文每一行的行尾不一定落在同一個地方，他確定這種文字的書寫方向是由左至右。透過比對不同銘文的符號，他清楚區分出三種文字。他也著手離析最簡單的符號。1800年後正式開始的譯解工作，就是以尼布爾的成果為基礎。

■卡斯坦‧尼布爾是精確臨摹出波斯波利斯楔形銘文的第一人。尼布爾是個不知疲倦為何物的旅人和學者，他一個人從印度經由波斯波利斯回到丹麥。他在1772年發表他的第一批臨摹稿。詳盡的研究讓他得以證實波斯波利斯有三種不同的楔形文字。

■尼布爾繪製的一份波斯波利斯銘文。

初步的成就

■格羅特芬德試著將古波斯文視為字母系統來加以譯解。事實上，這種文字有一部分屬音節文字；因此格羅特芬德許多符號的發音是錯誤的；其中，他認為有些符號代表同一個音、有些音共用一個符號，這兩點尤其不正確。

向譯解楔形文字穩穩邁出第一步的是德國哥廷根一名中學老師，喬治·格羅特芬德（Georg Grotefend, 1775-1853）。他判定在銘文裡頻繁出現的單一斜形楔子一定是字詞的分隔記號，由此推斷這個系統是字母系統：因為每兩個分隔記號之間夾了太多符號——最多十個——這不可能是音節系統。這個假設不完全正確，但在鑑定名字時頗有用處，因為名字的確是用字母拼寫（就像埃及象形文字的王名框）。另外兩個進一步的假設也必不可少。首先，銘文中可能嵌入了一種王室的慣用語，讀起來類似「X，（偉大的）王，諸王之王……」因為這種慣用語已在年代晚得多的波斯巴列維（Pahlavi）諸王的銘文中見到；另外，這種慣用語或許也納進王室的世系，例如「X，（偉大的）王，諸王之王，Y之子。」第二，銘文提到的王可能是薛西斯王

（Xerxes），西斯塔庇斯（Hystaspes，本身不是國王）之子大流士之子。

格羅特芬德將注意力擺在兩段不同的銘文上。這兩段都刻在波斯波利斯城門口的塑像（說得更確切些，是兩尊塑像）上。雖然使用的符號不同，卻有許多共同的符號，甚至有相同的符號群組。例如：

符號群組（3）很可能是大流士的名字，因此第一段銘文可能在頌揚薛西斯，大流士之子，第二段則是頌揚大流士，西斯塔庇斯之子。兩段銘文的第一個詞都是王名。問題來了：這兩個阿契美尼德王的名字該怎麼拼呢？顯然不是「Xerxes」、「Darius」和「Hystaspes」，這些是之後希臘文的拼法。格羅特芬德核對了希臘語、希伯來語和阿維斯陀語（瑣羅亞斯德）的拼字——阿維斯陀語可能是與銘文最接近的語言——猜想：Darius = Darheush、Xerxes = Khshhershe。他進而將那些字母與楔形文字配對如下：

在這兩組中，代表h、r和sh的三個符號完全相同。

這些純屬猜測的符號發音能用來「翻譯」銘文中的其他字詞嗎？格羅特芬德著手處理出現在這兩個人名之後的詞，那在兩段銘文一模一樣（2）。那很可能是「王」的意思。套用前述讀音，他得出：

在瑣羅亞斯德教的聖典《阿維斯陀》裡，格羅特芬德找到了王室頭銜「khscheio」。因此他

推測上面兩個問號分別發i和o的音。

那麼大流士的父親西斯塔庇斯呢？阿維斯陀語的拼法似乎是「Goshtasp」。這與第二段的符號組（1）相當吻合（一如預期，這些符號並未出現在第一段銘文，因為西斯塔庇斯是薛西斯的祖父）：

基於上述解讀成果，格羅特芬德編纂了一份古波斯文字母表。他的符號發音許多已證實有誤，尤其是當他試著將他的系統套用到專有名詞以外時。這是因為古波斯文並非單純的字母系統，而有部分是音節文字。這個不爭的事實，加上格羅特芬德不具學術地位，使他的譯解成就在當年沒有獲得應有的肯定。而今天，他已被公認為先驅者。

第二段銘文現在這樣解讀：「大流士，偉大的王，諸王之王，諸國之王，西斯塔庇斯之子，阿契美尼德人，是他建造了這座宮殿。」這些部分屬音節文字、部分為字母的楔形文字可逐字音譯如下（大流士和西斯塔庇斯加底線）：

da-a-ra-ya-va-u-š /xa-ša-a-ya-θa-i-ya/
va-za-ra-ka/xa-ša-a-ya-θa-i-ya/xa-ša-a-
ya-θa-i-ya-a-na-a-ma/xa-ša-a-ya-θa-i-ya/
da-ha-ya-u-na-a-ma/vi-i-ša-ta-a-sa-pa-ha-ya-
a/pa-u-śa/ha-xa-a-ma-na-i-ša-i-ya/ha-
ya/i-ma-ma/ta-ca-ra-ma/a-ku-u-na-u-ša

羅林森和貝希斯敦銘文

譯解工作要有進展，需要篇幅更長的楔形銘文。楔形文字版的「羅賽塔石碑」出現在一處懸崖：大流士在伊朗西部貝希斯敦（Behistun，今比索頓〔Bisitun〕）小鎮附近札格羅斯山脈中的這片峭壁，刻了大量的銘文。跟在波斯波利斯一樣，這裡也有三種文字：古波斯文字、埃蘭文字和巴比倫文字（埃蘭的楔形文字相當特殊，不過我們已經知道它是巴比倫楔形文字的一種地域性變體）。

但在得以使用這片巨大的三語素材之前，必須先謄寫內容。這說比做容易，因為峭壁上只有一條狹窄的岩架可讓人站立（這片山坡似乎在古代被鑿掉了，可能是為了讓銘文更顯眼，也可能是為了保護它）。銘文的上半部看似根本不可及。

勇於冒險又精通數國語言的英國軍官羅林森爵士（Sir Henry Creswicke Rawlinson, 1810-1895）欣然接受挑戰。他曾於1826至1833年在印度服役，在那裡習得印度斯坦語、阿拉伯語和現代波斯語，也是享譽盛名的傑出馬球選手和運動員。被調往波斯協助君王的軍隊後，他擔任庫德斯坦總督的顧問。這片古波斯銘文的下半部，羅林森可以站在狹窄的岩架上抄寫；用梯子，他可以搖搖晃晃地抄寫較高的部分：站在梯子最高的橫檔，「左手拿本子，右手執筆，除了用左手臂靠著岩石來穩住身體，沒有其他支撐方式」。但最高處的銘文，他力有未逮。所幸，來了個「庫德族的野孩子」，竟有辦法擠進峭壁的一個裂口，敲入一根木樁，再爬到銘文的另一側，再打一根樁，拉了繩索，

■伊朗西部的貝希斯敦岩，上有促成楔形文字譯解的銘文。銘文位在距路面超過一百公尺高之處。

■羅林森，巴比倫楔形文字的譯解者。

就可以依照底下羅林森的指示，用紙漿幫銘文做模子。這是需要勇氣和決心的非凡功績。1847年，歷經十年的努力，完整的貝希斯敦銘文才謄寫完畢。

下圖是羅林森畫的貝希斯敦銘文全景圖。三種語言的楔形文字圍繞大流士，他一腳踩在敵人身上，正審判其他九個手反綁在背後的人。波斯人（和瑣羅亞斯德教）的最高神祇阿胡拉‧馬茲達漂在他們頭頂。在羅林森解讀出這片古波斯銘文之前，有些學者以為這個場景是在表現被俘虜的以色列部族。

羅林森被公認是巴比倫楔形文字的譯解者，但他和商博良及麥可‧文特里斯（Michael Ventris，譯解線性文字B）不同，從未解釋說他是如何辦到的。近來針對他所寫筆記的研究顯示，他是擅自借用愛德華‧辛克斯（Edward Hincks）的研究成果，而未標明出處。

被譯解的楔形文字

■ 亞述王提格拉特帕拉沙爾一世（西元前1120-前1074年）一根陶柱上的楔形銘文。這些文字在1857年被翻譯出來，證實巴比倫楔形文字已順利譯解。

目前仍不可能針對楔形文字的譯解，提出像古埃及象形文字那般完整而連貫的解釋。這是因為羅林森和另一位參與其中的學者愛德華‧辛克斯，並未暢言他們的思路。另外，在應用於其他數種語言時，楔形文字更是格外錯綜複雜。

三種楔形文字中最早被征服的是古波斯文。格羅特芬德已鑑定出西斯塔庇斯、大流士和薛西斯之名；羅林森則能在貝希斯敦銘文中鑑定出被大流士統治過的民族名稱，那些民族在希臘文的波斯帝國史中都有記載。據此，他推測了更多古波斯符號的發音。同樣關鍵的是他擁有阿維斯陀語和梵語知識。這兩種語言皆已知和古波斯語源於同一支印歐語系，又以阿維斯陀語和古波斯語較接近，因此羅林森明白，他可以預期阿維斯陀語、梵語和古波斯語的同義詞之間有某種固定的關係。1846年時，他已經能就貝希斯敦銘文中古波斯的部分提出完整的譯文。

羅林森此番成就為德國波昂教授克里斯蒂安‧拉森（Christian Lassen）的洞見扎下基礎。拉森已經注意到，某些楔形文字的符號只出現在特定母音之前。格羅特芬德認為古波斯楔形文字為純字母系統，拉森則正確地提出，那是字母和音節的混合體。羅林森發現（辛克斯也單獨發現），音節符號的部分拼法會因音而異。例如 t 如果後面跟著 a 或 i 寫法是相同的，但跟著 u 就不一樣了：

   ta   *ti*   *tu*

反觀th，無論後面跟著哪個母音，寫法都一樣：

𒑰 *tha*　　𒑰 *thi*　　𒑰 *thu*

d則有三種不同形式，視組合的母音而定：

𒁷 *da*　　𒁲 *di*　　𒁺 *du*

在譯解古波斯文本後，注意力遂轉至另兩種文本，巴比倫文和其地域性的變體埃蘭文。這兩種在貝希斯敦和波斯波利斯皆有出現。兩者都有大量不同的符號，顯見含有非字母的元素。專有名詞再次成為譯解的起點，但這些名字的拼法多變，不易辨識。比較「西斯塔庇斯」一詞在古波斯、埃蘭和巴比倫文中的拼法，分別為vi-i-ša-ta-a-sa-pa、mi-iš-da-áš-ba和uš-ta-as-pa。我們已經在75頁的波斯波利斯見過古波斯文的西斯塔庇斯，下圖用紅色標出的，是同一份銘文中埃蘭文字和巴比倫文字的版本：

1

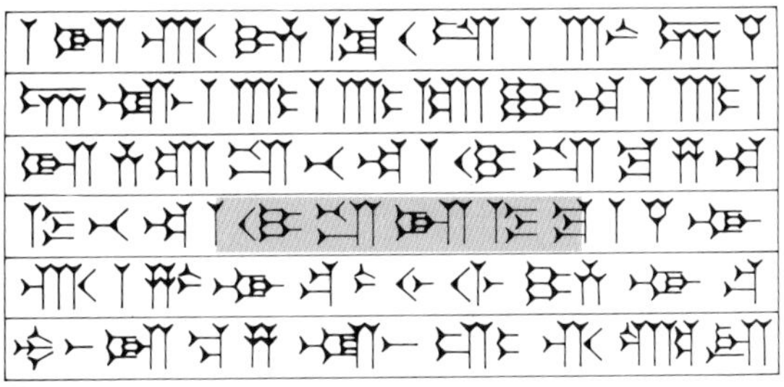

2

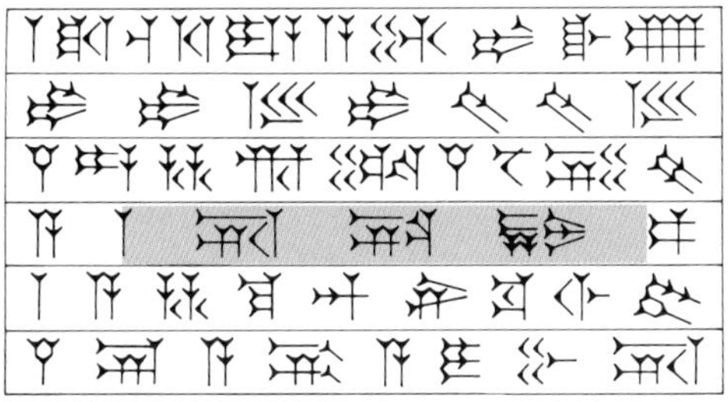

但除開名字，埃蘭文證實比古波斯文棘手。與阿維斯陀語和梵語的比對徒勞無功；今天，埃蘭語被認為與其他已知語言都沒有關係。巴比倫語則非如此，它和希伯來語、亞蘭語和其他閃族語言有關。不幸的是，這種關聯性多少誤導了羅林森、辛克斯等人，因為那暗示巴比倫楔形文字會和之後閃族語言所用的文字類似，而後者一般不標示母音。當羅林森遇到各自代表ba、bi、bu、ab、ib、ub的巴比倫符號，他一開始認為那些只是b的不同寫法——即同音異形字。另一方面，他又認為某些符號可能有不只一種發音——即多音字。巴比倫文字看似複雜得不得了。

系統確立

詳盡的研究證明，某種符號的前後關係（語境），可以大幅限縮符號／語音組合的選擇，不再那麼令人困擾。（例如，我們向來可以從英文句子的上下文判斷多音字「o」在「bow」一詞中的發音。）到了1850年代中期，巴比倫楔形文字的譯解已較有把握。這點在1857年皇家亞洲學會於倫敦舉行的公開試驗獲得證實，也公諸於世。學會請羅林森、辛克斯和其他兩位學者分別為一根甫出土、刻有亞述王提格拉特帕拉沙爾一世（Tiglath-Pileser I）銘文的陶柱提交譯文：四人（特別是羅林森和辛克斯）譯文的雷同程度高得驚人。從那時起，巴比倫楔形文字的譯解有了廣為接受的系統，剩下的只是如何精進的問題。

楔形文字之美

楔形文字的符號是印在陶土或刻在石頭、金屬、象牙、玻璃和蠟上。就我們所知，這種文字鮮少用墨水寫，跟用墨水寫在紙草上的埃及象形文字不同。雖然楔形文字不像象形文字那般神祕且充滿魔力，但精雕細琢的楔形文字，也是引人入勝的藝術品。

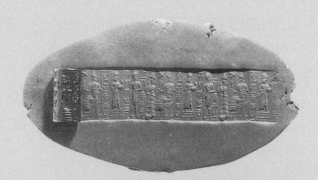

■西元前2112至前2095年，吾珥王吾珥南模刻在磚上的銘文。內容是：「為了女神伊南娜，偉大的男子吾珥南模，吾珥王、蘇美王和阿卡德王，建了她的神廟。」美索不達米亞大部分的建築是用曬乾的泥磚砌成，烘烤過的磚則留給神廟的正面使用。從約西元前2250年起，國王會把他們的名號印在磚上；印章可能是用黏土或木頭製造。這個習慣一直持續到巴比倫尼布甲尼撒二世時期（西元前604-前562年），後來，相當諷刺的是，在1980年代伊拉克「重建」古巴比倫時期，該國統治者重現了這種做法。

■西元前2141至前2122年拉格什統治者古地亞雕像上的銘文。

■西元前6世紀，大流士黃金飾板的局部，取自波斯波利斯的觀見廳。刻著古波斯文、埃蘭文和巴比倫文的銘文，祈請至高無上的神祇阿胡拉‧馬茲達庇護大流士和他的王位。每一片黃金飾板都有銀的複製品。

■（左圖）兩枚印章（今人壓印的作品）。印章在美索不達米亞最早期的讀寫文明即已使用。橢圓形（左上）的是西元前18世紀的古巴比倫印章，上頭刻著銘文：「伊本尼—阿穆魯，伊利瑪—阿希之子，阿穆魯神的僕人。」另一枚印章（左下）的年代約在西元前2600年，出自伊拉克南部吾珥王室陵墓，材質為青金石；它刻了意為「普阿比王后」的楔形文字，描繪了王后出席盛宴的場景。

■西元前2155至前2142年拉格什統治者吾珥巴吾（Ur-Bau）的角錐銘文。在蘇美人的時代，一間房屋的買主常當眾將一支泥土做的角錐或釘子插入新家的牆裡，做為所有權易手的標記。西元前2400至前1700年之間的統治者，也習慣將刻了銘文的釘子打入神廟或小禮拜堂的牆裡，有時一打就是上百支。銘文從簡單的「名牌」到詳述歷史和祭儀事件的紀錄都有。

楔形文字之工藝

絕大多數的楔形文字是寫在泥土上。如何製造好的泥板必定是當時新進抄寫員的首要之務。最大的泥板有十一欄，約莫一英尺見方。泥板的一面大致平坦，另一面則維持凸狀。文字會先寫在平坦面，寫滿後再翻過來寫在凸面；如此，先寫在平面上的符號就不會因受壓而毀損。

書寫完畢，泥板通常會擱置晾乾；如果要修改這樣的泥板，只需再把泥板弄濕即可。反過來說，如果要創造長久的紀錄，也可以烘烤泥板，如果這不慎發生在火場，例如圖書館遭焚毀時。反倒可能裨益泥板永久保存。被火燒過的泥板多半呈深灰色或黑色，而現今為了更妥善保存而烘烤的泥板則呈現深橘褐色。若針筆（或類似物品）直直刺穿（或幾乎刺穿）泥土，有時會在板上留下所謂的「火孔」。以往學者猜想這些孔是為了幫助泥板風乾，或避免它在燒烤時碎裂，但有些大型泥板沒有穿孔也烤得完好無缺。看起來，那些火孔，無論最初目的為何，很快變成一種傳統：有些文獻，原始文本裡的火孔也在副本裡一絲不苟地複製。

書寫方法

刻寫泥板時，抄寫員會從泥板的左上角開始，往下寫到最底部，再回到下一欄的最上面，重複這個程序，一欄接著一欄，往泥板的右邊寫過去。寫到右下角時，抄寫員會將泥板由下往上翻面，從另一面的右上角開始寫，一行一行往左邊寫過去。因此泥板的寫法和讀法跟我們讀現代的報紙一樣，除了古代抄寫員是由下而上翻「頁」，而非左右翻頁。

針筆通常是蘆葦製成，偶爾也用金屬或骨頭做。蘆葦在近東地區的沼澤地很常見，而且相當強韌。抄寫員可輕易把蘆葦頂端修成圓頭、尖頭、扁頭或斜切面。每一種形狀都有其用途，例如壓記數字（見下圖1），而有些造型的蘆葦能清楚表現抄寫員的筆法。

尖筆在泥板上顯然可以朝向抄寫員想要的方向；而如果泥板夠小，泥板也可以在手中來回翻轉。但實際上，符號使用的角度有限。一

1.

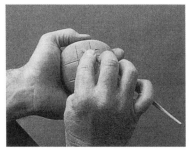

2.

3.

■如何用蘆葦針筆寫楔形文字。針筆的圓頭被用來壓記數字（後來，數字也寫成楔子狀，不再是圓形）。第一種楔子（2）容易刻寫，第二種（3）則顯得不便，因此楔形文字普遍為第一種楔子角度，第二種角度甚少。

項針對所有楔形文字銘文的研究顯示，楔子鮮少指向上方和左邊，也很少斜向右上（偽造者常忽略這個事實。）只要想想泥板的拿法便知箇中緣由。假設多數抄寫員慣用右手寫字，泥板會拿在左手，針筆則握在右手拇指和其他四指間（見上圖2）。用這種姿勢，可以相當順手地寫出多種楔子，但也有多種楔形頗為礙手（見上圖3）。我們發現第一種楔子的角度在後期的楔形文字中相當普遍，第二種則很少見到，西元前2300年後更從標準用法中絕跡。

抄寫訓練

抄寫員是在抄寫學校受訓。男孩（和極少數女孩）練習臨摹老師所寫的幾行楔形文字：神的名字、一連串術語、文學作品片段或格言。許多這種學校的泥板留存至今，泥板一面是教師的版本，學生較不熟練的版本則寫在另一面。

受過訓練後，抄寫員可以擔任多種角色。最具影響力的抄寫員是王室抄寫員和全國各城市首長的個人祕書。也有些抄寫員專門為神廟效力，還有一些服務於紡織業、造船、陶器工坊和運輸業。最多人待在農業，協助維護灌溉渠道、登記勞力分配和收穫貯藏、記錄農具的供給和看管，也負責處理動物的收送和運輸。最後，也有抄寫員在法界任職。他們可能大多沒有實權，但有些人可能相當於現代重要機構的「書記」。不過，美索不達米亞的抄寫員，絕對沒有埃及的抄寫員那般受人尊敬。

■古巴比倫學校的泥板。上圖為老師的範例，下圖則為門生的臨摹品。文字內容是一句蘇美俗諺。

符號的演變

1

2

■伊拉克南部，「吃」的楔形文字符號的起源和演變，約西元3000至前600年。

1

出自西元前3000年的第一塊泥板（左上）內容涉及神廟管理，呈現楔形文字前期的符號，尚屬圖形階段：一個人頭的側面，嘴裡有一杯穀物。

2

第二塊泥板是西元前2100年前後的神廟收據，原本的圖形轉了90度，頭變成仰臥；「吃」這個詞現在是部分表音，結合了「頭」和「食物」的符號。

3

三塊泥板中離現代最近的一塊（右頁上圖），年代約西元前600年，內容關乎幸運和不幸運的日子。「吃」的符號在此是一段優美、複雜筆跡的一部分，放大方能解讀：它成了較抽象的記號圖案，但仍具有「吃」的意義。

■巴比倫王漢摩拉比法典。

隨著美索不達米亞許多時期的歷史都有大量泥板出土，以及楔形文字扎實可靠的譯解，某些符號的演變愈來愈清楚。出自烏魯克的早期數字泥板是可辨識的圖形符號，後來逐漸被仍像圖形的楔形符號取代；接下來，這些楔形符號變得愈來愈抽象，到了西元第一個千年的亞述帝國時期，這些符號幾乎見不到其圖形始祖的影子。

在西元前1500至前2500年之間的某個時間點，發展中的符號經歷了方向的變化。泥板上的圖形文字轉了90度，現在都橫躺著。文字的整體方向也變了：現在不再是縱向書寫，而變成橫向書寫的文字（但不時仍會分欄書寫，就像今天的報紙）；也不再由右向左，而是統一由左向右。但石碑仍沿用古文字的方向書寫，直到西元前2000至前1000年的中期。因此，要讀知名的漢摩拉比法典（西元前1792-前1750年），你的頭必須倒在右邊肩膀上（將視線旋轉90度）。

發生這些變化的時間並不明確，原因亦不明朗。有些學者提出那是因為右撇子由右到左寫容易污損泥板而毀掉符號，但只要用品質比較好的泥板就不會發生這種情況。比較可能的原因是抄寫員覺得新的方向較便於他們握筆和持板。針筆和泥板的實驗驗證了這點。引用一位學者的話：「一開始，書寫者一定有股強烈的傾向，刻意用不同於讀的角度來寫泥板。」

數字和算術

我們從烏魯克發現的早期泥板得知，古美索不達米亞是用一種六十進位制來計數和計算。我們在64頁看過最早的蘇美數字。隨著楔形文字發展，那些古老的數字也變成楔形符號：

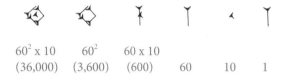

60² x 10 (36,000)	60² (3,600)	60 x 10 (600)	60	10	1

到了古巴比倫時代（西元前2000至前1500年間），這個系統已發展成熟。跟我們今天一樣，當時的數字也用位值系統表現，即一個符號的數值是多少，取決於它位於一個數字的哪個位置（例如555一數中，每一個5的數值都不同，分別為500、50和5。）這套4000年前的系統唯一欠缺的是「0」的符號；巴比倫抄寫者顯然訓練自己務必記得，在計算時於我們今天會添「0」的地方留一個空格。

這套發展成熟的位值系統裡的符號如下：

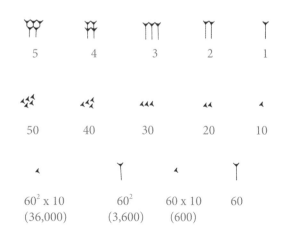

5	4	3	2	1
50	40	30	20	10

60² x 10 (36,000)	60² (3,600)	60 x 10 (600)	60

■古巴比倫人的標準綜合乘法表。基礎是六十進位制，所有數字都用楔形文字書寫。除了眾多數字的乘法，這張表也列出1到10的倒數和倒數的倍數。這樣的泥板讓抄寫員得以進行最重要分數的乘法運算。

很明顯，60和3,600使用相同符號容易造成混淆；600和36,000亦如是。雖然最高位值的數字一定寫在最左邊（一如我們的十進位系統），但接下來這兩個數字仍各有三種可能：

$$60 + 10 + 5 = 75$$
$$或 60^2 + 10 + 5 = 3,615$$
$$甚至 1 + (15/60) = 1.25$$

$$(2 \times 60) + 40 + 5 = 165$$
$$或 (2 \times 60^2) + (40 \times 60) + 5 = 9,605$$
$$或 2 + 45/60 = 2.75$$

■蘇美人記錄穀物種子的泥板。那和下方關於麵包的泥板來自同一個地方和同一個時期。內容記錄運送給名叫伊尼曼尼奇（Inimanizi）的「犁地能手」的大麥數量，他會用在某塊地，並做為飼料給犁田的牛吃。泥板上也說明了那塊地的面積。

在亞述歷史上，有一個位值系統遭到竄改的著名案例。在西拿基立於西元前689年洗劫了巴比倫後，他宣布奉神馬杜克（Marduk）之令，該城必須繼續廢棄70年。他的兒子阿爾薩哈東（Esarhaddon）於680年即位後，宣布意欲重建巴比倫，因為馬杜克已大發慈悲，反轉了他原來的數字，讓詛咒只持續11年：

70　⊻　　11　⊻

下面這幅圖轉錄的泥板來自拉格什，年代在西元前2350年以前。它似乎是在描述兩種麵包和其原料的數量。這裡用了兩種數字系統：麵包的數量用古代的符號表示（64-65頁討論的那種），即40，原料的數量則寫成楔形數字，即50。另外，不同於烏魯克年代更早的泥板，這塊泥板既寫了數字，也記錄了語言（蘇美語）。就算如此，後人仍無法完全理解，就像今天一般人無法完全理解會計分類帳，除非是非常熟悉專用術語的人。

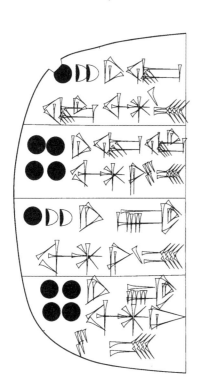

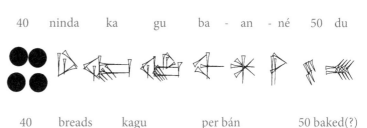

40	ninda	ka	gu	ba	-	an	-	né	50	du

40	breads	kagu	per bán	50 baked(?)

■記錄田地所有權的泥板。這塊泥板出土自舒魯帕克（Shuruppak），年代在西元前2600年前後。它的正反兩面共有104個項目，每個都寫明田地的面積和所有權人的名字或頭銜。這些所有權人包括兩個商人、數名抄寫員、一個漁夫和許多其他「專業人員」：可能是在神廟或宮殿服務而被授予田地來維持生計。這些田地的面積從2.5到10「伊庫」（iku）（2到8英畝）；總面積為672「伊庫」（約600英畝）。泥板也記錄了穀物種子（大麥）的分配，每「伊庫」約15公升。

電腦與楔形文字

發表楔形文字文本的傳統做法需要技藝精湛的摹寫員加以繪製。這仍是處理複雜泥板的最好方式，例如左頁的泥板。但針對較簡單的泥板，電腦繪圖已證明有其效用。下面的螢幕顯示一塊泥板的細部照片、細部繪圖和整塊泥板的繪圖。步驟如下（概要）：先用掃描機將照片數位化，用雷射將圖像分解成單獨的畫素，以便在電腦處理。數位化的照片成了空白電子畫布底下的繪圖板，因此泥板的形狀、分隔線和可識別的符號可在螢幕上勾勒描繪出來。接著便可列印初稿。拿初稿和原本的泥板對照，用手工修正和補充。再將改好的稿子掃描回電腦，便可依照新圖修改電腦裡泥板的初稿。最後的定稿可以用圖檔的形式插入文字稿，公開發表。

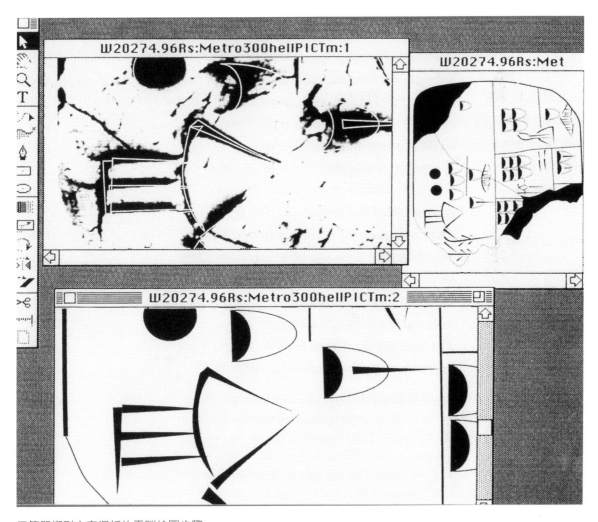

■簡單楔形文字泥板的電腦繪圖步驟。

楔形文字的「文學」

在這本書，我們僅能對楔形文字做粗淺的介紹。我們見過的泥板或許給了我們這樣的印象：楔形文字沒有文學。其實楔形文字有相當多稱得上文學的文本，特別是《吉爾伽美什史詩》（*The Epic of Gilgamesh*），以及一些國王和平民著述的引人入勝的作品。我們僅摘錄兩小段為例。

第一段來自巴比倫王漢摩拉比的法典：

> 如果有人在家窩藏國家公有或其他個人私有的逃奴，聞公開傳喚也不帶他出來，這房子的主人將被處死。

嚴厲是漢摩拉比法典典型的特色，但它在婦女和小孩的議題上卻開明得令人訝異，這是為了保護他們不遭專橫的對待、免於貧窮和漠視。在結尾處，漢摩拉比覺得可以這樣聲稱：

> 我將蘇美和阿卡德這片土地的人民擁入懷裡；
> 他們在我的保護下繁榮富足；
> 我和平地加以治理；
> 竭盡所能給予庇護。

在此前約兩百五十年，大約西元前2000年時，一位不知名的學校教師寫了一篇標題為「學生時代」的文章，這大概是近東地區出土最能反映人性的文獻之一。文中，一個抄寫學校的校友，自稱「老畢業生」，滿懷眷戀地回想他的學生時代。「校長讀了我的文字板，說：『有漏掉東西。』就拿藤條打我。」於是，一個接一個，學校幾乎所有老師都找藉口

■敘利亞埃勃拉（Ebla）圖書館裡，年代約在西元前2300年的楔形文字泥板。1975年在此地發現了超過15,000塊泥板。

打他。所以「我〔開始〕痛恨文書藝術，不想再學了。」男孩絕望地回家，央求父親請老師到家作客。老師來了，被尊為座上賓，由學生伺候，向學生父親展現他在文書藝術的知識。父親誠心讚揚老師，轉頭對家僕說：「幫他的腹部和背抹香油，我想要讓他穿上華服，給他多一點薪酬，幫他的手戴上戒指。」僕人照吩咐做了，於是老師溫柔地對男孩說：

> 年輕人，〔因為〕你沒記恨我說的話，也沒當耳邊風，願你有始有終，完成文書藝術的修習。因為你毫不吝惜地贈我禮物、付給我超過我的付出〔應得〕的報酬，尊敬有加，願妮達芭（Nidaba），守護天使之首，做你的守護天使，願你的針筆為你寫出優美文字，願你的練習完美無瑕。

西台的楔形文字和象形文字

蘇美人首創的楔形文字，在其三千年的歷史中被用來書寫大約15種語言。借用的情況明顯分為兩種：一種是借用蘇美—巴比倫符號和音節文字的語言（多數），另一種則僅借用泥板楔形書寫原則，另創與蘇美—巴比倫符號無關的全新楔形文字。

西台人，約於西元前2000年後出現在安那托利亞地區的印歐語系民族，屬於第一類。在20世紀之前，西台人幾乎沒沒無聞，只有《舊約聖經》與古埃及和巴比倫的記載零星提及。然後，1906年，西台帝國首都波亞茲科伊（Boghazköy，古稱哈圖沙〔Hattusas〕）有一萬塊楔形文字泥板的王室檔案出土。其中有不少泥板可用巴比倫語解讀，但多數是用無人知曉的西台語寫成。不過，在歷史、法律或祭儀的文本中，西台的抄寫員隨意交替運用了西台語的詞彙和蘇美語及巴比倫語的同義詞。這為譯解西台楔形文字提供相當好的切入點，而譯解工作在1933年大致完成。

西台的象形文字

西台人也用象形文字書寫。那幾乎專門用來展示而非通訊，出現在印章或石刻上。或許

■塔肯代莫斯印章，19世紀末發現的銀製圓形凸印，刻有楔形文字和象形文字。它對西台象形文字的譯解大有助益。

西台人發明這種文字是為了回應埃及象形文字之美。塔肯代莫斯（Tarkondemos）印章有兩種銘文，一為楔形，一為象形。第一種可音譯成「n Tar-rik-tim-m sar mat Er-me-e」，意為「塔肯代莫斯，埃爾美〔Erme〕土地之王」（從希臘文獻得知塔肯代莫斯是王室之名）。第二份銘文無法音譯，但那顯然寫了兩遍，因為有同樣的符號出現在中心圖像的兩側。那很可能夾雜了表音和表意符號：單一三角形被認為代表「國王」，雙三角形代表「土地」；可能代表「神」和「城鎮」的表意符號也被鑑定出來。下面這種方法證實讓學者獲益良多：你可以從西台楔形文字的紀錄中找出國王、國家、神明和城鎮的名字，接著在象形文字中尋找已知的表意符號，符號旁邊可能就是那些名字的象形文字。

西台文字的解讀並非一位學者之功，這項工作雖然欠缺光環，但一直持續至今，且已獲得相當可觀的成就。

■卡爾卡美什（Carchemish）出土的一份西台象形文字銘文的局部拓印。城鎮的名字位於城鎮的表意符號 附近，暴風神塔爾洪（Tarhuns）之名則在其表意符號 附近。

第五章　埃及象形文字

■早王朝時期納爾邁王
（Narmer）的調色板上，
象形文字已經用來表音，且
運用畫謎原則。國王正在用
權杖擊打敵人，而他的頭
上有兩個象形文字，鯰魚
和鑿子 ᵜ。這兩個
圖形分別提供nr和mr的音，
拼成納爾邁的發音（這名字
的正確發音是n'r，「'」是
閃族語的一個喉音，但不存
在於印歐語系）。

■（右圖）第十一王朝一
封寫在紙草上的私人信件
局部。右為僧侶書寫體，
左為古埃及象形文字（聖書
體）。

埃及書寫文字的發展

　　埃及象形文字最具爭議的問題或許是它們究竟源自哪裡。不同於楔形文字，象形文字的演變似乎沒有歷經數百年之久：突然，西元前3100年前後，就在埃及古王朝開始之前，幾乎發展成熟的象形文字躍上舞台。很多圖案／符號已證實是這個年代之前的數百年間，即前王朝時期的產物。那些圖案畫在陶器上，有武器、護身符、飾品和工具等花樣。其中有些和埃及王朝時期的象形文字非常接近，甚至一模一樣，呈現出地形特色（如土地、村落、山）、地理特徵（星星、月亮、地球）、代表部落或諸神的圖騰「標誌」，以及表示概念的符號（例如鋤頭是「卡」〔ka〕，即靈魂、精神的象徵）。這些圖案可視為象形文字的先驅嗎？有些學者認同，但多數學者屬意將前王朝時期的符號視為慢慢演變的藝術作品集，而第一批象形文字就是從中選取的。

蘇美的影響？

　　從西元前3300年前後開始出現於美索不達米亞的書寫系統，可能刺激了象形文字的形成。兩地相隔不遠，書寫的概念可能很容易就傳入埃及（西元前3500年，青金石已經運抵埃及，來源很可能是它最近也最重要的產地，比蘇美遠得多的阿富汗。）但我們無法肯定；埃及人也可能是自己偶然發展出表音原則。早期埃及象形文字和蘇美人的圖形符號之間有數個顯著的差異：符號形狀不同、表現子音而非音節（象形文字不標示母音）、表音的程度也高過蘇美。儘管如此，我們仍很難相信，埃及人基本的表音概念不是向蘇美人借來的。

　　象形文字發展出兩種書寫體，僧侶體和世俗體，前者差不多從象形文字發明以來就有，後者較晚，大約在西元前650年出現（世俗體是羅賽塔石碑年代，即希臘人統治時期的標準文獻用字。）兩者有點容易混淆。僧侶體是在被世俗體取代後才變成如其名稱所示的教士用字；起初，僧侶體是埃及日常行政管理和商業文書的用字。而世俗體跟「民眾」識字能力普及化無關；這個名稱源自「demotikos」，意為「通用」。

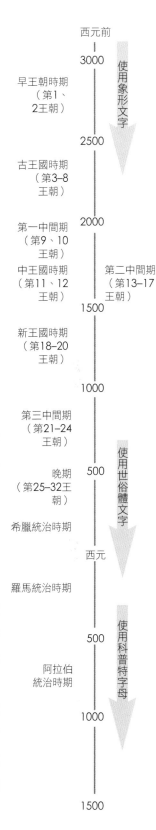

西元前		
3000	早王朝時期（第1、2王朝）	使用象形文字
2500		
	古王國時期（第3-8王朝）	
2000		
	第一中間期（第9、10王朝）	
	中王國時期（第11、12王朝）	第二中間期（第13-17王朝）
1500		
	新王國時期（第18-20王朝）	
1000		
	第三中間期（第21-24王朝）	
	晚期（第25-32王朝）	使用世俗體文字
500		
西元	希臘統治時期	
	羅馬統治時期	
500		使用科普特字母
	阿拉伯統治時期	
1000		
1500		

埃及文字的書寫方向

在文字的歷史上，關於文字的書寫方向沒有通則，有從左到右、有從右到左，也有「牛耕式轉行書寫法」（一行從左到右、下一行從右到左、再下一行從左到右，以此類推）。孩童學寫字的實驗顯示，初學者自然的起筆位置，和熟練寫字者自然的動筆方式之間，存有根本的矛盾，而這種矛盾使書寫系統無法趨於穩定。右手拿筆的孩子會自然從五點鐘的位置開始寫，也就是手接觸到紙的地方；但經過學習，孩子的手會往十一點鐘的位置移動，也就是成人動筆寫一篇文件的地方。

埃及象形文字的讀寫既有從右到左，也有由左而右。無論選擇向左或往右，個別符號面對的方向，一定迎向讀者瀏覽的目光，也就是說，如果你看到一行象形文字，發現符號（鳥、人、獸等）面向右方，那麼這行字一定是從右寫到左——反之亦然。

話雖如此，如果沒有非選哪個方向不可的理由，埃及人通常會選擇從右寫到左。會選另一邊的原因包括美學考量和對稱、向神明、國王等圖像表示尊敬，以及便於閱讀等。一個典型的例子是俗稱胡恩卜塔（Khut-en-Ptah）的假門，如右頁。此種門象徵一座埃及陵墓分隔生死的界線，一邊是封閉、禁止進入的亡者領地，一邊是相對開放、死者的親朋好友可以祈禱和供奉的地方。胡恩卜塔在門的左下角出現兩次，右下角也出現兩次，四個人像皆面向內側。在她的人像上方，每一列的象形文字也面向內側；因此右邊的文字可說是左邊的鏡像（不過順序沒有完全一致）。但雕刻者犯了一個明顯的錯誤：把一個符號的方向刻錯了。看看你能否在下圖中找到答案（解答見226頁）。

這種對稱賞心悅目，而且如此一來，穿過假門的「人」就很自然地見到及閱讀兩側都有的象形文字：往門的左邊看就從右讀到左，往門的右邊看就從左讀到右。反觀門上方那幾行字，則自然只會往一個方向讀，因此它們是由右向左刻寫。

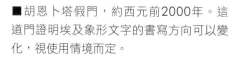

■ 胡恩卜塔假門，約西元前2000年。這道門證明埃及象形文字的書寫方向可以變化，視使用情境而定。

胡恩卜塔是貴族婦人；這道通往其陵墓的「假門」兩側刻著一樣的符號。一組象形文字從左面向右，另一組從右面向左，讓「過」門而入者得以自然而然閱讀兩側的文字。每一長列的銘文都寫著：「卜塔和索卡爾神之前，備受尊敬的王的貴族婦人胡恩卜塔。」（資料來源：Zauzich）

古埃及語的發音

　　沒有人知道古埃及人的對話是怎麼發音的。古埃及學家採用的埃及詞語和名字的拼法，例如圖坦卡門、卜塔、拉美西斯等，是約定俗成。娜芙蒂蒂王后在英語系世紀的傳統拼法是Nefertiti；德國人稱她Nofretete。阿蒙霍特普法老有人拼成Imenhetep，也有人拼Amenhotep、Amunhotpe、Amenhetep。某個名字甚至有34種不同的拼法！

　　問題的根源顯而易見：古埃及語已失傳太久。但這也是古埃及人沒有在象形文字標注母音的結果。古埃及學家明白這個事實，故通常會在子音與子音之間加個短音「e」，因此mn（為了研究方便）發men的音、wbn發weben、nfrt發nefret。

　　但如果這樣就認為我們對象形文字的原始發音一無所知，那也不正確。那有兩條重要的線索。第一條來自科普特語，那是古埃及語的最後階段，也是唯一寫下母音的階段。我們已經見過，至今仍在科普特教會使用的科普特語，主要用希臘字母撰寫，而我們多多少少會發希臘字母的音。無疑，科普特語的發音，即便在紀元初期，也與希臘語有所不同，跟古王國時期說的埃及語更是大相逕庭，但這仍是有用的線索。雖然科普特語裡包含希臘語和其他外國語，但主體仍源自法老祖先。這裡舉一些詞彙為例，右邊是科普特語，左邊是象形文字。

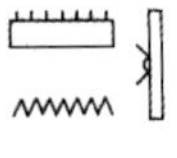

mn（保持）　MOTN　moun

mdw（說）　MOTE　moute

pdt（弓）　ПISTE　pite

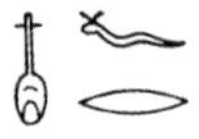

nfr（好）　NOTYE　noufe

r(m)t（男人）　ρωΜE　rōme

■象形文字和同義的科普語。（資料來源：Davies）

　　古埃及語發音的第二條線索來自其他標示母音的古代語言——亞述語和巴比倫語。他們的銘文含有完全照埃及語音譯過來（含母音）的詞彙，就像英語借用法語的「fiancé」（未婚夫）等詞，以及反過來，法語借用英語的「le weekend」（週末）那樣。我們在譯解羅賽塔石碑時已明白這點，「外國名字的線索」對譯碑文至關重大。就古埃及語的音譯而言，最早也最具意義的外國名出現在與埃及新王國同期的楔形文字紀錄中。例如R'-mss（Ramesses）在楔形文字中被對譯為Riamesesa，'Imn-htp（Imenhetep）則譯成Amanhatpi。

　　結合科普特語和其他與古埃及文字同時代的外國文本的證據，學者可藉此推測古埃及語子音和母音的發音。可惜，他們無法確定自己猜得對不對。

象形文字的「字母表」

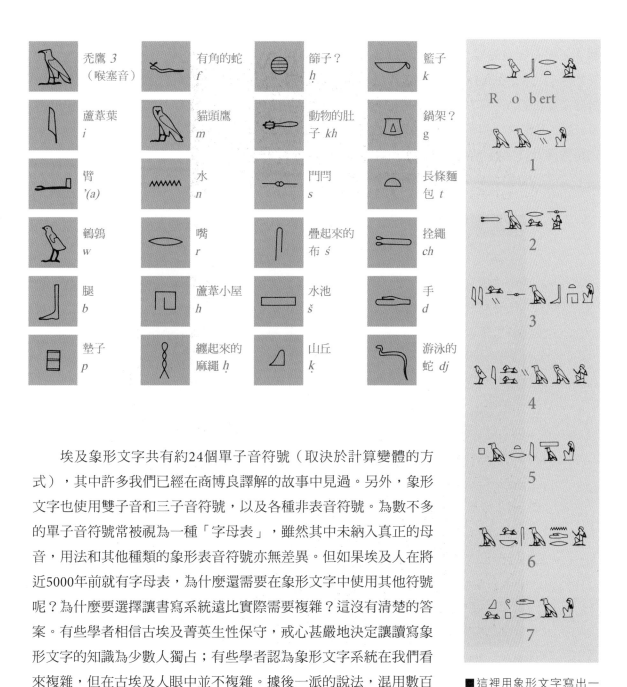

	禿鷹 ꜣ（喉塞音）		有角的蛇 f		篩子？ ḥ		籃子 k
	蘆葦葉 i		貓頭鷹 m		動物的肚子 kh		鍋架？ g
	臂 ꜥ(a)		水 n		門閂 s		長條麵包 t
	鵪鶉 w		嘴 r		疊起來的布 ś		拴繩 ch
	腿 b		蘆葦小屋 h		水池 š		手 d
	墊子 p		纏起來的麻繩 ḥ		山丘 ḳ		游泳的蛇 dj

埃及象形文字共有約24個單子音符號（取決於計算變體的方式），其中許多我們已經在商博良譯解的故事中見過。另外，象形文字也使用雙子音和三子音符號，以及各種非表音符號。為數不多的單子音符號常被視為一種「字母表」，雖然其中未納入真正的母音，用法和其他種類的象形表音符號亦無差異。但如果埃及人在將近5000年前就有字母表，為什麼還需要在象形文字中使用其他符號呢？為什麼要選擇讓書寫系統遠比實際需要複雜？這沒有清楚的答案。有些學者相信古埃及菁英生性保守，戒心甚嚴地決定讓讀寫象形文字的知識為少數人獨占；有些學者認為象形文字系統在我們看來複雜，但在古埃及人眼中並不複雜。據後一派的說法，混用數百種表音和表意符號的系統（而且後者比例高），其實更能比僅用寥寥幾個字母符號書寫有效且正確地表達古埃及語。上述兩種觀點都有證據支持。

■這裡用象形文字寫出一些今人熟悉的名字。第一個已經譯出，請試試其他7題；答案請見226頁。（資料來源：Zauzich）

象形文字隱藏的力量

象形文字的銘文被形容為「永恆的誇耀」。但在全盛時期，象形文字散發出凌駕其他所有古文字的神祕魅力。這裡展現的兩份銘文是極佳的例證，兩者，書寫都和藝術融為一體。象形文字和其裝飾物品的巧妙融合，正是古埃及文字的精髓所在。「ankh」既是象形文字，也是生命的象徵。下圖是一只在圖坦卡門陵墓中發現的木製鏡盒。我們已不陌生的法老王名框出現在把手的下部。在那之上的王名框則是圖坦卡門的另一個名字，Nebkheperure；這名字也鑲嵌在盒子中央的玻璃膏裡。「籃子」（淡藍色）有neb的音；金龜子有kheper的音；金龜子底下的三個線段發u的音；「太陽」（紅色）則有re的音。

■圖坦卡門的木製鏡盒，做成「ankh」的形狀。

■右圖：「永恆的誇耀」。卡納克阿蒙拉（Amun-Re）神殿上的象形文字，讚美辛努塞爾特王一世（Senusret I，西元前1965-前1920年）。阿圖姆神（Atum）帶國王到父親面前。古埃及的神與古希臘羅馬的神不同，通常不是什麼抽象概念的化身。

象形文字的類型

我們已經在圖坦卡門的王名框（34-35
頁），以及商博良譯解的另一些詞語中見過象
形文字拼寫的基本元素。我們知道這種文字結
合了表音和表意文字，而許多符號可能身兼二
職，視語境而定。表音和表意之間的界線並非
一成不變：象形文字沒有「種姓差別」。記住
這個前提，象形文字或許可分為下面五類：

　　一、單子音符號（「字母表」）
　　二、雙子音符號
　　三、三子音符號
　　四、輔助表音符號
　　五、限定符號／表意符號

單子音符號已列在97頁，以下是一些雙子音和
三子音符號：

■抄寫員的守護神托特（Thoth）將「所有生命和
權力」獻給歐西里斯。出自孟斐斯城國王塞提一世
（Sety I）王室抄寫員兼總管的陪葬紙草，約西元前
1310年第十九王朝時期。

雙子音符號

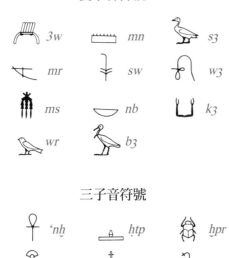

3w	mn	s3
mr	sw	w3
ms	nb	k3
wr		b3

三子音符號

'nḫ	ḥtp	ḫpr
w3ḥ	nfr	sm'
nḏm	ḏ'm	

「輔助表音」指為某個詞彙加注一個（或
多個）單子音符號來強調或確定那個詞的發
音。有點類似我們給一隻昆蟲的圖畫加上字母
「b」，又給另一隻加字母「w」來區別蜜蜂
（bee）和黃蜂（wasp）。

　　至於象形文字，輔助表音符號一般是單一
符號，重申主要符號的最後一個子音。下圖紅
色方塊標出的符號就是輔助表音符號：

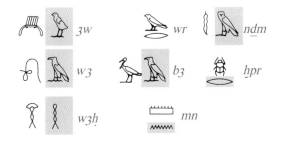

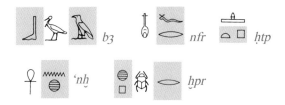

加上兩個甚至三個符號的情況也很常見：

限定符號是加在表音符號後面的表意符號，以表明某個字詞的意義、區分可能有兩、三種意義的情況（王名框就是一種限定符號，英文專有名詞的首字母要大寫，也是一種限定符號。）許多限定符號（褐色方塊標出）都是明確的圖形符號：

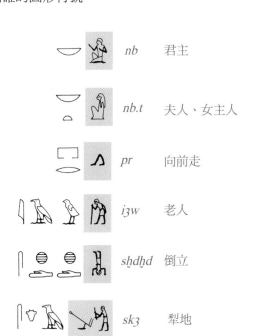

最後一個詞出現的「敲擊的男人」限定符號也用於代表「教育」和「稅」的字詞中。它確定了某種需要力量的活動或行為。

限定符號有個精緻的案例是wn（wen），那包含一個雙子音符號 和一個補充表音符號 ，這可能結合下面六種限定符號（如褐色方塊標示）：

 打開
限定符號：門

 急忙
限定符號：奔跑的腿

 錯誤
限定符號：邪鳥

 變禿
限定符號：一絡頭髮

赫爾摩波利斯（地名）
限定符號：道路交叉

光
限定符號：有光芒的太陽

有時會不只使用一個限定符號：

 wgs 切開
限定符號：刀和力量

 *bḥ3w* 逃亡者
限定符號：腿、人和複數詞

《死者之書》

　　古埃及的《死者之書》有多種版本，不只一種。《死者之書》的內容是寫和畫在紙草卷上的宗教符咒；它們存放於死者的陵墓，被認為可讓死者在另一個世界享受歡樂。《死者之書》的品質優劣懸殊，視書裡所列死者的財富而定：有些是特別訂製、使用死者挑選的文本和優美插圖，有些則用標準格式，沒有太多藝術性，而書裡會留空間填寫購買者的姓名和頭銜。

　　右圖屬於精美的例子，為名叫P₃-wi₃-n-ʿd₃（Pawiaenadja）的男人所有。左邊的文字是僧侶體，右邊則是象形文字。圖畫被一個方框圍住，而方框本身即由象形文字組成：底部是土地的符號t₃，上面是天堂的符號p.t，左右兩邊是兩枝節杖w₃s。站在右側的死者正當著歐西里斯神的面，幫堆放在祭壇上的供品注水。

　　象形文字的內容不是從內文的最左邊或最右邊，而是從左邊第二列開始，如箭頭所示。原文是從上往下讀，但這裡我們以水平方向列出，由左往右讀（每個符號的譯文都寫在旁邊）：

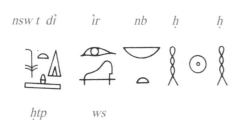

nsw t di　　*ir*　　*nb*　　*ḥ*　　*ḥ*

ḥtp　　　*w₃s*

Ḥtp-di-nsw.t Wsir nb (n)ḥḥ

這段文字或許可翻譯如下：

「這是吾王獻給永世之主歐西里斯的供品」。

（neb符號底下的小 ⌣ 顯然是抄寫錯誤；這裡寫的n ḥ ḥ漏掉開頭的n，這情況也頗常見。）

象形文字繼續寫：

「偉大的神，西方世界之首，他將獻給神的父親，眾神之王阿蒙拉一場厚葬，Pawiaenadja，由衷之言。」

象形文字的最後一列，即最右邊的一列，包含

一個孩子把手放在嘴裡的符號：從同一個符號衍生的僧侶體符號，在僧侶體文字第二行的開頭（即該行最右側）也可看見。

一些象形文字

如我們所見，一個象形文字可能在不同的詞語中扮演不同的角色。它可能在一個詞裡當表意符號，又在另一個詞當表音符號（畫謎原則），而在兩者中都是圖形符號。一個好例子是 ⍭，「莎草」，上埃及的紋章植物：

    sw.t　莎草

在這裡，（⍭）是表意符號，後面的補充表音符號（⌒）加限定符號（｜）表示（⍭）的功能是表意符號。

    Hnsw　月神

這裡的（⍭）是雙子音表音符號，前面兩個符號則是單子音。

    n-sw.t　上埃及的國王

這裡的（⍭）既表意又表音。它被移至字詞的前頭，代表對王室紋章的尊敬：若只看符號的順序，我們會認為這個字該讀sw-t-n，而非n-sw.t。

這兩個詞最後的t表示陰性，所以用一個點跟譯文其他部分分開。因此：

    nb　主人

    nb.t　夫人、女主人

    sn　兄弟

    sn.t　姊妹

（但並非每一個詞尾的t都代表陰性。）複數會用表意符號表示，至少有兩種方式。

加三個線段：

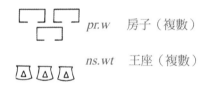

    pr.w　房子（複數）

    ntr.w　神（複數）

或者表意符號本身重複三次：

    pr.w　房子（複數）

    ns.wt　王座（複數）

如果複數名詞是陽性，轉譯時會以w結尾，陰性則以wt結尾；加注分隔點就表示詞尾是複數詞尾。

若要構成所有格，通常只要把兩組符號合在一起即可。

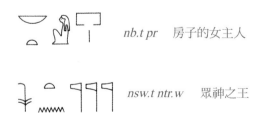

    nb.t pr　房子的女主人

    nsw.t ntr.w　眾神之王

拉美西斯二世的釉面磚

這是拉美西斯二世的「praenomen」（王位名），以藍色的釉陶為底，嵌著白色的釉陶。象形文字可逐字翻譯如下：

⊙　　　（太陽）表意符號：拉神

　　　　（胡狼的頭）三子音*wsr*：「強壯」

　　　　（頭戴羽毛的女神）表意符號：正義女神瑪特（Maat，*M3't*），她拿著「ankh」（生命）

　　　　（木塊上的扁斧）三子音*stp*：「被選的」

〰〰〰　（水）「字母」符號 *n*。

拉神的名字出現兩次。兩次都置於詞首，表示對神的尊敬。因此這些符號是這樣讀的：

　　Wsr- m3'.t-R'-stp-n-R'
　　（*User-maatre-setepenre*）

王位名的前半部是雪萊（Percy Shelly）詩作〈奧西曼德斯〉（Ozymandias）的原型，這首詩是在描寫路克索一尊毀損的拉美西斯二世雕像，尤以這兩句最為人熟知：

　　吾乃奧西曼德斯，諸王之王：
　　　見我之作，強大雄偉，死心吧！

王位名後半的譯法相當不確定，就像古埃及其他許多王室聲明一樣。最多人支持的譯法是：「拉神的瑪特十分強大，是專為拉神挑選。」

另一種可能是：「對拉神的瑪特滿懷敬意，是拉神選擇之人。」

抄寫員這一行

要估計古埃及有多少比例的人口識字並不容易。就連確切的人口都不得而知；從古王國時期到希臘羅馬統治時期，那似乎從一百萬增加到四百五十萬（今天埃及的人口接近六千萬）。古埃及人口或許有百分之一識字，到後來，識字的大多是希臘人。因此，在古王國時期，會讀寫僧侶體的可能不到一萬人，懂古象形文字的更少。到希臘統治時期，這個數字可能進一步減少，因為神廟裡的僧侶會刻意使象形文字更加複雜，不讓世俗民眾學會。

如同在美索不達米亞，古埃及抄寫員的生活相對優渥。但我們對其所知更少，因為證據都寫在紙草上（象形文字的銘文甚少著墨抄寫員的生活）；而紙草不像泥板那麼耐久。一些殘留的紙草碎片寫著給抄寫員學徒的道德告誡，令人聯想到楔形文字泥板的類似段落。一名教師寫給他的弟子：「我知道你常荒廢學業，玩得不亦樂乎，知道你常流連大街小巷，你進過的每間屋子，酒味久久不散……你這個男孩！把我的話當馬耳東風！你比高100腕

■「尊貴的職業」。這尊在埃及薩卡拉（Saqqara）出土的石灰石塑像有4500年歷史。名叫凱（Kay）的抄寫員以抄寫員慣用的盤腿姿勢坐著，腿上有一卷打開一部分的紙草。他的眼睛鑲著白色的石英、水晶和象牙。

■表示「抄寫員」的象形文字、僧侶體和世俗體。
1 象形文字，約西元前1500年
2 象形文字，西元前500至前100年
3 象形文字書本文字，約西元前1500年
4 僧侶體，約西元前1900年
5 僧侶體，約西元前1300年
6 僧侶體，約西元前200年
7 世俗體，西元前400至前100年

1　2　3　4　5　6　7

■王室首席抄寫員何賽爾（Hesire），在薩卡拉出土，年代約西元前2700至前2650年。在這塊木刻中，何賽爾左手拿著他的書寫工具；頭頂的象形文字包含抄寫員的符號。何賽爾也是王室牙醫主任！

尺、寬10腕尺的方尖碑還駑鈍。」還有一個段落描述一位父親帶兒子到校，勸他，如果不想靠累人的勞力工作維生，最好勤奮用功。「我見過鐵匠在火爐旁工作，」父親說：「他的手指就像鱷魚皮，渾身散發比魚卵更難聞的惡臭。」然後這位父親一一貶損各種體能勞動的行業。還有另一片紙草總結道：「抄寫員這一行是崇高的職業。他的書寫材料和書卷能帶給他愉快和財富。」

紙草

紙草一詞似乎源自古埃及語「pa-en-per-aa」，意謂「屬於國王的東西」：紙草的製造和配給很可能被王室壟斷。製造紙草的第一步是取出莎草蘆葦的莖髓，縱切成薄片。將它們一片挨著一片直向擺放，拿類似的蘆葦薄片橫向覆蓋，再用木槌敲打這張「草蓆」，然後壓在重物底下數日。晾乾時，天然的蘆葦汁液會讓莖髓黏合成一張堅韌的紙。再把紙接起來便可做成長紙卷，有橫鋪纖維的那一面要朝上，以免紙草在捲起來的時候壓斷寫字的那一面。

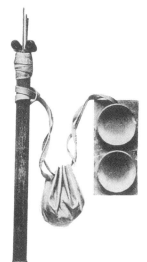

■書寫工具。調色板有兩個放墨塊的凹槽，木盒拿來裝用軟化過的海濱蘆葦做成的筆，另有一只水壺，水是沾濕筆尖用的。

■圖坦卡門的書寫工具：（由左至右）象牙調色板、鍍金的木製調色板、象牙和金製紙草拋光器、精美的鍍金鑲嵌木製筆盒。

■亞瑟‧伊凡斯爵士（Sir Arthur Evans, 1851-1941）的畫像，W‧B‧李奇
蒙爵士（Sir W. B. Richmond）繪於克諾索斯（Knossos）。伊凡斯手拿著一
塊線性文字B的泥板，清楚表現出他對這種文字最初的執著。此畫像繪於1907
年；當伊凡斯於1941年過世時，他在譯解線性文字B方面仍無多少進展。

在《奧德賽》（*The Odyssey*）第19篇，荷馬吟道：「在那葡萄酒般深邃的海洋中央，有一座島名喚克里特，一片富饒而美麗的土地，四面八方為海沖擊；島上有許多民族和九十座城市。那裡，各種語言相互融合……其中一座城是克諾索斯，偉大之城；那裡，米諾斯當了九年的王，是強大宙斯的好夥伴。」

西元1900年，荷馬時代兩千五百多年後，考古學家亞瑟·伊凡斯開始挖掘和重建克諾索斯的「偉大之城」。他發現了他堅信是米諾斯王宮之處，因為裡面有那座惡名昭彰的迷宮，即牛頭人身怪物米諾陶洛斯（Minotaur）的住所。他也發現那兒貯藏的泥板，上面的文字既不像古埃及象形文字，也不像蘇美楔形文字或後來的希臘字母。伊凡斯深信那些文字記錄的語言不可能是希臘語，於是他為它創了「米諾斯文明」一詞，並且把那未知的文字命名為「線性文字B」，進而投入他長壽人生最後的40年光陰，希望能夠譯解那種文字。他失敗了。線性文字B最終在1952年由英國建築師麥

可·文特里斯順利譯解，此成就在歷史上的重要性僅次於1823年商博良譯解古埃及象形文字。這兩種文字能譯解，主要都是單一位有才之士的研究成果。線性文字是我們能夠理解的最早歐洲文字。雖然它比最早的蘇美和埃及文字年輕了一千五百多歲，但仍比刻著希臘字母的銘文早了五百年之久。

■第一塊公諸於世的線性文字B泥板。伊凡斯在1900年公開發表。

■依照伊凡斯的想法重現的克諾索斯王宮中的「君王寢宮」。伊凡斯相信在線性文字B中常見的符號 𐂃 是君王的圖示；另一個符號 𐂛 則代表「雙頭斧」，是在宮殿隨處可見的圖案（圖中的房門後即有一把雙頭斧）──就語言學的角度而言，這些推測完全錯誤。

譯解員亞瑟・伊凡斯

伊凡斯雖未能成功譯解線性文字B，但確實朝正確的方向走了好幾步。首先，他察覺古克里特至少存在三種不同的文字：某種象形文字、線性文字A和線性文字B。象形文字是在印章石上發現，乍看下和埃及象形文字類似，因此也被稱作象形文字；我們在此不多耽擱，將在149頁繼續探討。線性文字A被發現刻在泥板上，多半是在克里特南部一座米諾斯王宮出土，克諾索斯幾乎不見其蹤影。線性文字B則只出現於克諾索斯，但後來——出乎大家意料之外，多少也令伊凡斯感到不自在——竟於希臘半島現身（1939年在古城皮洛斯的大量泥板中發現）。雖然線性文字A和線性文字B顯然有某種關係，但許多符號無法對應。直到今日，線性文字A仍大多懸而未解。

全心投入線性文字B的伊凡斯發現一再貼著行線出現的短豎線是單詞的分隔線：

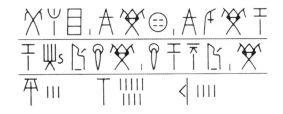

他解出這個計數系統如下：

| = 1個單位　　— = 10

○ = 100　　◇ = 1,000

下面是線性文字B泥板的兩個數字的例子，362和1350：

362

1350

伊凡斯也了解，很多泥板都是存貨清單，總數在最下面，且常夾雜圖形符號。例如：

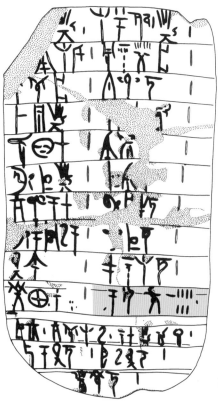

「總計」人 17

下列圖形也是顯然代表文字的表意符號：

女人

馬

輪子

罐子

杯子

還有一些圖形符號分為兩種形式：

伊凡斯辨識出這些符號分別代表雄性和雌性動物，可能是在為米諾斯王宮統計數量。但他無法判定何者為雄，何者為雌。圖形符號讓伊凡斯在線性文字B的字彙裡迷了路。他尋找圖形文字：很自然地找到，然後——受到古埃及象形文字裡限定符號的影響——他繼續把線性文字B的圖形符號當成純表意符號。

因此常在字首出現的 ￥，伊凡斯認為那代表米諾斯的雙頭斧（左圖）；而在下面這塊泥板出現五次的 ，伊凡斯判斷是「王座與節杖」。

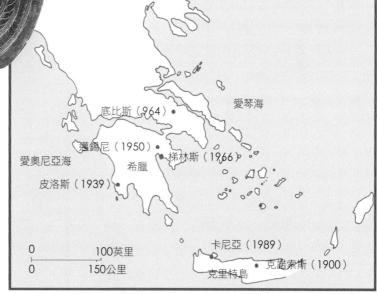

從伊凡斯挖掘到的真實王座的外型和表面重要性看來，他的第二個推測並非毫無道理。

■ 克里特島阿爾卡洛科里（Arkalochori）發現的米諾斯黃金雙頭斧，年代約在西元前1500年。雙頭斧的圖案在克諾索斯的王宮裡隨處可見，有各種不同的樣式。

■發現線性文字B泥板的地點和時間。照伊凡斯的說法，線性文字B應該只有在克里特島發現才對。

賽普勒斯文字的線索

為找尋進一步的線索來譯解線性文字B，伊凡斯往東來到賽普勒斯。這是另一座發現古文字的島嶼。但不同於線性文字B，古賽普勒斯文字在當時已被譯解。它出現在數份雙語銘文中，例如上圖。上圖的銘文約與雅典帕德嫩神廟同時代，也就是大約比線性文字B晚了一千年。上面兩行是古典希臘文字，最下面一行是賽普勒斯文字（另外標出）。

這兩種文字記錄的語言都是希臘語（賽普勒斯記錄的是希臘語的一種方言）。理由是據信有說希臘語的人在逃離特洛伊戰爭時把希臘語帶到賽普勒斯。因為已知希臘字母符號的發音，賽普勒斯文字的發音就可解讀，這工作首先在1870年代進行。原來賽普勒斯的文字是音節字。現在伊凡斯希望，已知的賽普勒斯文字發音能幫助他破解未知的線性文字B發音。他推論，賽普勒斯的文字或多或少衍生自線性文字B。一定有說米諾斯語的人，最早可能是商人，遷居賽普勒斯，也順便把文字帶過去。根據伊凡斯的說法，這就是為什麼有些賽普勒斯

文字的符號看來跟線性文字B的符號那麼像的原因。

下面是八個最相似的符號，以及在賽普勒斯語的發音。

線性文字B	賽普勒斯文字	賽普勒斯語的讀音
		po
		ta
		lo
		to
		se
		pa
		na
		ti

伊凡斯決定在一塊克諾索斯出土、看來頗有希望的泥板上測試這些讀音。他發現泥板上有六個馬頭，其中兩個不完整（圖中的泥板是在伊凡斯死後由約翰‧查德威克拼接起來，因此伊凡斯的摹本沒有左邊的部分。）泥板中間和右邊的四個馬頭中，兩個有鬃毛，兩個沒有。沒有鬃毛的兩個，據推測為小馬，前面都有一對符號：

依據賽普勒斯語的發音，這兩個符號應讀作 po-lo。「polo」在米諾斯語是什麼意思呢？伊凡斯發現它很像古希臘語的「pōlos」，幼馬或小馬（以及其雙數形「pōlō」，兩匹小馬）；其實英文裡的「foal」和希臘文的「pōlos」來自同一個源頭。如果米諾斯語和古希臘語真的有關係，那米諾斯語的「polo」應該就是古希臘語的「pōlos」。所以泥板的意思是：

馬2匹　　　　　　Polo 小馬
Polo 小馬2匹　　　馬4匹

若猜測正確，𐃯十（「polo」）這個詞是米諾斯文字加注上去，十分明確地表示無鬃毛的圖形符號是小馬，而非成年的動物。

馬　　2　　polo 小馬

polo 小馬 2　馬 4

伊凡斯幾乎立刻排除了這個貌似合理的開端。他不願接受米諾斯人說的和寫的是希臘文的一種古老形式，而後把它傳播到賽普勒斯。伊凡斯認為，當家作主的是米諾斯人和米諾斯語，不是歐陸的希臘人：米諾斯的語言不可能是希臘語。當時只有少數考古學家敢和他唱反調。伊凡斯將線性文字B和賽普勒斯符號在「polo」一例中的類似視為無足輕重的巧合，不予考慮。

■賽普勒斯島帕福斯（Paphos）的阿芙蘿黛蒂聖殿。伊凡斯正確地指出在賽普勒斯發現的銘文，和克里特島發現的類似。

解讀線性文字B

伊凡斯在1941年過世時，留下了許多與線性文字B有關，但未妥善整理的遺物。他與其他人挖掘到三千多塊泥板，卻只發表不到兩百塊。1940年代挑戰譯解工作的人，沒多少線索得以繼續。不過，邏輯思考縝密的美國古典學者艾莉絲‧珂柏（Alice Kober），確實取得重要的進展。雖然最後是麥可‧文特里斯理解了線性文字B，但珂柏提供了寶貴的洞見，後來也獲得文特里斯採用。

珂柏從伊凡斯提出的一個見解著手：跡象顯示，線性文字B有詞尾變化。她相當熟悉拉丁文和希臘文的詞尾變化：名詞詞尾要按照名詞的格（case）來變化（即變格／declension），動詞詞尾也要變位（conjugate）。英文的變格／變位相對較少，法文就比較多了，例如j'aime/ tu aimes/ il aime/ nous aimons/ vous aimez/ ils aiment（我／你／他／我們／您／他們愛）。至於線性文字B，珂柏在克諾索斯的泥板中鑑定出五個詞組，每組各有三個詞——後來文特里斯稱之「珂柏的三胞胎」（Kober's triplets）——在她看來有變格現象。她不知道那些字詞是什麼意思，但從它們在泥板中的語境判斷，可能是名詞，或許是人名或地名。

以下是兩組「三胞胎」：

把詞尾用紅色標注出來，可以更清楚地看出變化規律：

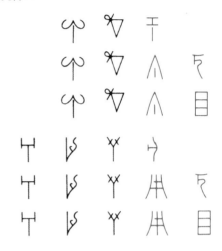

英文的類似情況可能是：

Ca-na-da   Ar-ge(n)-ti-na

Ca-na-di-a(n)   Ar-ge(n)-ti-ni-a(n)

Ca-na-di-a-(ns)   Ar-ge(n)-ti-ni-a(ns)

如果這樣的類比正確（假設線性文字B和賽普勒斯文字一樣是音節文字），那 干 和 ϡ 會有不同的子音（C）和相同的母音（V），就像上面的da和na，也就是：

$$V1$$
$$C1 \quad 干$$
$$C2 \quad ϡ$$

那麼 ∧ 和 ⊞ 就會像上面的*di*和*ni*：

$$V1 \qquad V2$$
$$C1 \quad 干 \qquad ∧$$
$$C2 \quad ϡ \qquad ⊞$$

將同樣的方法用於其他三組三胞胎，珂柏得出她所謂「試驗性語音規律的開端」：

	V1	V2
C1		
C2		
C3		
C4		
C5		

這些音節的讀音在那時尚不明確，但它們的相互關係，就像填字遊戲的空格，已經（試驗性地）建立了。這個被文特里斯稱為「格子」（grid）的分析原理，在歸納譯解線性文字B的資料方面意義重大。

麥可·文特里斯

文特里斯從學童時代就對線性文字B感興趣了。1936年，他的古典學教師派翠克·杭特（Patrick Hunter）帶著包含文特里斯在內的一行人，參觀伊凡斯主辦的米諾斯世界展。當時已高齡85的伊凡斯本人也在場，為那些男孩展示一些線性文字B的泥板。那時，杭特聽到文特里斯非常有禮貌地問伊凡斯：「先生，您是說它們還沒有被譯解出來嗎？」從1936年開始，文特里斯一直努力理解線性文字B，到1952年6月，受惠於能夠取用更多泥板摹本，終於有所突破。從1951年1月起，他開始用「工作筆記」（Work Note）的表格（有時包含「格子」）向其他學者傳播他的想法。附圖是工作筆記第15號的一部分，係1951年9月28日於雅典編輯。

■麥可·文特里斯（1922-1956），攝於1937年15歲時。

LINEAR SCRIPT B SYLLABIC GRID (2ND STATE) — WORK NOTE 15, FIGURE 10, ATHENS, 28 SEPT 51
DIAGNOSIS OF CONSONANT AND VOWEL EQUATIONS IN THE INFLEXIONAL MATERIAL FROM PYLOS:

MICHAEL VENTRIS

■從1951年起，文特里斯開始用「工作筆記」和其他學者交流。早在此之前，1942年，他就說過：「大家可以肯定現在沒有像商博良那樣的人正在哪個角落默默研究，準備揭露完整而驚人的真相，因為沒有人能取用足夠的複製品。」

突破

除了比較「三胞胎」，文特里斯還運用許多分析技巧設法理解線性文字B符號的相互關係。某些符號出現的頻率，以及那些符號出現於泥板上特定脈絡裡的規則性，是實用的線索。到了1952年2月，他終於編纂出一張看來頗有希望的「格子」（見右頁）。

但他要怎麼推測這些符號的確切讀音呢？第一步，他把純母音a分配給「雙頭斧」Ⴤ，格子上的5號純母音。這個符號常出現在字首。在所有音節文字，母音出現在字詞的開頭都相當高。其他證據則顯示，如果「雙頭斧」是母音，那很可能是a。

第二項猜測，文特里斯轉向伊凡斯試過的賽普勒斯線索：比對線性文字B符號和賽普勒斯文字的形狀。文特里斯原本刻意避免進行這樣的比對，因為他懷疑這麼做的成效；但他仍舊相信，克里特、賽普勒斯和愛琴海的語言之間有某種歷史連結。現在他大膽假設線性文字B的 符號 相當於賽普勒斯文字的 符號（na），線性文字B的 符號 相當於賽普勒斯文字的 符號（ti）。如果兩個猜得都沒錯，那子音8就一定是n，母音1一定i，而根據格子所示，Ⴤ 就是ni。

文特里斯的下一步是從他處獲得靈感。他曾一度懷疑珂柏研究的克諾索斯泥板包含了地名；而他注意到，「三胞胎」只出現在克諾索斯的泥板，從未出現在來自希臘半島的泥板上。可不可能，每一組三胞胎是指克里特島的不同城鎮呢？克諾索斯的港口阿姆尼索斯（Amnisos）會怎麼拼呢？阿姆尼索斯的音節拼法會是A-mi-ni-so，字尾沒有s——這個s是古希臘文的字形變化。（伊凡斯對「polo」和「pōlos」也做過同樣的推測。）

參照已加上新讀音的格子，A-mi-ni-so拼成：

$$\text{Ⴤ} - ? - \text{Ⴤ} - ?$$

一組三胞胎的第一個詞是 符號。
如果它是指阿姆尼索斯，那麼

$$\text{符號} = mi \qquad \text{符號} = so.$$

然後，按照格子，子音9一定是m，母音2一定是o。而這就意味著，符號s = no。

另一組三胞胎的第一個詞是 符號s。參照格子，這會翻譯成as？–no–so。如果 符號 = ko，那這個詞就可能是克諾索斯！不用多久，文特里斯便從五組三胞胎之中再推理出三個克里特的城鎮名：

符號	Tu-li-so（圖里索斯）
符號	Pa-i-to（費斯托斯）
符號	Lu-ki-to（盧克托斯）

如此，一組三胞胎現在可譯為：

符號	A-mi-ni-so（阿姆尼索斯）
符號	A-mi-ni-si-jo（阿姆尼索斯的男人）
符號	A-mi-ni-si-ja（阿姆尼索斯的女人）

LINEAR B SYLLABIC GRID

THIRD STATE: REVIEW OF PYLOS EVIDENCE

FIGURE II
WORK NOTE 17
20 FEB 1952

SMALL SIGNS INDICATE UNCERTAIN POSITION. CIRCLED SIGNS HAVE NO OBVIOUS EQUIVALENT IN LINEAR SCRIPT A.

POSSIBLE VALUES / CONSONANTS		VOWELS	-i? / -a?	-o? / -e?	-e? / -u?		-a? / -i?	VOWEL UNCERTAIN
			v1	v2	v3	v4	v5	
PURE VOWEL?	—							
j-?	c1							
s-? v-? θ-? c-?	c2							
z-? p-?	c3							
ś-?	c4							
t-?	c5							
t-?	c6							
θ-? r-?	c7							
n-?	c8							
f-?	c9							
h/x? θ-?	c10							
r? l?	c11							
l-?	c12							
v-? r-?	c13							
c-?	c14							
m-?	c15							
OTHER CONSONANTS								

■麥可‧文特里斯的第17號工作筆記，寫於1952年2月20日。現在許多線性文字B符號的相互關係已經揭曉，但那些符號確切的讀音仍屬未知。不過，我們可以從這組格子看出，文特里斯已經在猜母音和子音的讀法。同一年，他用這組格子——以及憑藉靈感所做的猜測——確定了其中許多讀音。例如母音1讀i的音、子音8讀n，於是符號 Ψ 讀作ni。（這裡我們不必關心文特里斯其他研究成果。）

「泥板上是希臘語」

許多譯解出來的文字不難察覺是古希臘語的一支。起初文特里斯非常懷疑這個結果：他跟伊凡斯一樣，堅信米諾斯語和希臘語素無瓜葛，反倒與尚無人知的伊特魯里亞人的語言比較有關係。但在1952至1953年的幾個月裡，文特里斯在早期希臘語專家查德威克的協助下，證明愈來愈多泥板可用「希臘解法」加以解讀。真相開始像是如此：在荷馬時代前數百年，米諾斯人和希臘半島上的邁錫尼人就在說、寫希臘語了。

1953年中——無巧不巧，和DNA結構解碼及人類登上聖母峰同時——線性文字B終於無可置疑地破解成功。確證來自一塊新發現的泥板，是美國考古學家卡爾·布雷根（Carl Blegen）在希臘半島的皮洛斯古城所提出。一把泥板清洗乾淨，布雷根立刻套用文特里斯和查德威克研究出來的讀音。忽然間，那些不會說話的符號，書寫時間比特洛伊戰爭還早的符號，在沉默三千多年後開口了。

a	e	i	o	u
da	de	di	do	du
ja	je		jo	ju
ka	ke	ki	ko	ku
ma	me	mi	mo	mu
na	ne	ni	no	nu
pa	pe	pi	po	pu
qa	qe	qi	qo	
ra	re	ri	ro	ru
sa	se	si	so	su
ta	te	ti	to	tu
wa	we	wi	wo	
za	ze		zo	

■ 線性文字B的基本音節符號表。

■ 證實線性文字B譯解成功的皮洛斯泥板，右頁是其對應的希臘字母及中文意譯。

tiripode aikeu keresijo weke   2

（克里特工藝「aikeu」型的三足鼎 2 只）

tiripo eme pode owowe   1

（一足有單柄的三足鼎 1 只）

tiripo keresijo weke

（克里特工藝的三足鼎）

apu kekaumeno kerea

（腿部燒毀）

qeto   3

（酒罐 3 個）

dipa mezoe qetorowe   1

（四柄大酒杯 1 只）

dipae mezoe tiriowee   2

（三柄大酒杯 2 只）

dipa mewijo qetorowe   1

（四柄小酒杯 1 只）

dipa mewijo tirijowe   1

（三柄小酒杯 1 只）

dipa mewijo anowe   1

（無柄小酒杯 1 只）

這不是荷馬時代的希臘語，更不是歐里庇得斯時代的希臘語——一如現代英語不是喬叟或莎士比亞時代的英語。事實證明線性文字B不具任何文學價值：那些泥板只記錄宮廷行政瑣事，例如人名和其職業清冊——牧羊人、陶工、銅匠等——及物品清單。線性文字B沒有一個字告訴我們國王的名號和英雄事蹟。但它的確是希臘語。誠如文特里斯當時以他特有的謙遜向他之前的古典學老師派翠克‧杭特所說：

> 恐怕不大像您教我的那種希臘語呢！
>
> 祝福您——麥可

■照片裡的是1953年中，線性文字確定譯解成功的文特里斯。他是製圖高手，此頁和左頁臨摹泥板的全部符號皆出自他手。他在三年後因車禍喪命，得年僅34歲。

■興高采烈的文特里斯開始將線性文字B格子裡已知的讀音套用於泥板上未知的文字。1952年6月中，他寫了一封信給已退休的牛津大學古代史教授，也是伊凡斯的友人，並身兼克諾索斯泥板編輯的約翰‧邁爾斯爵士（Sir John Myres）。文特里斯坦承：「雖然這完全牴觸了我以往的一切言論，現在我幾乎百分之百相信，〔線性文字B的〕泥板寫的是希臘語。」

第七章　馬雅的字符

■ 德勒斯登抄本的一頁，譯解馬雅字符的關鍵。那可能出自馬雅抄寫員之手，繪於西班牙征服墨西哥之前。西班牙將領埃爾南・柯爾特（Hernán Cortés）將之帶回歐洲，後於1739年被位於德勒斯登的薩克森宮廷皇家圖書館收購。在馬雅政權全盛時期，西元250至800年間，手抄本都有美洲豹皮做封面，並由抄寫員用毛筆或羽毛筆蘸黑色或紅色顏料繪圖。顏料會裝在海螺殼挖成的墨水盒裡。

古馬雅神話

左頁的圖取自中美洲古馬雅帝國唯一留存至今的四本「書」之一。事實上，這是德勒斯登手抄本39頁的其中1頁。德勒斯登抄本像屏風般的摺頁摺起來和「米其林旅遊指南」差不多大，展開來則有近3.5公尺長。每一頁都塗了一層細緻的石灰，畫家一絲不苟地畫了神祇和動物，通常色彩繽紛，且伴有象形字符。

很難相信抄本上的象形字是一套完整書寫系統的一部分。它們完全不像蘇美人的楔形文字、線性文字B或埃及象形文字，看起來倒比較像為某種詭教儀式設計的神祕符號。而這正是1950-1960年代以前大多數學者的看法。1972年，最重要的馬雅學者艾瑞克·湯普森（Eric Thompson, 1898-1975）斷言：「馬雅文字既非音節文字也非字母文字，無論部分或整體都不是。」古馬雅人一直被認為是神權政體，崇拜時間，有極為複雜的曆法和深刻的精神面貌。他們的理想據說是「凡事適可而止」，座右銘是「要生存，也讓人生存」，性格則「強調自律、合作、耐心和體恤他人」。湯普森認為，馬雅文明和任何文明都不一樣，在極度偏重物質繁華的現代世界，馬雅堪稱精神價值的源頭。

一如伊凡斯崇拜高貴的米諾斯人、努力拉開他們和庸俗希臘人的距離，湯普森也對古馬雅人尊敬有加，並將他們和其後作風殘暴、拿活人獻祭的阿茲特克人劃清界線。線性文字B的謎團到伊凡斯於1941年過世後才解開，揭露其凡俗的主題；在湯普森1975年過世後的那些年，類似的事情發生了。

拜近年來順利譯解馬雅的表音字符所賜，今天我們知道馬雅人沉迷於戰事，且其統治者和神明都喜歡使用特別的注射器來做心醉神迷的灌腸。「這些以血統為傲的統治者的最高目標是在戰爭中俘虜敵對城邦的統治者，折磨他、羞辱他（有時長達數年），然後逼他參加一場因犯必輸無疑的球賽，賽後斬首。」協助譯解工作的當代馬雅學家麥可·寇伊這麼說。

■左頁畫了一隻狗，狗的上方則有代表「狗」的字符：

據艾瑞克·湯普森爵士（下圖）的說法，這兩個符號完全是圖形符號／表意字：第一個描繪動物的肋骨，第二個則是死亡的象徵。兩者合起來意指「狗」，是因為在馬雅的信仰中，狗會陪伴亡靈進入死後的世界。其實這兩個都是表音符號，各代表一個音節：左邊是tzu音，右邊是l(u)音；「tzul」這個詞在現存的一支馬雅語中是「狗」的意思。

馬雅人是何方神聖？

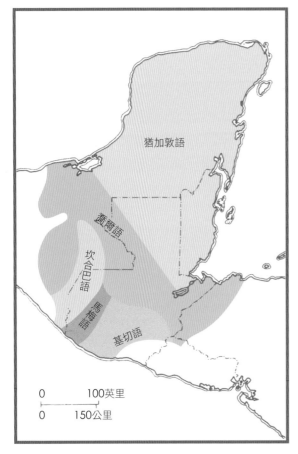

猶加敦語

喬爾語

坎佐巴語

基切語

0　　　　100英里
0　　　　150公里

■馬雅語族的分布。馬雅語系總計約有30個分支。

Mayapan　Chichén Itzá
Uxmal　　　　Cobá
　　Kabah　　　Tulum
　　Sayil

Rio Bec

Usumacinta　墨西哥
Tortuguero　　　El Mirador　　　Altun Ha
　　　　　　　　Nakbé
帕倫克　　　　Uaxactún　　Naranjo
Piedras Negras　　Yaxchilán　Tikal　貝里斯
Toniná　　　Pasián　　Caracol
Bonampak　　　　　Naj Tunich
　Dos Pilas　　Seibal
　　　　Machaquilá

瓜地馬拉
　　　Quiriguá　　　宏都拉斯

科潘

薩爾瓦多

0　　　　100英里
0　　　　150公里

■馬雅主要遺址分布區。

　　率先邂逅馬雅文明的歐洲人是16世紀征服墨西哥的西班牙人；他們描述了埋藏在叢林裡的驚人歷史遺址，也記錄了解讀馬雅字符的寶貴線索。但馬雅人一直要到1840年代才引起現代人注意：勇於冒險的美國旅人約翰·史蒂文斯（John Lloyd Stephens）和同伴，出色的英國插畫家弗雷德里克·卡瑟伍德（Frederick Catherwood）共同出版了19世紀的暢銷書之一：《中美洲恰帕斯和猶加敦旅行見聞》（*Incidents of Travel in Central America,* *Chiapas, and Yucatan*）。兩位作者覺得他們遇上足堪與古埃及媲美的奇景（拿破崙的學者早他們40年赴埃及探險）。說到科潘（Copán）的建築時，史蒂文斯寫道：「如果類似的景物在義大利、希臘、埃及或亞洲，歐洲旅客不難抵達之處發現，它引發的關注絕對不亞於龐貝城的發掘。」他堅信，那些史蹟上美輪美奐的字符（由卡瑟伍德臨摹）分明寫著：「還沒有像商博良那樣的人將追根究柢的精神投入其中。誰有辦法解讀呢？」

如同商博良得到從古埃及語衍生的科普特語之助，馬雅文字的解讀者也受惠於現存馬雅語言的幫忙。現今大約有六百萬馬雅人居住於前人居住的同一片土地。雖然現在大多為天主教徒——西班牙征服的結果——他們仍說各種馬雅的語言，並保存獨特的文化；他們散居墨西哥、瓜地馬拉等國，和政府的關係充滿鎮壓和斑斑血淚（1992年獲頒諾貝爾和平獎的馬雅婦女里戈韋塔·門楚〔Rigoberta Menchú〕，大部分的親人都命喪行刑隊之手）。雖然他們讀不懂祖先的象形字，但現代馬雅人使用的詞彙，有許多是從古代象形字衍生而來。

話雖如此，就語言學而言，馬雅的情況十分複雜。除了（對說歐系語言的人來說）難以學習，馬雅的語言多達三十多種。其中有些，打個比方，近似如英語和荷蘭語，另一些則殊異如英語和法語。例如喬爾語和猶加敦語就南轅北轍。古馬雅兩大城科潘和帕倫克（Palenque）遺跡上的文字屬喬爾語，現存四部抄寫本中卻有三部寫著猶加敦語（雖然在德勒斯登抄本中可看出喬爾語的影響）。

不過，近幾個世紀馬雅人所用的詞彙，有不少與古代銘文異曲同工。而以馬雅語為母語的人士，在歐美碑文研究學者的幫助下，也能依據對自身語言和文化的獨到見解，為象形文字提出卓越的洞見。

■ 譯解馬雅字符的先驅塔提亞娜·普洛斯柯里亞科夫（Tatiana Proskouriakoff）的畫作，重建科潘在西元8世紀末全盛時期主要建築群可能的風貌。正中央是象形文字樓階，上頭刻了許多字符，包括俗稱科潘紋章的字符（右圖）。它表示字符的配戴者是科潘的「嗜血君主」（左邊的串珠代表血，上方兩個符號代表「君主」）。

馬雅的數字和時間

數字是馬雅的書寫系統中率先在19世紀被學者譯解出來的部分。結果發現這套系統極為錯綜複雜。馬雅人跟我們（和古巴比倫人）一樣，也有位值的概念。但我們的位值是從右向左，逢10的倍數進位，馬雅的系統則是20進位（例如1、20、400、8,000，以此類推）。貝殼符號代表0，這是馬雅人（和古印度人）比羅馬人和巴比倫人進步之處，傳入歐洲則是更晚的事。1個圓點代表1，1條橫槓代表5。下面是一些例子：

和我們從右向左進位的方式不同，馬雅的系統是從下到上進位：

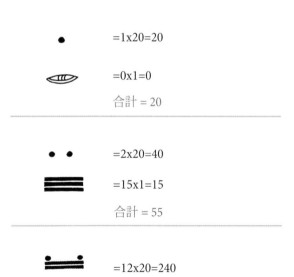

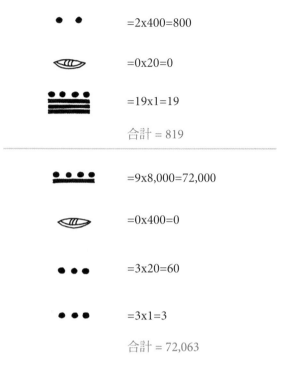

但數字系統不是到此為止。馬雅抄寫員特別喜愛裝飾和繁複。因此，1到20每一個數字也可能用神明的臉孔表現，有時甚至有好幾張臉換來換去：整個書寫系統令人望而生畏的多樣化可見一斑。下面是幾個例子：

在測量時間方面，馬雅人從結合數字1到13，和20個有名稱的日子著手。我們可以想像有兩個連動的輪子；上面的輪子是日，寫著字符和猶加敦馬雅語的音譯名。圖中顯示的日期是：

1　Imix
（在世、世界、鱷魚）

4天後的日期會是（請在腦海中轉動輪子）：

5　Chicchan
（蛇）

13天後，下面的輪子將轉完一圈，日期會是：

1　Ix
（豹）

20天後，上面的輪子將轉完一圈，日期會是：

8　Imix

德勒斯登抄本隨處可見像這樣的日期，我們馬上就會看到。

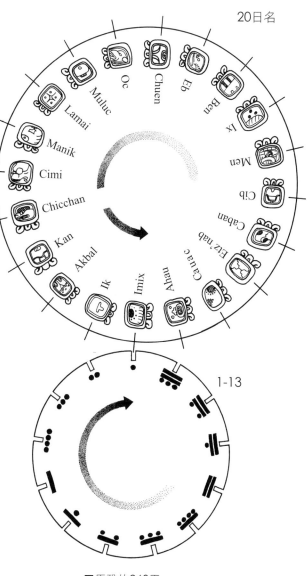

20日名

1-13

■馬雅的260天
（資料來源：Coe，1993）

■兔子神在豹皮封面的摺頁抄本上書寫。這幅畫並非出自抄本，而是畫在西元8世紀一只與抄本風格相似的圓筒形花瓶上。

馬雅的日期

　　馬雅人繼續擴充260日的概念，結合第三個代表近似於一年365天的輪子。那包含18個月（我們是12個月），每個月有20天，以及只有5天的Uayeb月，合為一個「概年」（vague year），共 (18 X 20) + (1 X 5) = 365 天：稱之「概年」是因為每個太陽年實為365又1/4天，這多出來的1/4天我們用閏年解決，馬雅人則選擇忽略。

　　右頁以三個輪子相互齧合來顯示日期的更迭（月輪顯示的月份是Cumku）。這天的日期是 4 Ahau 8 Cumku。4天後，三個輪子顯示的日期將是8 Kan 12 Cumku。

　　如果輪子繼續轉，下一次出現4 Ahau 8 Cumku將是52「概年」後的事。52年對日常生活來說夠久了，但仍不足以用於歷史。那就好比我們把法國大革命爆發和艾菲爾鐵塔肇建的時間都說成89年，或把美國獨立宣言發表的年代和它兩百週年紀念都說成76年。所以馬雅人需要發明一套相當於我們「長紀年曆」的曆法，以便能將時間延伸至無垠的過去和未來，獨立於260日的算法之外，直到馬雅人將兩者連結起來。馬雅人「長曆的起點」正是4 Ahau 8 Cumku，相當於我們公曆（即格里曆，Gregorian calendar）的西元前3114年8月13日。對馬雅人來說，那是0.0.0.0.0——最近一個大週期的開始，而此週期在2012年12月23日結束。馬雅人又把每一個大週期分為較小的週期，就像我們有千年、百年（世紀）和十

■馬雅的月份名稱及其猶加敦馬雅語音譯。除了Uayeb只有5天，其他每個月都有20天。（資料來源：Coe，1993）

年（年代）。因此，馬雅人的日期包含一系列數字，首先是從「起點」算起流逝幾個最大週期，再來是由大週期到小週期的數字，最後對應上52「概年」的算法，例如9.15.4.6.4. 8 Kan 17 Muan，前五個數字分別代表：

9個144,000天週期 = 1,296,000天
15個7,200天週期 =　108,000天
4個360天週期 =　 1,440天
6個20天週期 =　　 120天
4個1天週期 =　　　 4天

　　　　　　　合計：1,405,564天

也就是從最後一個大週期的起點（西元前3114年8月13日）往後算1,405,564天：即西元735年11月29日。

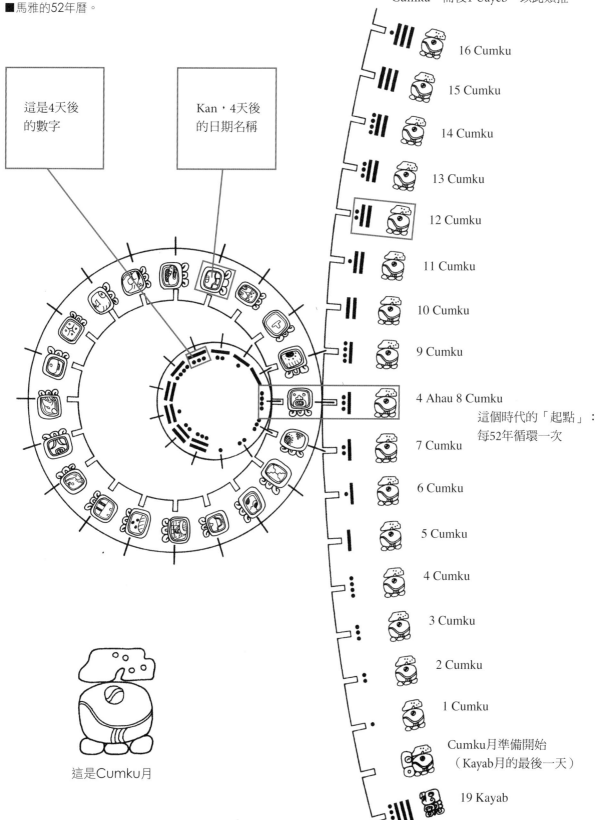

■馬雅的52年曆。

這是4天後的數字

Kan，4天後的日期名稱

這是Cumku月

上面是17 Cumku、18 Cumku、19 Cumku，而後1 Uayeb，以此類推。

16 Cumku

15 Cumku

14 Cumku

13 Cumku

12 Cumku

11 Cumku

10 Cumku

9 Cumku

4 Ahau 8 Cumku

這個時代的「起點」：
每52年循環一次

7 Cumku

6 Cumku

5 Cumku

4 Cumku

3 Cumku

2 Cumku

1 Cumku

Cumku月準備開始
（Kayab月的最後一天）

19 Kayab

德勒斯登抄本

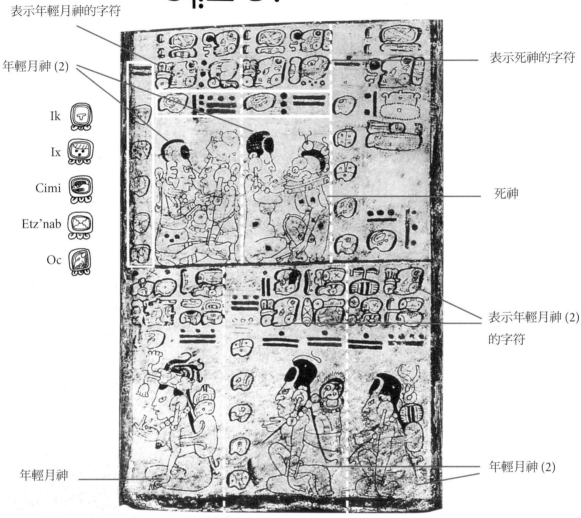

20 9 13   20 3 10

表示年輕月神的字符

年輕月神 (2)

Ik

Ix

Cimi

Etz'nab

Oc

表示死神的字符

死神

表示年輕月神 (2)
的字符

年輕月神

年輕月神 (2)

　　德勒斯登抄本裡到處都見得到日期。這是一本占卜用的曆書，每一天都以複雜的天文學計算和其他日子相連結（用日蝕、月蝕和金星的移動），由此賦予占星上的意義，即吉凶，而吉凶都表現在令人眼花撩亂的神明、女神和半神格化動物的行為和喜怒情緒上。每一位神明和女神的名字都用字符寫在其畫像。我們或可將這部抄本想成有點像描繪馬雅諸神的連環漫畫，只是圖說沒有寫在人物旁邊的泡泡裡，通常寫在人物頭頂。抄本裡也沒有許多分隔線告知讀者他已經從一段圖說轉到另一段（上圖中的白色虛線是我們另加上去幫助識別）。左

頁呈現抄本的部分可找到5個日期，列在頁面左側的直框裡，我們重新畫出代表日期的字符，讓讀者看得更清楚。我們可以把這些日期和頁面橫框裡的數字連起來進行計算。

這些數字連接了10 IK、10 Ix、10 Cimi、10 Etz'nab和10 Oc。我們可以轉動260天的兩個輪子來理解。

我們從10 Ik開始。在心裡將兩個輪子分別轉動20 + 9 = 29個位置，便來到13 Chuen，再分別將輪子轉動20 + 3 = 23個位置，會發現新的日期是10 Ix。10 Ix是10 Ik的29 + 23天之後。如果我們再重複這種算法四次，會從10 Ix依序來到10 Cimi、10 Etz'nab、10 Oc，然後回到10 Ik。於是，這本曆書包含了5 x 52 = 260天，這在馬雅人心目中是極重要的數字。

■科潘出土的年輕玉米神的石雕半身像。

■計算德勒斯登抄本日期的260天日曆。

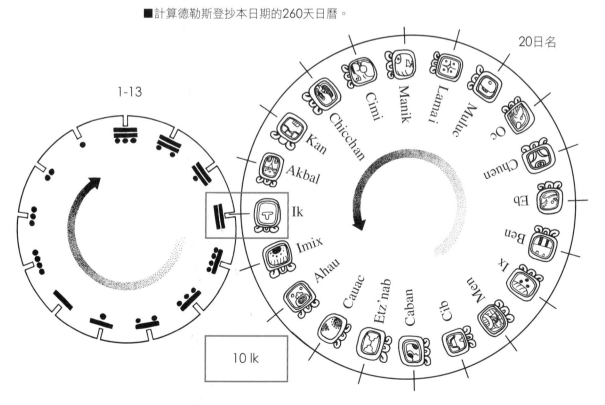

馬雅的「字母」

譯解馬雅字符的下一個關鍵——了解字符部分是表音符號——可回溯至西班牙宗教法庭時期。歷史的一大諷刺是：我們對古代馬雅的一切認識，幾乎全是西班牙宗教審訊員所賜，但也是他們消滅了馬雅絕大部分的文字和許多習俗。最重要的審訊員是從1561年來猶加敦的弗雷‧迪耶哥‧德‧蘭達（Fray Diego de Landa, 1524-1579），他後來當上猶加敦的主教。西班牙當局曾指控蘭達對馬雅的事物過於狂熱，他寫了《猶加敦紀事》（Relación de las Cosas de Yucatán）一書來辯白，而正是這本書收錄了馬雅「字母表」：20世紀譯解馬雅字符的關鍵。

馬雅的字母明顯不是一般的字母表，因為某些字母和音節有不只一個符號。現在我們知道，因為蘭達對馬雅字母有根本觀念上的誤解，這個「字母表」有對有錯。說西班牙語的蘭達曾審訊過一個與他友好的馬雅長者，而彼此都未充分理解對方的意思。（「猶加敦」之名即來自「uic athan」。西班牙征服者問當地地名時，馬雅人回答「uic athan」：意思是：「你說什麼，我們聽不懂。」）蘭達以為馬雅人的書寫也跟16世紀的西班牙人一樣使用字母。例如，在一部抄本看到一條套住鹿腿的繩索時，知道猶加敦馬雅語的「套索」讀「le」

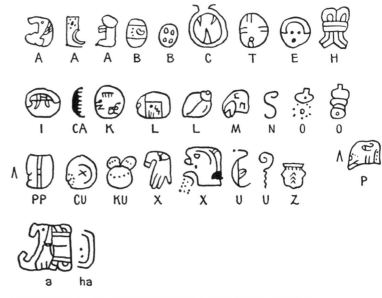

■依照迪耶哥‧德‧蘭達手稿現存抄本複寫的馬雅「字母表」。

的蘭達，想必指著畫中的繩索說：「請告訴你們怎麼寫le，那有兩個字母。」然後他八成告知他們l和e的西班牙發音，接著又讀一遍完整的詞：「ele，e: le」。被問的馬雅人一定搞不清楚他的意思，於是寫出：

 le

這下換蘭達驚訝了。才兩個字母怎麼可能需要四個符號拼？而且兩個字符為什麼都要重複一次？實情是，馬雅的文字基本上是結合純母音的音節字：發e的音，發le的音。一輩子沒見過音節文字系統的蘭達雖然一定知道有些字符是音節字，還是被他的「證據」搞糊塗了。他也知道馬雅的子音可能因聲門是否閉鎖（即喉嚨是否緊縮）而改變意義。下面是幾個猶加敦馬雅語的例子（資料來源：

■猶加敦奇琴伊察（Chichen Itza）被稱為「教堂」的建築，是蘭達歎為觀止的許多馬雅建築奇景。正面中央的面具描繪的是雨神Chac伸出的捲曲鼻子。

■迪耶哥‧德‧蘭達，從1572年擔任猶加敦主教到過世。蘭達是馬雅象形字的故事中相當迷人的一號人物。他燒了大多數流傳下來的抄本，卻也留給後人理解剩餘抄本的關鍵：他對馬雅人施以酷刑，卻也愛他們，認為他們道德崇高、值得救贖——這與他的天主教上司不同，他們不許嚴刑拷打，卻認為馬雅人不具文明。1560年代晚期，蘭達必須回西班牙面對指控；他獲判無罪，最後回到鍾愛的馬雅擔任主教。這幅蘭達的畫像掛在猶加敦北部的伊札馬爾（Izamal）教堂，是蘭達當年服事的地方，也是今天馬雅信眾，那些曾被他凌虐的馬雅人的後裔，領聖餐的地方。

Coe，1992）：

聲門不閉鎖	聲門閉鎖
pop（墊子）	p'op（剝南瓜籽的殼）
cutz（火雞）	kutz（菸草）
tzul（按次序擺好）	dzul（外國人）
muc（埋葬）	muk（允許）

蘭達把*cu*寫成 🫥 、*ku*寫成 🐰 ，即是表現出

這種差異。但從下面這個句子，我們可以看出他和那個馬雅人的交流戛然而止：

ma i n ka ti

這句話的意思是「我不想」——很可能是當蘭達請求馬雅人再寫幾個神祕字符的發音時，馬雅人的回答。

解讀開始

蘭達的「字母表」可以套用到馬雅抄本裡的字符嗎？19世紀後半，這樣的嘗試屢見不鮮，結果有些合理，有些毫無意義。代表某些動物的字符，例如狗、火雞、鸚鵡和豹，經由比照字符所在位置和那些動物的圖畫被鑑定出來（同樣的技巧也用於鑑定代表神明和女神的字符）。1876年，里昂·德·羅斯尼（Léon de Rosny）將蘭達的字母表套用在馬德里抄本裡，代表火雞的字符的第一個符號：

火雞的字符　　　火雞

比對蘭達的，他把第一個符號讀作：

 cu

然後他大膽猜測整組字符可能讀*cutz(u)*，因為猶加敦馬雅語的火雞是「cutz」。羅斯尼進而提出，馬雅文字是以音節為基礎的表音系統。

但也有學者做出無意義的解讀，因而懷疑表音的方法。我們在前面遇過（121頁）、主宰20世紀中期馬雅研究的湯普森，就幾乎完全否決蘭達的「字母表」和馬雅字符裡的表音性質；例如，他屬意用表意的方式解釋「狗」的字符：左邊的符號代表「肋骨」，右邊的符號代表「死亡」。

1952年，這種說法在一個意想不到的地方——列寧格勒——遭到挑戰。連中美洲附近都沒去過的俄羅斯學者尤里·克諾羅索夫（Yuri Knorosov, 1922-1999）提出，許多字符應以語

■尤里·瓦倫蒂諾維奇·克諾羅索夫，譯解馬雅字符的重要先驅。在1945年5月蘇俄攻擊柏林的戰役中，克諾羅索夫是年輕的砲兵；他從失火的國家圖書館裡抓了一本書走——德勒斯登、馬德里和巴黎三部馬雅抄本的合訂本（1933年於瓜地馬拉出版）。這激發了他對馬雅文字的興趣，從1950年代起，他陸續就這個主題發表重要的論文；但他直到1990年代，才有緣親自造訪瓜地馬拉的馬雅遺址。克諾羅索夫首度以俄語發表馬雅相關研究是1952年的事，之後整整過了四分之一個世紀，他的卓越見解才廣為世人接受。

音解讀。他注意到狗字符的第一個符號和火雞字符的第二個符號一樣。

狗的字符　　　火雞的字符

如果狗字符的第一個符號有tzu的讀音（如羅斯尼提出），那第二個符號就可以給予l(u)的讀音，因為那和蘭達的符號相似。

l

因此狗的字符可以讀作tzul：

tzu   l(u)

那麼，猶加敦語有「tzul」這個字嗎？有的。意思正是「狗」。

克諾羅索夫還能依據這條線索進一步解讀。在德勒斯登抄本的某一頁，數字11不像平常用橫槓加圓點來表示，也非代表11的神的臉孔，而是出現一個含有三個符號的字符：

1 {   } 2

3

（抄本上的1已毀損）

猶加敦馬雅語的「11」讀「buluc」。這個字符可能像下圖這樣，是由bu、lu和c(u)組成嗎？

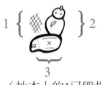

bu   lu

c(u)

德勒斯登抄本的另一頁有一個受損的字符（右上圖），包含出現過的兩個符號，按照克諾羅索夫的論點，可讀作lub(u)。

lu   bu

猶加敦語的「lub」意謂「降下」或「下雨」。照抄本上的圖畫看來，他的猜想可能正確：雨正落在中央人物的頭上。

克諾羅索夫完成一系列這樣的譯解工作。湯普森對此大肆嘲笑，並開始暗中批鬥克諾羅索夫，作風與1950年代的冷戰如出一轍。但美國有些年輕一輩的馬雅學者認為，克諾羅索夫發現了非常重要的線索。

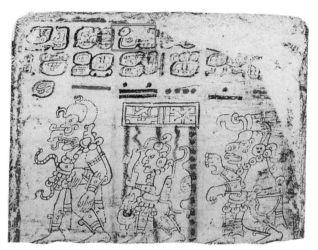

■德勒斯登抄本的一部分。紅框標出的字符是「下雨」的意思。

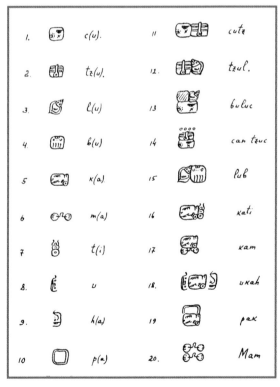

■克諾羅索夫在1950年代提出的馬雅字符解讀。雖然並非完全證明無誤，但克諾羅索夫的基本方法是穩當可靠的。

混雜的書寫系統

以克諾羅索夫馬首是瞻的馬雅研究者面臨兩道基本障礙。首先，馬雅的語言在1950年代——至今依然——不為學者熟悉。如果某名學者無法在馬雅詞彙中找到明顯相對應的字詞，例如猶加敦語的「cutz」（火雞）和「tzul」（狗），就無從判定或某種譯解方法是否正確。

第二，這個書寫系統具有混雜的特色，結合了表音和表意符號。雖然古埃及象形文字也有類似混用的情況，但馬雅的象形字不可預期得多；同一個詞可能有不只兩三種，而是好幾種寫法。另外，個別字符也常「焊接」在一起（中文字也有這個特色，但古埃及沒有）——緊密到唯有受過高度訓練的眼睛才能分辨其組成字符。雖然文特里斯在辨別線性文字B的符號時也遇過這樣的問題，但那比起解讀馬雅字符的難題是小巫見大巫。

例如，兩個拼成chum tun的字符就以三種不同方式合併；這個詞的下面四種拼法都可被接受（小寫字母標注的是表音符號，大寫則是表意符號）：

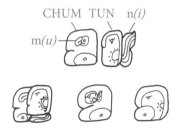

以下五種可被接受的「balam」（豹）拼法，顯示不同的表音和表意比例：

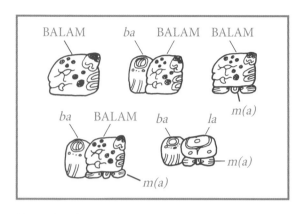

第一種是完全的表意（圖形符號），最後一種是完全的表音（非圖形文字）。

我們可以在一座令人驚豔的浮雕上見到表音和表意元素的混合。浮雕是用來慶祝亞斯奇蘭（Yaxchilán）「鳥豹」的勝利：鳥豹在右手邊，帶著華麗的頭飾，一手抓著他的俘虜「鑲寶石的頭骨」；左側，鳥豹的副官K'an Tok抓著第二名俘虜的頭髮。浮雕上標注了各式各樣的字符——意義尚未完全被理解。

■西元770年亞斯奇蘭的楣石。浮雕刻的是一隻頭戴頭骨和骷髏蛇頭飾的「鳥豹」和他一名妻子Balam Ix夫人進行放血儀式。右頁圖中的字符描述了這個場景。

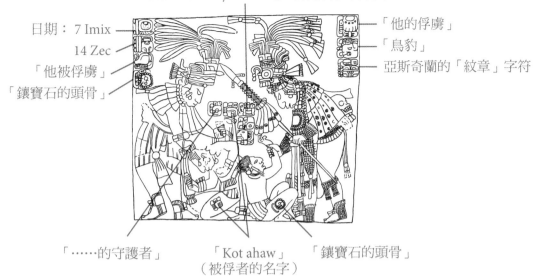

「K'an Tok Waybi Sahal」（俘虜者的名字）

日期：7 Imix
14 Zec ─ 「他被俘虜」
「鑲寶石的頭骨」

「他的俘虜」
「鳥豹」
亞斯奇蘭的「紋章」字符

「……的守護者」　　「Kot ahaw」　　「鑲寶石的頭骨」
　　　　　　　　　（被俘者的名字）

日期是7 Imix 14 Tzec（試著參照124-127頁的資訊比對數字和日期／月份的）──相當於西元755年5月9日。鳥豹被稱作鳥豹，是因為他的字符結合了一隻鳥和一頭豹：

他的馬雅名字很可能是Yaxun Balam。在他名字底下的字符是亞斯奇蘭的「紋章」字符。1950年代晚期由海因里希・柏林（Heinrich Berlin）發現，整體而言，馬雅每一個城邦都有自己的紋章字符。下面是八個這樣的字符，每一個都含有一對表音符號，現在我們知道那拼起來是「ahaw」（領主）：

第二組符號（標於第5圖）代表猶加敦語的「k'ul」（神的）。

這八組符號代表的城邦分別是：

1.Tikal, 2.Naranjo, 3.Yaxchilán

4.Piedras Negras, 5.Palenque, 6.Seibal

7.Copán, 8.Quiriguá（見122頁的地圖）。

亞斯奇蘭的浮雕上有兩個詞是用純表音拼出，一個是：

（他被俘虜了）

這裡有三個音節符號，其中兩個可以在蘭達的「字母表」中找到：

第二個則是這個字符：

（他的俘虜）

馬雅的音節文字表

今天，距離克諾羅索夫首次發表譯解成果已超過六十個年頭，經過數十名學者（大多為美國人）的努力，已制定出右頁的音節表。並非每一個符號的位置都廣獲認同，但絕大部分如此。現在一般認為，絕大部分的馬雅字符可被「解讀」，也就是意義可被還算正確地理解，不過發音未必是昔日馬雅的讀法就是了。

就算不論那數百個非音節字符，馬雅文字的複雜也顯而易見。右表最顯著的特色就是有許多不同符號代表同一種發音，例如純母音u有13個字符，音節na也有6個字符。線性文字B的音節表完全無法相提並論（118頁）；如果沒有蘭達的「字母表」幫助譯解，恐怕沒有人有機會創造馬雅版的「格子」。此外，除了同音異形，有些音節符號也可以做表意符號用。

這個系統內嵌同音異形字的程度，從下面三個不同符號在猶加敦馬雅語都讀can可見一斑（紅字為第一和第三個符號的表音元素）：

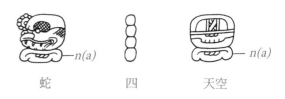

蛇	四	天空

另一方面，多音字（即同一個符號具有多種發音）的程度，則可從下面三個字符看出：

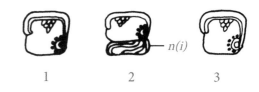

1	2	3

1是Cauac，日期名；2有表音補充符號n(i)，讀tun；3是音節cu。

■右頁這張音節表匯集了自1950年代以來許多學者的研究成果。至今仍不斷修改，空格處表示尚未找到對應字符的音節。（資料來源：Coe & Van，2001）

■約672至830年繪於一只陶製圓柱花瓶的圖案，出土於瓜地馬拉，描繪畫家和他們的工具（尖筆和貝殼墨水盒）。一名畫家在畫手抄本，另一名則拿著面具。兩位人物身前的象形字顯示畫家的名字和頭銜。

	a	e	i	o	u
b					
ch					
ch'					
h					
j					
k					
k'					
l					
m					

	a	e	i	o	u
n					
p					
s					
t					
t'					
tz					
tz'					
w					
x					
y					

馬雅的「圖坦卡門」

■於帕倫克碑銘神廟的墓穴發現、西元683年製作的真人大小翡翠鑲嵌面具。眼睛是貝殼和黑曜石做成。木製的背襯已經腐朽。

1952年一次適時的考古發現，為馬雅文字的譯解帶來重大的突破。那或許足堪與圖坦卡門陵墓的發現媲美。墨西哥考古學家艾伯多·魯茲（Alberto Ruz）在研究帕倫克的碑銘神廟時，偶然發現地板一塊大石板上有兩排小孔，孔上塞著可移動的石塞；將石塞移走，他看到一座拱形的樓梯一路向下延伸至金字塔內部，但故意用碎石堵住去路。他花了四個田野調查季才把樓梯清出一條路，下到大約和金字塔底部同高度的一個房間，那裡也堆滿碎石，而他在地上看到五、六具年輕成人的骨骸，可能全是獻祭品。在房間的盡頭，通道被一塊巨大的三角石板擋住。當石板終於移除，魯茲瞠目結舌地注視這座宏偉的墓穴：約在上方神廟地板24公尺底下。他是13個世紀以來親眼目睹的第一人。

墓穴裡，一片巨大的長方形石棺蓋掩住一位古馬雅統治者的遺物。棺內，陪同屍體的是貴重的翡翠寶藏：真人大小的翡翠面具戴在統治者的臉上，翡翠和珍珠母製的圓盤充當耳環，數串翡翠珠子項鍊裝飾胸口，手指則戴著翡翠戒指。統治者的雙手和嘴裡都有一大塊翡翠——晚期猶加敦、阿茲特克和中國皆有文獻記載的習俗。另有兩個翡翠人形躺在他的身邊，其中一個代表太陽神。

石棺上的雕刻描繪統治者（他的一足顯然有畸形）從天國之鳥（象徵天堂）世界之樹的巨大樹幹墜入另一世界的開口。在他墜落時，身旁有一個形似半骷髏、手拿一碗祭品的怪物圖像，祭品上標著太陽的字符。這個字符象徵位於生死過渡的太陽。一如太陽，國王在走完另一世界的旅程後，將再次從東方升起。

■帕卡爾的石棺蓋，1952年發現於帕倫克碑銘神廟的墓穴中。

帕卡爾的生死

1　　2　　3　　4　　5　　6　　7　　8

帕倫克這位偉大的馬雅統治者是誰呢？沿石棺一側雕刻的8個字符提供我們部分說明。它們包含若干數字、日期名和月份名，試試你能否解讀：

1 是日期8 Ahau。

2 是日期13 Pop。

3 是表示「出生」的字符（暱稱「倒立的青蛙」）。

4 是日期6 Etz'nab。

5 是日期11 Yax。

6 指「長紀曆」中4個7,200天的週期，約80年。

7 是表示「死亡」的字符。所以這位統治者死於8 Ahau 13 Pop，即西元683年8月31日。

8 是統治者的名字，意為「手盾」，解自這個統治者字符右下角的圖形符號。

但這位馬雅統治者究竟自稱什麼呢？一條線索來自墓穴上方神廟裡的一個字符。從其所處語境看來，字符顯然是底下埋葬統治者的名字，但它跟石棺上的字符截然不同。1973年，在帕倫克集會的學者恍然大悟，石棺上代表名字的字符是表意符號，神廟裡的則是表音符號。神廟裡的字符可如右圖所示這樣翻譯（參照137

頁的音節）。所以這位馬雅版的「圖坦卡門」叫帕卡爾（Pacal，意為「盾」）。

pa

ca

la

這裡有三種帕卡爾一名的拼法，表音元素以小寫字母表示：

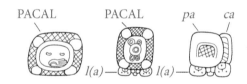

PACAL　　　PACAL　　*pa*　　*ca*

l(a)　　　*l(a)*

如果石棺銘文內容屬實——我們顯然不能視為理所當然——帕卡爾過世時80歲。從其他字符我們讀到他12歲就即位，所以帕卡爾在位68年之久，比英國維多利亞女王還久。我們也可以鑑定出帕卡爾的父親名叫Kan-Bahlum-Mo'，母親叫Zac-Kuk夫人，還有其他親人的名字。有意思的是，他的父親從未統治（西元643年1月1日過世），母親卻短暫統治過，從612年即位到兒子於615年登基（她在640年9月12日過世）。在帕倫克這裡，以及其他馬雅遺址，馬雅字符之譯解賦予馬雅一段詳盡的王朝史，而不過數十年前，世界對此還一無所知。

1

2

3

4

5

6

7

8

■帕卡爾（603-683）石棺的邊緣：他的生卒年都以字符呈現（見左頁的譯解）。

波南帕克壁畫

兩次大戰後的第二項馬雅考古大發現是離亞斯奇蘭不遠的波南帕克（Bonampak）壁畫。兩位長年與拉坎冬（Lacandón）印地安人一起生活的美國探險家，在1946年被帶到波南帕克的遺址；幾個月後，印地安人向攝影師柴爾斯・海利（Giles Healey）展示那裡的壁畫，海利發表的照片立刻造成轟動。對學者而言，壁畫引人入勝之處較不在於上面的馬雅文字，而是它展現了西元8世紀末，恰逢馬雅文明崩壞之前，古馬雅人的生活。這些壁畫上仍有許多字符尚待譯解。

壁畫皆呈現單一敘事，打了勝仗、戰後和慶典的故事。在下圖中的場景，悲慘的俘虜被剝去衣物，遭受拔指甲的酷刑，旁邊還擺了一顆被砍下的人頭。一個赤身裸體坐在平台上的人哀求正中央的人物，波南帕克的君主查安—穆安（Chaan-Muan），他身披豹皮戰袍，為一群衣著華麗的部下簇擁。其中一名觀眾是身穿白袍、手執摺扇的女士；她是查安—穆安的元配，而據字符記載，她來自亞斯奇蘭。

■西元8世紀的波南帕克壁畫最終沒有完成，因為波南帕克遭到罷黜。這些壁畫似乎與一位年幼男性繼承人繼任亞斯奇蘭君主的儀式有關，有儀式性的戰鬥、酷刑、斬首、啞劇、舞蹈、音樂和貴族男女的放血。種種儀式可能都徒勞無功。

馬雅的巧克力杯

在馬雅人創造的怪誕而優美的藝術中，最吸引人的或許是陶器彩繪。過去一、二十年，馬雅遺址有許多這樣的藝品遭到劫掠，流入歐美等地的藝術交易商之手。但這樣的交易並非全是壞事，那反倒有助於馬雅文字的譯解。

1971年，馬雅學家寇伊在紐約舉辦一場馬雅陶器展覽時發現，許多陶壺邊緣的字符序列都很類似。寇伊稱之「主要標準序列」，並猜想那意指馬雅人在另一世界的神祕冒險，就像埃及的死者之書，因為那似乎是許多陶瓷藝術的主題，也因為專家相信，那些陶器的用途是陪葬。

結果這些序列有著不大一樣的意義。主要標準序列最常見的字符之一是這樣排列的：

若採用音譯，這個字符讀作「uch'ibi」：

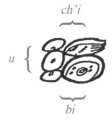

「uch'ibi」在喬爾馬雅語的意思是「飲用」。因此這個字符可能意指「某人的飲水杯」。於是，情況似乎比較像是馬雅的貴族，像今天某些人一樣，想在自己水杯標上名字。

真相在進一步的辨讀後更加清楚。主要標準序列包含下面這個字符，我們可以運用一點

■瓜地馬拉里奧阿蘇爾（Rio Azul）出土的馬雅陶器。中央的字符代表可可。化驗結果已證實罐底有可可的殘渣。第一位研究馬雅的歐洲人迪耶哥‧德‧蘭達曾寫道：「他們用磨碎的玉蜀黍和可可製成一種非常可口的泡沫飲料，用來慶祝祭日。他們還從可可萃取一種很像奶油的油脂，用這種油脂和玉蜀黍調製另一種非常美味、備受喜愛的飲料。」而蘭達寫於1560年代的「字母表」恰好也在20世紀晚期協助證實，他對馬雅文明的紀錄真實不虛。

點想像力來變化它的讀音：

可可（Cacao）！有人從寫有這個字符的馬雅陶壺刮了碎屑送交好時公司（Hershey Foods Corporation）化驗，結果證實，這些殘渣確實是可可的化學殘留物。

■這枚石頭印章來自四千多年前於印度西北及今巴基斯坦盛極一時的印度河文明。像這樣的印章相當多，上面刻的符號可能是成熟的文字。這點迄今無人能肯定，因為還沒有人能夠譯解這些符號的意義。古印度文字可能是世界各地、各時期許多尚未譯解的文字中最引人入勝的。

譯解的難題

下表列出的是迄今尚未譯解的主要文字。它們和其他未譯解文字的區別在於，它們都和某一個舉足輕重的文化有關。使用伊特魯里亞文字的民族創造了精美的藝術品和喪葬遺址，更深深影響了羅馬人；克里特島的線性文字A是米諾斯人使用，與麥可‧文特里斯譯解的線性文字B同時代，甚至更早；復活節島（拉帕努伊島，Rapanui）的「朗格朗格」，可能就是島上那些著名巨人石像的雕刻者所用的文字。相形之下，1961年在羅馬尼亞一次考古挖掘中發現的少數尚未譯解的符號，即俗稱的特爾特里亞泥板（Tartaria tablets），就未引起太多關注──部分原因是那次挖掘的其他文物並不惹人注目。

譯解的定義

當然，有許多種文字既非未譯解也非已譯解，而是部分譯解。西台人的象形文字和馬雅人的字符、線性文字B，甚至埃及象形文字皆是如此──只是譯解的程度愈來愈高。

未譯解的文字可分成三種基本類別：未知的文字書寫已知的語言、已知的文字書寫未知的語言，以及未知的文字書寫未知的語言。直到不久前，馬雅文字仍屬於第一類；伊特魯里亞文字屬於第二類；印度河和朗格朗格文字則是最後一類的例子。

文特里斯這樣精湛地給譯解的技巧做了總結：「每一種文字的解讀工作都必須分三階段計畫：鉅細靡遺地分析所有可得銘文的符號、文字和語境，以便擷取關於拼寫系統、意義和語言結構的每一條可能的線索；用已知或假設的語言試驗性的代入讀音，看能否造就有意義的字詞和形態變化；最後是決定性的核對，最好借助於原始資料，確認表面的成果不是出於幻想、巧合或循環推理⋯⋯前提有二，一是可分析的資料必須夠多，才能產生可用的結果，二是（在沒有雙語或可辨識的專有名詞，文字即無法判讀的例子）未知的語言應該要和某種我們已知的語言有關。」

文字名稱	發現地點	已知最早出現的年代	是否已知其文字？	是否已知其語言？
原始埃蘭文字	伊朗／伊拉克	西元前3000年	部分	否
古印度文字	巴基斯坦／印度西北部	西元前2500年	否	*
「仿象形文字」	比布魯斯（黎巴嫩）	西元前2000至前1000年	否	否
線性文字A	克里特島	西元前18世紀	部分	否
費斯托斯圓盤文字	費斯托斯（克里特島）	西元前18世紀	否	否
伊特魯里亞文字	義大利北部	西元前8世紀	是	部分
薩巴特克文字	中美洲	約西元前600年	部分	部分
麥羅埃文字	麥羅埃（蘇丹）	約西元前200年	是	部分
拉摩哈拉文字	中美洲	約西元150年	*	*
朗格朗格文字	復活節島	西元19世紀前	否	否

■尚未譯解的主要文字

*表示學界尚無共識。

古印度塵封的祕密

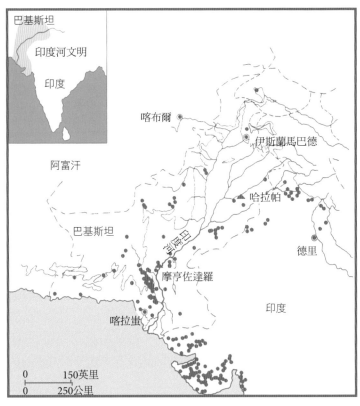

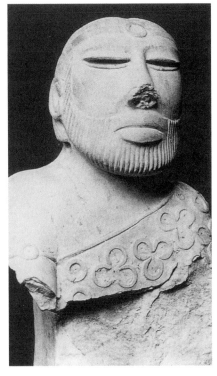

■印度河文明的範圍。這張地圖是基於考古發現繪製，清楚顯現這種文化的普遍性。圖中也標示了當時的兩大城市：摩亨佐達羅和哈拉帕。

■印度河文明的「祭司國王」，1920年代於摩亨佐達羅出土。

這座15公分高、被稱作「祭司國王」的滑石雕像是在1920年代於印度河岸一座名喚摩亨佐達羅（Mohenjo-daro）的古城遺址（在今巴基斯坦）發掘。他的身分和重要性為何，迄今人們仍一無所知，不過他衣著上的三葉草設計，被認為有「星」的含意。這件物品可能已有四千年的歷史——比亞歷山大大帝入侵印度早了近兩千年——是印度河文明現存最有名的遺物。

印度河文明的遺跡遍及巴基斯坦和印度西北部地區，面積相當於歐洲的四分之一。在其全盛時期，西元前2500至前1900年間，它的主要城市可以和同時代的美索不達米亞和埃及大城媲美。固然沒有大金字塔、雕像和一大堆黃金可誇耀，但那些城市規畫完善的街道和先進的排水系統，恐怕連20世紀的都市計畫也相形見絀。但在1921年以前，人們壓根兒沒想過印度曾有這樣的文明存在。

不過，早在1870年代，考古學家就察覺印度河流域有一種尚未譯解的文字。而從1920年代開始，來自許多國家的學者嘗試解讀至今。

古印度的文字

古印度文字不是出現在牆上、墓上、雕像上、泥板上和紙草上，而是刻在印石上、赤陶土做的封泥上、陶器上、銅板上、青銅工具上和象牙及骨棒上，那些東西散落摩亨佐達羅和其他屯居城市的房屋和街道各處。目前已知的銘文約有3,500件，其他大部分是刻在印石上。

那些銘文短得令人著急：一行平均不到4個符號，一段文字不到5個符號，最長的銘文也只有三行20個符號，寫在兩個赤陶稜柱體的側面。除了符號，許多印石也刻了動物的輪廓，這些多半可以辨認，例如犀牛、大象、老虎、水牛，但也包含一種獨角獸和一些身分不明、可能是神和女神的擬人像。有些學者認為這些形像是印度教神明的前身。

譯解古印度文字

任何嘗試譯解古印度文字之舉，都必須先考慮兩個問題。這些符號本身是否適於分析，套用珂柏和文特里斯等人在分析線性文字B時建立的模式？以及，我們能否推測這些符號背後的語言（例如線性文字B書寫希臘語）？

從符號本身著手，我們或可尋找這些符號與其他文化文字的相似之處，就像文特里斯比較線性文字B和賽普勒斯文字那樣。比對必須謹慎，因為這樣的相似可能只是偶然。結果，印度河符號和古伊朗、蘇美及埃及的符號毫無相似之處。不過，有四、五十個古印度符號，居然和——完全意想不到的地方——復活節島的符號有驚人的雷同。

挖掘過摩亨佐達羅的約翰‧馬歇爾爵士（Sir John Marshall）臆測，下面這位盤腿而坐、被動物包圍的人物是最早的「濕婆神」（Shiva），是（後來）印度教諸神中最重要的一位。第二位人物頭飾中的星星和無花果樹枝，以及毗鄰的魚形符號，也可能讓人做此聯想——但任何「譯解」，最多只是嘗試罷了。

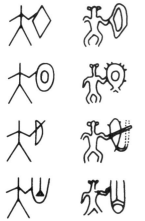

■左列是古印度符號，右列則是來自復活節島的符號。復活節島符號的年代不詳，可能只有200年歷史。古印度符號有可能橫跨3500年、遠渡13,000英里的重洋，從印度河來到一座太平洋的孤島嗎？1930年代一些學者認真地這麼以為，但今天看來，這種想法似乎不可置信。古印度文字大多出現在印章上（下圖）。有些圖案很容易理解，但另一些，例如其中兩個用瑜伽姿勢盤坐的人物，就令人迷惑不解。

符號的數量和書寫方向

我們能判定古印度符號共有多少個嗎？要試著回答這個問題，就必須決定下面三個符號是同一符號的變體，或是三個不同的符號。

學者對這類細節的看法不一，但同意總數在400個左右（加減25）。對於字母或音節文字（例如線性文字B）而言，400個符號太多了，因此古印度文字很可能是像美索不達米亞或埃及文字那樣的「混雜型」文字。

它的書寫方向是從左向右，還是從右向左呢？我們幾乎可以確定那通常是由右往左寫，因為我們見到符號「溢出」到次一行的情況都發生在左邊、左側的符號因空間不足愈寫愈窄，以及印章的上側、左側和下側寫了符號，右側則留白。

古印度文字的語言

過去印度河流域的居民說什麼話呢？有三種可能性。一、他們的語言可能已經消失。二、可能和印度的古典語言梵語有關。三、可能與達羅毗荼語有關，這個語系比梵語更久遠，現今在印度南部，以及，很有趣地，距印度河谷地不遠的俾路支和阿富汗的山谷和高原還有人說（稱為布拉灰語〔Brahui〕）。在後面兩種假設中，達羅毗荼語系似乎較有可能，因為梵語是衍生自雅利安人（Aryan）的語言，雅利安人可能是在西元前1900至前1700年間兩度入侵印度，征服了印度河流域原本存在的文明。雅利安人從未深入印度南部，使印度南部得以保存自己的語言，而（一般認定）這種語言和古印度河流域居民的語言有親戚關係。

如果達羅毗荼語系的假設是正確的，那麼在坦米爾語（Tamil，今天馬德拉斯地區所說的一支達羅毗荼語）的古語中，應該找得到和古印度符號對應的字詞。古印度文字一個常見的符號是魚。古坦米爾語的魚讀「mīn」。但「mīn」也有別的意思：「星星」或「行星」。魚的符號是否可能是表示星名的畫謎呢？魚的符號和星星及擬人形像連袂出現（見前一頁的印章），以及魚和星星在印度河流域的陶器上如影隨形，都支持這種解釋：

文字中的魚有時前面會畫6條線，表示「6顆星的（星座）」，即昴宿星團，這在最古老的達羅毗荼語文本中寫作「aru-mīn」。

要完全譯解古印度文字，我們還有很長的路要走。古印度文字首要學者，極可能成為另一個文特里斯的阿斯科，帕爾波拉（Asko Parpola）在1994年寫道：「古印度文字的許多符號太簡化、太概略了，我們很難明確、客觀地理解其圖示的意義。另一個不利條件是資料缺乏……古印度文字看來極不可能完全譯解，除非得到截然不同的原始資料。」

克里特線性文字A

前文提到，除了在克諾索斯發現線性文字B，亞瑟‧伊凡斯爵士也在克里特島發現其他兩種文字：一種「象形」文字，和線性文字A。「象形」符號幾乎都是在印石和封泥上發現，很少刻在陶土上；線性文字恰恰相反，主要是在泥板上發現——這種泥板的數量比線性文字B的泥板少得多。象形文字無疑是兩者中年代較久遠者，早在西元前1900年即出現；線性文字A可能是從之演變而來，沿用到西元前15世紀米諾斯文明崩解。線性文字A是米諾斯文明使用的文字，包括米諾斯人在南愛琴海的海外領地；線性文字B則是在希臘人攻占克諾索斯和克里特島其他地區後，希臘人和米諾斯人使用的文字。線性文字A寫的是米諾斯語，至於線性文字B，寫的當然是希臘語。

線性文字A和線性文字B之間無疑關係密切，但是何種關係卻不明確。先來的線性文字A的符號和後到的線性文字B非常相似，那麼線性文字B的讀音可以套用於A的符號嗎？要非常謹慎。這樣的推測是合理的：為了書寫希臘語，線性B借用了線性A的文字，再做些變化。我們可以在線性文字A的銘文代入線性B的讀音，得到一些字詞——但因為我們不識米諾斯語，就無從判定這些字詞是否正確。

不過我們可以肯定，線性文字A背後的語言不是希臘語。這個結論來自像上圖這樣的泥板。第一行可能是地名。第二行的起首（左側）是和線性B「酒」的表意字一模一樣的符號，接下來是一個未知的符號，可能意味「已付款」或「賣出」。接下來是六個詞，每個詞

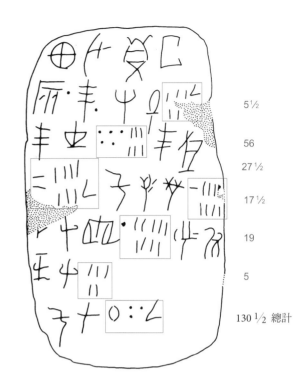

	5½
	56
	27½
	17½
	19
	5
	130½ 總計

後面都跟著一個數字：這些很可能是人名，和酒的相關數量。這些數字和線性文字B使用同一系統，總計130又1/2（最後一行的數字），前面兩個符號經常出現在這個位置，可能是「總計」的意思。在線性文字B的泥板上，代表「總計」的符號不同，音譯為「to-so」，可辨識為希臘語。但如果我們把線性文字B的讀音代入這兩個線性文字A的符號，得到的詞是「ku-ro」，這個讀音就找不到任何意義適切的希臘語了。

■亞瑟‧伊凡斯發表的克里特島「象形文字」。這是目前所知克里特島上最早的文字，線性文字A是由此演變而成；這兩種文字都尚未譯解成功。

費斯托斯圓盤文字

古克里特文字中最大的謎團莫過於獨一無二的費斯托斯圓盤。它是在1908年由一名義大利挖掘人員在克里特島南部費斯托斯一座宮殿的遺址中發現，依其出土環境研判，圓盤的年代應不遲於西元前1700年——換句話說，和線性文字A同時代。它是烘烤過的陶土做成，兩面都有銘文，都是用戳子或圖章在濕黏土上壓印的符號。因此麥可·文特里斯的共同研究者約翰·查德威克說費斯托斯圓盤是「世上第一份打字文件」。

可是，為什麼有人要特地製造戳子或圖章，而不是像線性文字A和B那樣每次重新刻寫呢？如果目的是要「印」出多份同樣的文件，為什麼在長達百年的挖掘歲月，沒有發現其他印著這種文字的文件？還有，為什麼費斯托斯圓盤上的符號，跟「象形文字」、線性文字A和線性文字B都不像呢？這塊圓盤可能是從外地帶入克里特島的嗎？可能是贋品嗎？關於盤上文字的意義，幾乎沒有線索可循，也沒有可靠的解答。符號本身也幫不上忙，因為它們和其他米諾斯符號無雷同之處、數量稀少且外形神祕莫測，符號背後的語言也完全未知。圓盤出土的環境亦無助益，因為同樣文字的東西就只挖到這麼一件。要順利譯解，唯一的希望是發現其他有類似銘文的文物。查德威克指出，在那之前，嘗試再多也沒有意義（何況許多嘗試是胡亂猜測）。「我們必須抑止我們的不耐，並且承認，就算米諾斯國王本人把真正的意思託夢給某人，他也沒辦法說服其他人相信他的詮釋是唯一可能的答案。」

■費斯托斯圓盤。其直徑約16公分，厚約1.2公分。兩面共有242個印或戳上去的符號，用線條區分成61組。這些符號看來似乎是從外緣開始，依順時針方向螺旋向內戳印。

原始埃蘭文字

　　古埃蘭國的疆域大致和現今的伊朗油田相當，而該國的語言：埃蘭語，是大流士貝希斯敦碑文上面刻的三種楔形文字之一（見76-79頁）。在此約兩千五百年前，埃蘭語是用一種準圖形文字書寫；那被稱作原始埃蘭文字，而迄今尚未為人譯解。用原始埃蘭文字刻寫的泥板在古埃蘭首都蘇薩出土，但最東遠及今天伊朗和阿富汗的邊界。它們大致與烏魯克出土的最早蘇美泥板同一時期。

　　原始埃蘭文字有可能是在伊朗高原上創造，也可能是向美索不達米亞的城市居民借用。我們不得而知。

　　雖然我們手邊已有相當多原始埃蘭文字資料，譯解工作仍無進展。貝希斯敦碑文上的埃蘭語證明完全無法和其他語言比對——不用說，要重現原始埃蘭碑文所記載的語言，更是難上加難。

■蘇薩出土、刻有阿卡德楔形文字和線性埃蘭文字的雙語獻辭，年代約在西元前2200年。楔形文字顯示題獻的人叫Puzur Insusinak。線性埃蘭文字比原始埃蘭文字晚五百多年，有些線性埃蘭文字符號已確定可以解讀，但兩種文字的關聯懸而未決。

■蘇薩出土的一塊原始埃蘭文字泥板，年代約在西元前3000年。這些符號的意義大抵仍未知。

■伊朗高原上的原始埃蘭屯居地，標示發現泥板的地點。（資料來源：Lamberg-Karlowksy）

希臘文但非希臘語：伊特魯里亞文字

伊特魯里亞人是希臘人和希臘西方的非希臘人（俗稱「野蠻民族」）之間的主要居民。希臘人最早在西元前775年前後來到義大利的匹德庫塞島（Pithekoussai，今伊斯基亞）定居。當時腓尼基人已立足於西西里西部和薩丁尼亞，在商業和政治上與伊特魯里亞人結盟。腓尼基人對伊特魯里亞人有相當重要的影響，但希臘文化的影響更是深遠。後來伊特魯里亞人將希臘文化，包括希臘字母，傳播給鄰近的拉丁民族。到西元前1世紀，伊特魯里亞人被併入羅馬帝國，不再是獨立存在的民族，但伊特魯里亞的家族和傳統卻在羅馬落地生根。西元408年，當哥德（Goths）國王亞拉里克（Alaric）眼看就要摧毀羅馬，一些伊特魯里亞的教士反覆吟誦禱文和咒語；但羅馬仍遭洗劫。這是最後一次有人說伊斯魯里亞的語言。

詳盡的拉丁語彙研究顯示，許多拉丁字詞皆源自伊特魯里亞。其中多數和奢華的生活和高階層文化有關，包括書寫。以下列舉四個和書寫有關的例子：「elementun」（字母）、「litterae」（寫，源自希臘文「diphthera」，皮，古希臘人書寫的一種材料）、「stilus」（書寫工具）和「cera」（蠟，當時人們會在蠟板上寫筆記）。

伊特魯里亞的語言和文字

可惜，絕大部分的伊特魯里亞語完全無人能解。眾人努力拿它跟每一種歐洲語言，甚至希伯來和土耳其語比對，但它仍固執地獨樹一格。尤其諷刺的是，這種語言是非常忠實地用希臘字母書寫。我們可以輕易讀出13,000多份散布義大利中部各地的伊特魯里亞銘文，但無法了解大部分文字的意思——通常只有人名、地名和日期能解。以這種方式解譯伊特魯里亞語就像只靠讀墓碑學英文一樣。

一個典型的例子是1964年在昔日伊特魯里亞主要海港、羅馬以西40公里的匹爾紀（Pyrgi）發現的雙語金片。這些金片的年代約在西元前500年。左邊金片刻的是腓尼基文，右側則是用希臘字母拼寫的伊特魯里亞文。這些是伊特魯里亞統治者獻給女神的謝恩供品，並紀念他在位第三年；兩片記載相同的訊息，但並非逐字翻譯。事實上，這組雙語文物的發現僅僅為已知的伊特魯里亞語彙增加一個詞：「ci」，數字3。

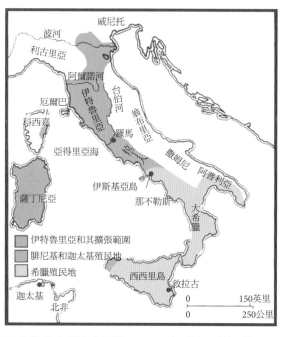

■古代義大利和各民族，西元前8世紀到前6世紀。

■匹爾紀出土的金片，年代約在西元前500年。左側的金片刻寫腓尼基文字，右側則是伊特魯里亞／希臘文字。希臘人借用了腓尼基人的字母原則，再傳給伊特魯里亞人，包括字母的符號。

大希臘

伊特魯里亞銘文

伊特魯里亞人借用了希臘字母，但並未實際使用其中4個字母；同樣地，義大利的孩子學了「k」、「j」、「w」和「y」等符號，但它們從來沒有在義大利詞語出現過。我們可以用伊特魯里亞的字母表來讀寶石上的銘文，例如：

Hercle = Hercules　　*Achle* = Achilles

也可以用子母表讀鏡子背後的銘文。在總數約三千面的鏡子之中，許多的青銅上都刻有銘文，上圖即為一例。圖中的人物從右到左依序是：Menle（墨涅拉俄斯／Menelaos）、Uthste（奧德賽／Odysses）、Clutmsta（克呂泰涅斯特拉／Clytemnestra）、寫作Talmithe

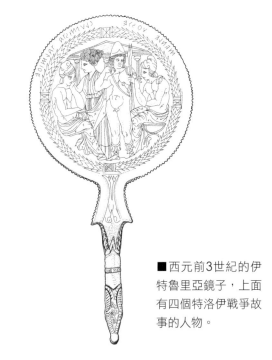

■西元前3世紀的伊特魯里亞鏡子，上面有四個特洛伊戰爭故事的人物。

的Palmithe（帕拉墨得斯／Palamedes）。把這些人物放在一起，伊特魯里亞的藝術家是在描述某個無人所知的特洛伊戰爭神話版本嗎——或者只是平凡的人物，配上當時工匠最喜歡的名字？從流傳至今為數眾多的鏡子數目判斷，某種模型「大量製造」的可能性極高。

伊特魯里亞富人那些令人肅然起敬的石棺就不是這麼回事了。左圖的石棺屬於晚期，即伊特魯里亞人已歸入羅馬帝國的時期，石棺上的銘文刻著：

Seianti hanunia tlesnasa

Hanunia的第一個字母看起來像 θ（theta），但其實是個 日。從附近出土的其他六處銘文都提到Hanunia判斷，這是個姓氏。令人遺憾地，一如其他伊特魯里亞的銘文，我們從這裡學到的伊特魯里亞語，就只有三個名字。

■義大利丘西出土的赤陶石棺，年代約在西元前150年。棺內的骨骸在1989年進行分析，發現這位婦女至少活了80歲。

朗格朗格

在復活節島的語言裡，朗格朗格（rongorongo）意味「吟唱」或「背誦」。這名稱也用於復活節島的文字，島民在閱讀那些刻在木板上的文字時，似乎會反覆吟誦。共有29塊這樣的木板散布世界各地的博物館，板上刻了超過14,000個「字符」，是用鯊魚的牙齒、黑曜石的薄片或削尖的鳥骨雕刻。符號大多是物品或生物帶特定風格的輪廓，根據一位學者的說法，一共約有120種基本元素，結合成1,500到2,000種複合符號。

關於朗格朗格文字有兩個基本的問題，而兩個都仍無人能解。它真的是文字嗎？更重要的是，那是島民自行創造，或是從其他國家，如祕魯或中國（甚至有人提出古印度文明也是可能的源頭）帶過來的？或是在1770年歐洲人來到復活節島，見了歐洲文字後才發明的？如果這種文字確實在歐洲人來訪前即已存在，那復活節島就是玻里尼西亞諸島中的異數。若能證實這種文字是島民獨立創造，將能大大鞏固文字多起源——而非單一起源——的論點。

現有證據尚無法做出結論。最後一批知道怎麼讀這些文字的島民，顯然在1862年祕魯劫掠奴隸時被抓個精光。1860及1870年代大溪地主教姚森（Jaussen）曾說服一個島民為他朗誦和翻譯朗格朗格文本，結果錯誤百出（主教的朗格朗格字典裡列了5個符號代表「瓷器」，但這種材料在復活節島根本無人知曉！）這裡的情況跟三百年前猶加敦主教蘭達為了撰寫馬雅「字母表」而審問馬雅語人士如出一轍。

朗格朗格文字極可能是一種發展成熟的原

■復活節島的朗格朗格文字板，年代不詳。這塊方形板是大溪地主教姚森在1868年取得，目前收存於羅馬聖心會。這些符號無法閱讀，但我們確實知道書寫方向：牛耕式轉行書寫法，而且讀者讀完每一行都必須將板子旋轉180度。這種罕見的書寫方式亦見於祕魯蒂亞瓦納科的「太陽門」——使一些學者猜測復活節島的文字可能源自祕魯。也有人認為中國、蘇門答臘、紐西蘭，甚至印度河文明是可能的源頭（參見147頁）。但考古學的證據壓倒性支持，復活節島上的殖民是來自西方的玻里尼西亞。

始文字，兼有表音和表意元素，這些符號既是便於吟誦者記憶的線索，也是「成熟」書寫慣於使用的記號。一群俄羅斯學者（包括譯解馬雅字符的主角克諾羅索夫在內）研判，朗格朗格「也許可和發展初期的古埃及象形文字相提並論」。

III

仍在使用的文字

　　美索不達米亞的楔形文字、古埃及象形文字、線性文字B和本書前面章節介紹的其他文字，如今只有學者專用了。今天大部分人類書寫的文字不是源自最早的字母，就是源自中文字，雖然實際使用的符號已徹底改頭換面。就持續使用的歷史而言，中文字是所有文字中最長的，包括現存及已絕跡的文字，而羅馬字母嘗盡兩千多年的風霜，也仍在使用。不過，或許總有一天，這些文字也會步入早期文字的後塵，消失人間。一種文字會消失或續存，不在於能否有效表現一種語言——至少不是首要因素——而在於使用這種文字的文化有多大的權力、威望和生命力。因此，現在伊拉克人和埃及人使用阿拉伯文字、馬雅人使用羅馬字母、日本人使用漢字。西方文化（和英語）在全球各地都有強勢的影響力，使所有國家都曾有將文字「羅馬化」的呼聲。這種情況若是發生在埃及或日本等地都不難理解。但試著反過來想想看，比如美國改用阿拉伯文字，就難以想像。文化支持特定文字的重要性便昭然若揭。

第九章　最早的字母

■字母的發源地在哪裡？在古代巴勒斯坦、黎巴嫩和敘利亞等多種文化匯聚之地的市集，
字母的便利性當然有助於進行國際貿易、數種語言的議價和記錄。此為敘利亞阿勒坡的現
代露天市場。

字母之謎

我們已經看到，文字的起源是重重謎團。其中最令人百思不解的或許是字母之謎。眾所皆知，字母是經由古希臘人的傳播來到現代世界，但我們仍不清楚字母是何時、如何出現在希臘，也不清楚更重要的這點：西元前2000至前1000年間的前希臘時代，地中海東岸的社會是怎麼率先想出字母這種概念。學者為這個問題投入畢生心力，但證據仍太過貧乏，不足以做成可靠的結論。字母是從美索不達米亞、埃及或克里特島的文字演變而成嗎？或是某不知名人士「靈光一閃」想到的？為什麼人們會覺得字母有其必要？看起來最可能是商業發展的必然結果嗎？換句話說，是不是商業發展需要比巴比倫楔形文字或埃及象形文字更簡單、更快速的工具來記錄交易，也需要便利的方法來書寫在地中海周邊互做生意的許多帝國和團體形形色色的語言？若是如此，那令人訝異的是，早期希臘銘文竟然沒有貿易和商業的相關記載。這一點，加上其他因素，使一些學者推測希臘字母是為記錄荷馬史詩才發明的。

在缺乏證據下，傳說和神話便填補了空白。常有人說字母是孩子發明，因為孩子對大人使用的既有文字沒有先入為主的想法，也尚未投入心力學習之。一種可能性是敘利亞北部一個聰明的迦南孩童厭倦了非學不可的楔形文字，碰巧受到埃及象形文字單子音概念的啟發，便發明了一些新的符號來記本身閃族語言的基本子音。或許他一開始是把符號亂畫在某條古老街道的塵土上：房子的簡單輪廓，「beth」（閃族「字母表」中的「bet」），

就成了「b」的符號。在我們這個年代，魯德亞德・吉卜林（Rudyard Kipling）在《26個字母是怎麼發明的？》（*How The Alphabet Was Made*）書中的小主人翁塔菲邁（Taffimai）設計了她所謂的「聲音畫」。字母A是一條張大嘴巴的鯉魚；塔菲邁告訴父親，這很像他發「ah」這個聲音時張開的嘴巴。字母O則是蛋或石頭的形狀，像她父親說「oh」的嘴形。「S」則畫成一條蛇，代表蛇「嘶嘶」的叫聲。用這種多少有點牽強的方式，塔菲邁創造了一套完整的字母表。

■依據吉卜林的故事，字母是名叫塔菲邁的孩子發明的。圖為克卜林所繪字母A的誕生過程。

■約西元前1500年字母誕生時的中東地區。字母是因應商業需要更高效率而生的嗎？

最早的「字母」銘文

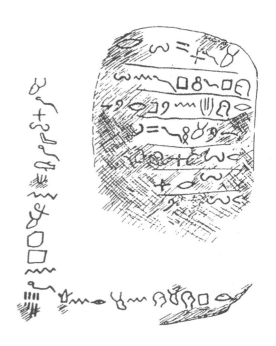

詩人威廉·布萊克（William Blake）在〈耶路撒冷〉（Jerusalem）一詩中寫到：「上帝……在神祕的西奈的可怕洞穴裡／向人類展示精妙的文字藝術。」大英博物館裡一尊小斯芬克斯像（Sphinx，人面獅身）似乎證實布萊克說得對，至少就字母的起源來說是如此。這尊斯芬克斯是1905年由考古學家弗林德斯·皮特里爵士（Sir Flinders Petrie）在西奈的沙拉別艾卡錠，一個杳無人煙、遠離文明的地方發現。當時他正在挖掘一些古埃及時代開採的舊綠松石礦。皮特里認為這尊斯芬克斯是古埃及十八王朝中期的產物；現今它的年代據信約在西元前1500年。它的一側刻著陌生的銘文，另一側，在兩爪之間，也有同類型的銘文，加上一些意為這句話的埃及象形文字：「鍾愛的哈索爾，綠松石夫人。」

還有其他銘文刻在這個偏遠地區的岩石上，例如這個：

皮特里猜這些文字或許是一系列字母，因為符號總數不到30；他認為符號記錄的語言可能是閃族語，因為他知道迦南（今以色列和黎巴嫩）的閃族曾幫法老開礦──多半是以奴隸身分。十年後，埃及學家艾倫·賈德納爵士（Sir Alan Gardiner）研究了這些「原始西奈」符號，注意到其中一些和某些埃及象形符號的相似之處。賈德納依據那些符號在埃及文字中的意義找出對應的閃族詞語，以此幫每個符號命名（拜《聖經》研究所賜，閃族詞語已為人所知）：

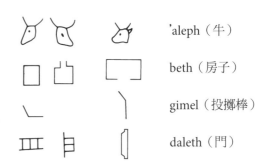

原始西奈符號	埃及符號	閃語名稱
		'aleph（牛）
		beth（房子）
		gimel（投擲棒）
		daleth（門）

這些閃語名稱和希伯來字母的名稱一致——賈德納對此並不驚訝，因為他知道希伯來人曾於稍早於西元前1000年時住過迦南。但雖然名稱一致，希伯來字母的寫法卻不一樣（見173頁）。

賈德納的假設讓他得以翻譯西奈斯芬克斯塑像上的一段銘文：

若把母音寫出、音譯成英文會是「Baalat」。希伯來和其他閃族文字不標示母音；讀者需根據本身對這種語言的了解來推測母音。賈德納的讀法說得通：「Baalat」意為「夫人」，西奈地區確實會用閃語這樣稱呼哈索爾女神。所以斯芬克斯上的銘文似乎是雙語並陳。可惜更進一步的譯解都站不住腳，主因是欠缺資料和許多原始西奈符號並沒有對應的象形文字。學術界想從這些銘刻圖文找到《出埃及記》故事的希望破滅了。不過，摩西在石板寫下《十誡》使用的文字，確實極有可能和原始西奈文字類似。

原始迦南文字

雖然看來頗為可信，但我們仍不知道賈德納1916年的猜測是否正確。在皮特里於西奈發現斯芬克斯後的數十年間，這些銘文被視為古埃及和腓尼基（字母）文字之間「失落的連結」。但那些地位卑下的礦工，為什麼要在偏僻的西奈創造一系列的字母呢？表面看來，他們不大可能是發明者。在黎巴嫩和以色列的後續發現（下圖）已經證實，字母源於西奈的故事是浪漫的虛構。後續發現暗示迦南人才是字母的發明者，這比較合理。他們是在埃及、西台、巴比倫和克里特的十字路口活動的國際商人，不拘泥於任何一種現有的書寫系統，而需要一種容易學習、書寫快速而意義明確的文字。雖然尚未獲得證實，但可能就是迦南人創造了第一套字母。

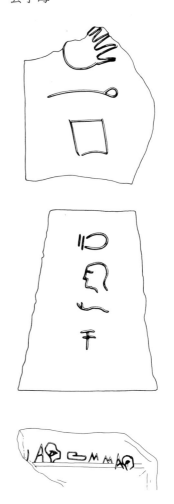

■原始迦南銘文的碎片，分別發現於示劍（上圖）、基色（中圖，在一塊古陶器的破片）、拉吉（下圖，在一把匕首上）。年代據信在西元前17和前16世紀，早於原始西奈銘文。銘文的意義不明。

楔形文字的字母

■敘利亞北部烏加列出土的文學泥板,用字母楔形文字書寫。年代約西元前14世紀。

■烏加列宮殿發現的西台國王穆爾西利斯三世(Mursilis III)的雙語印章。

從烏加列(Ugarit),今敘利亞北部沿海的拉斯珊拉(Ras Shamra),我們發現了字母在西元前14世紀已經存在的鐵證,這個年代比原始西奈文字來得晚。依迦南人的標準,烏加列王國堪稱強盛,首都面積52英畝,有堅固的防禦工事。大型驢子商隊從敘利亞、美索不達米亞和安那托利亞來此會合,跟來自迦南、埃及,以及從克里特、賽普勒斯和愛琴海搭船前來的商人交易物品。這座城市簡直一個大型露天市集。貿易的盛況可從不久前在土耳其南部外海發現一艘沉船的貨物判斷出來——有銅、錫、工具、化學品、玻璃晶塊、彩瓷和琥珀珠、陶器、象牙、珠寶、奢侈品、半寶石、紡織品和木材。烏加列使用的語言不下十種、文字不下五種;夾在埃及和西台帝國兩大強權間,烏加列的處境猶如走鋼索,需步步為營。

居首要地位的文字似乎是阿卡德的楔形文字,至少一開始是如此。但後來似乎有某個烏加列人,或一群人——或許是上層階級商人?——決定,要書寫該城的閃族母語,阿卡德楔形文字系統太累贅也太不精確。於是烏加列引進字母系統,可能是從更南方的迦南地區傳入(這我們並不確定)。但,烏加列人行事保守,沒有採用一小組圖形符號或準圖形符號,反倒決定用楔形文字來寫他們的新字母。於是他們發明了一套簡單的楔形符號,總數約30個,且和阿卡德楔形文字完全不像,就跟大

流士當政時發明的波斯楔形文字完全不像更早期的巴比倫楔形文字一樣。在巴比倫抄寫員眼中，烏加列的楔形文字可能猶如鬼畫符。

從1929年至今，已有超過一千塊刻寫烏加列楔形文字的泥板出土，其中包括用30個符號書寫的行政文件——商業書信、稅收帳目和其他公務紀錄，以及僅用27個符號書寫的文學和宗教文本。後者的主題，乃至遣詞用字，都跟《舊約聖經》一些篇章的故事有驚人的雷同之處。這些聖經故事似乎在用希伯來文撰寫的數百年前，就已經被寫下來了。

字母的序列

烏加列的字母發明者是如何決定符號的形狀和次序呢？最簡單的符號最可能套用在最常聽到的聲音。符號的次序可能沿用了原始迦南字母的順序（原始迦南字母的順序尚無定論）。這點我們可以從以下事實推測：有些泥板是字母序列表，也就是以固定順序列出那些楔形文字的符號，而這個順序很像近3500年後我們繼承的現代字母序。下面是一個例子：

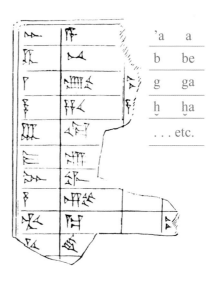

'a b g ḫ d h w z ḥ ṭ y k š l
m ḏ n ẓ s ' p ṣ q r t
ġ t 'i 'u s

另一塊在1955年才發現的泥板（破損）提供進一步的證明。它列出烏加列符號的順序和之前出土的泥板一樣（下圖），還幫每一個符號附上對應的阿卡德音節符號（碎片的右半部）。這其實是學校教學用的泥板：我們可以想像在西元前1500至前1000年間，某個烏加列的可憐孩子正煞費苦心地學習數百個阿卡德楔形文字，不禁納悶，明明有這麼簡單的替代方式，為什麼還有人想用阿卡德文字書寫。

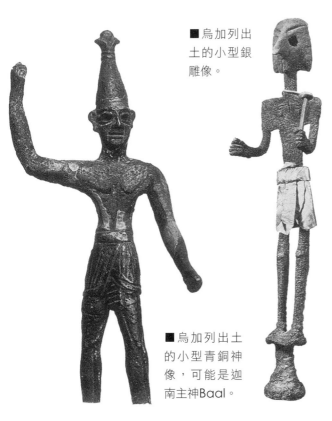

■烏加列出土的小型銀雕像。

■烏加列出土的小型青銅神像，可能是迦南主神Baal。

腓尼基字母

從西元前2000至前1500年間的原始迦南銘文，到西元前1000年腓尼基人所用相對穩定的字母文字，也就是希伯來文字和希臘字母的前身，這兩者之間沒有明確的脈絡可循。烏加列，連同烏加列的楔形文字，似乎都在西元前1200年前後，被蜂擁而至的海上民族徹底殲滅。另一場創造文字的實驗則於西元前2000至前1000年的某個時間點（年代非常不確定），發生在烏加列以南的沿海城市比布魯斯。那裡的文字被稱為「仿象形文字」（pseudo-hieroglyphic），意指受到埃及象形文字的影響。這固然有可能，但仍無法肯定，而且有些符號神似線性文字A——那同樣可能影響了比布魯斯的文字。符號的意義完全無從理解，唯一可以確定的是符號總數約有120個，因此這種文字不可能是字母。那也似乎對後來的腓尼基文字毫無影響。

另一份在現今以色列境內發現、年代約在西元前12世紀的早期銘文（右上圖）暗示，

■以色列出土的陶器碎片，約西元前12世紀。

字母的概念正逐漸風行。銘文有5行約80個字母，寫得並不熟練，似乎是個半文盲嘗試書寫字母序列，結果不怎麼順利，寫沒幾個字，序列就成了一連串亂七八糟沒有意義的符號了。

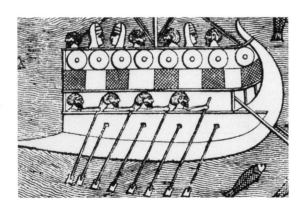

■發現於辛那赫里布（Sennacherib）亞述宮殿的浮雕圖案，描繪腓尼基人乘船潰逃，年代約在西元前700年。

■在腓尼基沿岸比布魯斯發現的「仿象形文字」，年代在西元前2000至前1000年間。

■腓尼基銘文，在地中海各地皆有發現。

上：賽普勒斯伊達里安出土的銘文，年代在西元前391年，紀念基提（Kition）和伊達里安國王奉獻黃金船殼板一事。

中：最早的腓尼基銘文，例如這份比布魯斯亞希蘭王石棺上的銘文，年代約在西元前11世紀。

下：最晚的腓尼基銘文，以古迦太基文字書寫，年代約在西元前3世紀。

腓尼基字母	名稱	讀音
	aleph	'
	beth	b
	gimel	g
	daleth	d
	he	h
	waw	w
	zayin	z
	ḥeth	ḥ
	teth	ṭ
	yod	y
	kaph	k
	lamed	l
	mem	m
	nun	n
	samekh	s
	ayin	'
	pe	p
	sade	s
	qoph	q
	reš	r
	šin	sh/s
	taw	t

■腓尼基字母共有22個字母，不標示母音。

腓尼基人

比布魯斯是目前所能辨識之腓尼基銘文最早出現的地點，年代可溯至西元前11世紀，而那時開始書寫的文字，在接下來一千多年，仍持續於地中海各地使用。

腓尼基人是古代世界最厲害的商人，他們從自己的城邦如比布魯斯、西頓（Sidon）和提爾（Tyre）出發，探索地中海和大西洋沿岸，甚至環繞非洲大陸航行，比葡萄牙人早了兩千多年。他們最重要的商品包括「骨螺」（murex）分泌的紫色染料，事實上「腓尼基」是希臘文（首見於荷馬的《伊里亞德》，原意很可能是「紫衣商人」──和「迦南」一樣。相較於古埃及人和希臘人，我們對腓尼基人所知不多，因為他們留下的紀錄甚少，文獻更幾乎付之闕如，但我們可從他們的銘文判斷，這22個字母一路跟著他們南來北往。那些字母的名稱和早年希伯來人及現今希伯來文字使用的名稱相同。腓尼基字母不標母音，僅顯示子音。

如果我們將這種古老可敬的字母套用到最早的腓尼基銘文之一──刻在比布魯斯亞希蘭王（King Ahiram）石棺上的銘文（上圖）──我們會得到下面這句多少帶點不祥的警告（或許是衝著字母而來？）：「當心！你要大難臨頭了。」

希臘人聽到了什麼

希臘史學家希羅多德（Herodotus）稱字母為「phoinikeia grammata」，即「腓尼基字母」，說那是神話人物卡德摩斯（Kadmos）帶到希臘的。兩千五百多年後，對於希臘字母的起源，我們仍無法提出更進一步的解釋。各家學者一致認同希臘人是向腓尼基人借用字母，但現在多數學者認為最早是住在腓尼基的希臘人先借用，再將腓尼基字母傳回母國。

想像一個希臘人和一個腓尼基老師坐在一起，老師發出每個符號的聲音，學生記下字母和發音。失真程度恐怕不小，因為一般希臘人不容易自然發出「野蠻的」腓尼基字母名。只要想想未經訓練、聽慣英語的耳朵無法區別法語中的「rue」（街道）和「roux」（淡紅色的）便可明白。這例子在每一種語言都不勝枚舉。於是，腓尼基的「aleph」（公牛）變成希臘語的「alpha」、「beth」（房子）變成「beta」、「gimel」（投擲棒）變成「gamma」，以此類推。在轉變過程中，字母名稱逐漸失去意義（「字母」這個詞也是）。22個腓尼基子音被採用而轉化成希臘語的子音和母音，還加入3個新符號。儘管採用母音看似一項重大的創新，但那似乎不是因為希臘的改編者刻意為之，而是因為他找不到別的辦法來將特定的腓尼基子音轉成希臘發音。那些子音是「弱」子音，有時被稱為半母音。因此，「aleph」——發音像咳出的「ah」的聲門閉鎖音——在希臘人聽起來會像「a」的滑稽念法。

腓尼基字母	名稱	讀音	早期希臘字母	古典希臘字母	名稱
	aleph	'			alpha
	beth	b			beta
	gimel	g			gamma
	daleth	d			delta
	he	h			epsilon
	waw	w			digamma
	zayin	z			zeta
	ḥeth	ḥ			eta
	teth	ṭ			theta
	yod	y			iota
	kaph	k			kappa
	lamed	l			lambda
	mem	m			mu
	nun	n			nu
	samekh	s			xi
	ayin	'			omicron
	pe	p			pi
	sade	ṣ			san
	qoph	q			qoppa
	reš	r			rho
	šin	sh/s			sigma
	taw	t			tau
					upsilon
					chi
					omega

■希臘採牛耕式轉行書寫法的銘文，一段約西元前550年的墓誌銘。前兩行字母顯然左右顛倒。

希臘人和字母

要判定希臘字母發明的年代有兩大難題。首先，已知最早使用字母寫成的希臘銘文，年代僅在西元前730年前後。其次，在希臘字母發明後兩百多年間，尚無任何實用或商用文件出土。

在線性文字B於1952年成功譯解之前，一般以為在字母到來之前，希臘人並不識字。在線性文字B譯解之後，學者普遍相信，在荷馬時代的希臘人沒落和古典希臘人於西元前800年以後崛起之間，希臘經歷了一段無文字的「黑暗時代」。換句話說，線性文字B憑空消失，希臘人對文字的知識隨之瓦解。這至今仍是正統的觀念。不過有些學者相信，這個「黑暗時代」純屬虛構，希臘人早在西元前8世紀之前，甚至早至西元前1100年，就具備字母書寫的知識了。支持這種理論的首要證據是早期希臘銘文的書寫方向不固定，有時由右向左，有時由左向右，有時採牛耕式轉行書寫。但腓尼基文字的書寫方向，雖在約西元前1050年之前仍不固定，到了西元前800年前後，卻已固定下來，一律由右至左。因此，這個理論主張，希臘人一定是在腓尼基文字發展的早期階段就借來使用，而不是在它穩定下來之後。

由此可見，希臘字母發明的年代仍有爭議──西元前1100至前800年之間──可能要等西元前8世紀以前的希臘銘文出土才能解決。

爭議更大的是為什麼字母文字會突然出現。早期希臘銘文不同於線性文字B的銘文，完全看不到經濟方面的文件，是相當不尋常之事。來自希臘各地的早期字母使用者反倒紛紛展現個人對文學的關注。有可能經濟方面的銘文曾經存在，但因為寫在無法長久保存的材料上，所以毀壞了嗎？其他文件都留存至今，經濟文件應該不可能完全無跡可循。關於這個謎題，一些學者認真考慮的一個解答是：字母的發明者是荷馬時代的一個聰明人，他受到啟發，想方設法要把這位詩人口述的史詩《伊里亞德》和《奧德賽》記下來。沒有母音的腓尼基系統證實不足以堪當寫下詩句的重任，因此需要一種有母音和微妙韻律的新書寫系統。雖然這個浪漫的理論有扎實的根據，像荷馬史詩這樣偉大的成就當然可能是由希臘人自己傳承，但很抱歉，希臘傳統中沒有任何跡象暗示荷馬和字母的起源有關。

■最早的希臘銘文，雅典出土、年代約西元前730年的花瓶，上面刻著「舞蹈最精湛的他」；很可能是個獎品。

第十章　從古字母衍生的新字母

■西元前6世紀伊特魯里亞人的「bucchero」黑陶壺，刻著伊特魯里亞的字母。伊特魯里亞人借用了希臘字母、修改一番後傳給羅馬人。今天大部分的國家都使用字母系統。

字母家族

從地中海東岸尚不明朗的發源地，運用字母原則的書寫方式向外傳播——往西（經由希臘文）抵現代歐洲、往東（極可能經由亞蘭文）達現代印度。今天，由於帝國殖民的結果，除了中國人和日本人，世界絕大多數的民族都用字母文字書寫。大部分的字母系統使用20到30個基本符號；最小的字母表是所羅門群島使用的羅托卡特文（Rotokas），有11個字母，最大的是柬埔寨使用的高棉文，有74個字母。

前文提過，居中連結希臘字母和羅馬字母的是伊特魯里亞人。他們用字母在許多物品上刻字，例如左頁這只年代可溯至西元前6世紀的「bucchero」黑陶壺。而在美索不達米亞，至西元前5世紀時，許多楔形文字的文件都會另外用毛筆以亞蘭文字母在同一塊泥板標記主旨。從亞歷山大大帝的時代開始，楔形文字逐漸被亞蘭文字母取代，最終在基督紀元開始前後絕跡。沒過多久，在埃及，科普特字母也取代了埃及象形文字。

下面的時間表顯示現代字母文字是怎麼從原始西奈／迦南文字一路演變。表中並未納入印度文字，因為印度文字和亞蘭文字之間的關係尚有疑問——嚴格來說只有部分證實。表中也未顯示較晚出現的字母，例如俄羅斯使用的西里爾字母（9世紀時改編自希臘字母）、韓文字母（在15世紀發明）和俗稱的卻洛奇字母（1821年發明）。

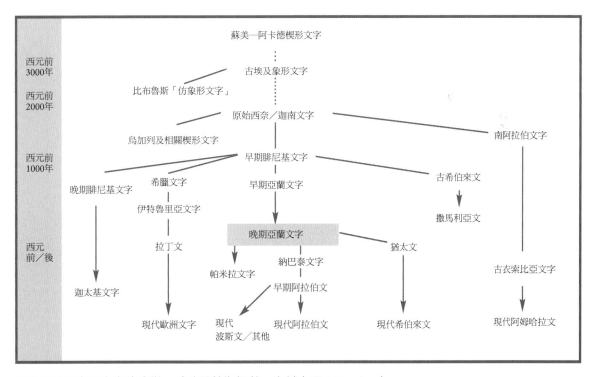

■主要歐洲字母文字的演變。（時間軸為概數。資料來源：Healey）

希臘和拉丁字母

古希臘有不只一種字母系統。古典希臘時期的字母符號，即今天仍在希臘使用的符號，稱愛奧尼亞字母。它們直到西元前403或前402年才成為雅典文件的規定文字。早在那之前，希臘殖民者已將另一套有點不一樣的文字：優卑亞（Euboean）字母帶到義大利。這被伊特魯里亞人拿去用，略加修改，後來被羅馬人採用。

由此可見，現代歐洲字母和現代希臘字母字形不同的源頭，可追溯至大約西元前750年，義大利採用優卑亞字母時。例如，字母A和B源於優卑亞和愛奧尼亞字母外形一致的符號，C和D則源於優卑亞的形式，和愛奧尼亞文字孕育現代希臘字母Γ和Δ的形式不同。

至於伊特魯里亞和羅馬字母的變化，且以優卑亞的Γ為例。伊特魯里亞人沒有清楚的/g/的音，所以拿g的符號（大C）代表/k/，於是古符號k不再使用，被C取代（如「cat」中c的發音）。所以後來羅馬人承襲的這套字母，基本上是沒有K的（不過羅馬人選擇保留K在極少數特殊詞彙使用）。但不同於伊特魯里亞人，義大利人需要符號表現/g/，而既然（大C）已「琵琶別抱」（已在伊特魯里亞語表示/k/，拉丁語將沿用之），羅馬人便發明了新的符號來表示/g/的音：在現有的C上加一筆，於是產生了G。

羅馬／拉丁文字在演變成現代英文字的過程中也略有修改。盎格魯薩克遜語有4個音在拉丁文中找不到對應：

腓尼基字母	腓尼基字母名稱	現代的符號	早期希臘字母	古典時期希臘字母	希臘字母名稱	希臘文	古典時期拉丁字母
	'aleph	'			alpha		A
	beth	b			beta		B
	gimel	g			gamma		C
	daleth	d			delta		D
	he	h			epsilon		E
	waw	w			digamma		F
							G
	zayin	z			zeta		
	ḥeth	ḥ			eta		H
	teth	t			theta		
	yod	y			iota		I
							(J)
	kaph	k			kappa		K
	lamed	l			lambda		L
	mem	m			mu		M
	nun	n			nu		N
	samek	s			xi		
	ayin	'			omicron		O
	pe	p			pi		P
	sade	s			san		
	qoph	o			qoppa		Q
	reš	r			rho		R
	šin	sh/s			sigma		S
	taw	t			tau		T
					upsilon		V
					chi		X
							Y
					omega		Z
腓尼基文			希臘文				拉丁文

■《凱爾經》（*The Book of Kells*），年代在西元807年以前，收存在都柏林三一大學圖書館。這部福音書的手稿是用俗稱的「島嶼體」（Insular）寫成，這種文字是愛爾蘭修道士根據西元3世紀後羅馬官方文件使用的安色爾字體（uncial）發展而成（安色爾字體，拉丁文作「litterae unciales」，意為「一吋高的字母」）。每一間修道院都發展自己特有的安色爾變體。

(1)/w/ 原以盧恩符號 Þ 書寫，讀作wynn。在中世紀英語被「uu」和「w」取代，1300年後便鮮少使用。

(2)/θ/和/ð/——如現代英語「thin」和「this」中th的讀音——原以盧恩符號 Þ 書寫，讀作thorn。後來又加了符號 ð ，獨作eth。在中世紀英語，兩個字母一起被「th」取代。但 Þ 仍以「Y」的形式留存於某些仿古的現代詞語，如「Ye Olde English Tea Shoppe」。

(3)/a/——現代英語「hat」中a的讀音——原用拉丁二和字母æ表示，讀作ash，依代表同樣聲音的盧恩符號命名。這到了中世紀英語也不再使用，可能是語音變化的結果。

西里爾字母成為60多種語言使用的文字。它的發明者據說是聖·西里爾（St Cyril，約827-869），係拜占庭皇帝君士坦丁應摩拉維亞斯拉夫國王之請，委以這項任務。摩拉維亞

■西里爾文字，用來為保加利亞沙皇伊凡·亞歷山大（Ivan Alexandre）書寫四福音書，1355至1356年。這種文字今天最為人熟知的是用作俄羅斯字母。

國王想要一種可脫離羅馬教會掌握的文字，當時羅馬教會僅認可用希伯來文、希臘文和拉丁文翻譯聖經。

以上只是傳說；事實上西里爾似乎是設計了格拉哥里字母——西里爾字母的創造是更晚的事。西里爾文字原有43個字母，其中大部分似乎是衍生自當時的希臘文。今天的西里爾文字通常有30個字母左右。

希伯來和亞蘭文字

眾所皆知，希伯來文是正統猶太民族使用的文字，也是現代以色列的官方文字，但較少人知道的是有兩種截然不同的希伯來文字。第一種，只見於宗教文獻和一個人數甚少的撒馬利亞社區，顯然是較古老的一種，是在西元前9世紀前後從腓尼基文字演變而來，後來隨著猶太人在西元前6世紀流散而不再用於世俗事務。第二種文字，有時稱作猶太文字或「希伯來方塊字」（square Hebrew），則是在猶太人回到猶太省後，從亞蘭文字（他們在被巴比倫人囚禁期間使用的文字）演化而成。「希伯來方塊字」的年代可溯至西元3世紀晚期，目前是以色列人使用的文字。最早的希伯來文和它後來的變體似乎有強烈的相互影響。

從腓尼基文字演變而來的亞蘭文字，在一千多年期間一直發揮極大的影響力。它不僅成為後來巴比倫、亞述和波斯帝國的官方文字（因此取代了楔形文字），也是耶穌及其門徒的日常用語，或許也是《福音書》的原始語言（《死海古卷》〔Dead Sea Scrolls〕就是用亞蘭文寫成）。它還是埃及和小亞細亞赴印度經商者的主要語言。一直到西元7世紀阿拉伯語（阿拉伯文亦衍生自亞蘭文）和伊斯蘭教的統一力量崛起，亞蘭文字才從世界絕跡。

■《死海古卷》的一頁，約西元1世紀中葉用墨水寫在皮革上。《死海古卷》是用亞蘭文字書寫，這或許也是《福音書》的文字，「希伯來方塊字」和後來的現代希伯來文都是從這種文字演化而成。古卷上的文字和現代印刷體希伯來文相當類似，讀起來並不困難。

閃族的語言

希伯來語和亞蘭語都屬於閃族的語系。原則上，閃語文字不標示母音，而只有22個子音。因此希伯來文相當於英語ktb或ktv的三個字母可能代表下列各種意義：katav（他需要）、kotev（我寫；書寫者）、katuv（寫過）、kitav（子母、文字），甚至kitovet（地址）、kitubbah（結婚證書）、katvan（抄寫員）。不過，希伯來文在實際書寫會添加許多符號來幫助讀者發出母音。最常見的是在字母上方或下方加注圓點，稱

作「母音點」或「matres lectionis」，拉丁文「閱讀之母」之意。

　　儘管看來設計不良，在猶太人心目中，希伯來文字（兩種形式皆然）始終有強烈的吸引力。在西元後數個世紀，猶太人流散海外期間，「希伯來方塊字」主要僅限宗教文獻使用。然後，到了19世紀，它被重新用於口語書寫。現代希伯來語是以這種頑強存活下來的文字為基礎，跟一般先有語言後有文字的情況相反。套用一位學者的話，這種創造是「史無前例……在人類語言史上獨一無二」。

■19世紀晚期耶路撒冷的塞法迪（Sefardi）抄寫員所用的工具。紙上的文字是「希伯來方塊字」。千百年來，這種文字僅在宗教文獻上使用，但自19世紀以降，也開始用於口語書寫。今天它是以色列的官方文字。

字母名	讀音	腓尼基文	現代希伯來文	現代阿拉伯文
aleph	ʾ			
beth	b			
gimel	g			
daleth	d			
he	h			
waw	w			
zayin	z			
ḥeth	ḥ			
teth	ṭ			
yod	y			
kaph	k			
lamed	l			
mem	m			
nun	n			
samekh	s			
ayin	ʿ			
pe	p			
sade	ṣ			
qoph	q			
reš	r			
šin	sh/s			
taw	t			

■一如現代阿拉伯字母，現代希伯來字母也是從腓尼基文字、經由亞蘭文字演變而成。它跟腓尼基字母仍有一些雷同之處，但多數字母已經不同。請注意希伯來文和阿拉伯文皆不標示母音。後來，母音開始在一行的上方和下方用三種基本符號標注。阿拉伯文在表外還有其他子音，總計28個。

阿拉伯文字

今天，由於是伊斯蘭教的神聖文字，阿拉伯文是世界最多人使用的文字之一。阿拉伯人早在亞述帝國時期（西元前9-前7世紀）即可視為同一民族，但直到基督時代才成為歷史的要角。我們所知第一個獨立的阿拉伯王國是納巴泰人所建，以現今約旦的佩特拉為中心。他們說某種阿拉伯語，但仍以當時亞述人和波斯人的官方文字亞蘭文書寫。他們原先在亞蘭文中加入一些獨特的阿拉伯樣式和字詞，後來改以納巴泰式的亞蘭文字書寫阿拉伯語。這是阿拉伯文字的前身，阿拉伯文字在西元1至5世紀之間崛起，最終取代了亞蘭文字。因此，這條傳承的脈絡是從腓尼基文演變成亞蘭文，再演變成納巴泰文和阿拉伯文。

從西元7世紀初伊斯蘭時期開始至今，阿拉伯文似乎出現過數種形式。為表現阿拉伯語有但亞蘭語沒有的聲音，阿拉伯字母共有28個子音，而非亞蘭字母的22個。子音字母的順序也重新排列，主要以字母的形狀為基準（阿拉伯字母是從右向左讀）。

阿拉伯書法。隨著伊斯蘭教興起，阿拉伯人的藝術精神轉入書法和抽象裝飾之中，因為一般穆斯林並不願意繪製有宗教意象的圖畫。

■上圖：1304年用學者體（muhaqqaq）書寫的《可蘭經》局部。發現於伊拉克巴格達。

■左圖：19世紀初期穆罕默德・法提亞（Muhammad Fatiyab）用三一體（Thuluth）書寫的什葉派祈禱文，文章寫成一隻鷹的形狀。發現於伊朗。

■右圖：11世紀初期的塞爾柱金酒碗，邊緣刻有葉狀的庫法體（kufic）。發現於伊朗。

印度文字

現代印度文字的起源不明。有些印度學者和一些非印度學者試著追蹤印度河文明的未譯解文字（參見146-148頁）和最早佛教銘文之間的關係，但因為兩者時間相隔超過1500年，這種解釋難免牽強。儘管欠缺鐵證，多數學者——包括印度及非印度學者——仍一致同意，亞蘭文是印度早期文字佉盧文（Kharosthi）的母語。

目前已知印度最早的銘文是阿育王時期（西元前270-前232年）的文字。這些銘文是在北印度各地立起的岩石文告，以佉盧文和婆羅米文等兩種文字書寫，其中比較重要的是婆羅米文。南亞和東南亞至少有200種文字直接或間接源於婆羅米文，除開隨伊斯蘭傳入印度的文字，這幾乎囊括印度全部的文字了，包括昔日南印度用來書寫達羅毗語的文字，和北印度用來書寫梵語和其衍生語言的文字。

關於印度早期階段，有一件事情相當明確：印度人運用其複雜的音韻學和語法知識建立了一套有別於亞蘭文字的字母表。這些字母依照在口中的發音位置分類：先是母音和雙母音，再來是按下列邏輯順序排列的子音：喉音、硬顎音、

■1960年由薩雅吉·雷（Satyajit Ray）設計的電影《女神》海報，上為婆羅米文字的現代後裔孟加拉文。孟加拉文字是音節文字和母音的結合體，依兩千多年前印度音韻學家決定的順序排列。

捲舌音、齒音、唇音、半母音和摩擦音。但印度文字通常表現的是一個音節；表現固有母音的子音符號，也就是音節符號，在印度的文字系統格外重要。因此孟加拉文代表「b」的符號，實則發「bo」的音（這裡的o是短音）。

■兩種衍生自婆羅米文的文字，使用於西元767至770年印度南部一只銅盤上，敘述某種獎助金。上面幾行是用伽蘭他（Grantha）文字書寫的梵語，下面則是用瓦特盧圖（Vatteluttu）文字書寫的坦米爾語，稍歪向左。瓦特盧圖文比現代坦米爾文（圖中沒有出現）更古老。

■印度最早的銘文之一，約西元前3世紀阿育王一份文告的碎片，刻著婆羅米文。

一國之君發明的字母

韓文字母，舊稱諺文（Hangul），是少數可確定年代的字母之一。它的發明和傳播的故事相當吸引人也具教育意義。朝鮮人在習得書寫技藝之後的一千年間，很自然地用中文字書寫。然後，在1443至1444年間，世宗皇帝（1397-1450）推行一種包含28個字母的文字。這套新系統宣稱是「聖上親自發明」。這無疑是確保新文字能推行無阻的最佳方式，但似乎也是事實，或至少接近事實。

世宗是一位學識淵博、高瞻遠矚的君主，曾在1434年諭令百姓在各地尋找「具學識及修養之士，無論出身貴賤，誠摯鼓勵及敦促他們教導人民閱讀，包括婦女和女童」。

新文字遭到文人竭盡所能的抵抗。五百年後，韓文字母仍未能在全朝鮮完全取代中文字。1949年，獨裁統治的北韓下令僅可使用韓文字母，結果大獲成功；相形之下，南韓則傾向使用包含韓文字母和中文字的「混合型」文字——就像日本文字兼用音節「假名」和漢字一樣。南韓知識分子對使用純韓文字母的利弊看法分歧，至少有一部分是因為北韓僅用韓文字母。無論如何，南韓正逐步往和北韓相同的方向前進，使用純韓文字母書寫的比例愈來愈高。

我們不清楚世宗是怎麼想到要用字母拼音的。朝鮮人和蒙古人有直接接觸，蒙古人用維吾爾和八思巴兩種文字書寫，而八思巴是以一位西藏喇嘛為名：他應忽必烈要求，以藏文為基礎設計出這套文字，而藏文本身又是衍生自一種印度文字的模式。透過中國人傳播的印度佛教文字無疑也影響深遠——世宗對佛教極感興趣。佛教詞彙最早是用印度字母書寫，後來被彆扭地轉譯成中文的音節文字（因為沒有對應的中文字）；這種文字轉換的尷尬必定是世宗創造新文字的一大動力。

■世宗皇帝對韓文字母的解釋，以現代木板印刷摹寫。韓文字母和中文字並列。

盧恩文

　　絕大多數的歐洲文字源於羅馬字母，這使另一種重要的歐洲文字：盧恩文字的存在黯然失色，而盧恩文字和羅馬文字的關係就沒那麼確定了。據發現，早在西元2世紀，盧恩文就被用來記錄早期的哥德語、丹麥語、瑞典語、挪威語、英語、菲仕蘭語、法蘭克語和日耳曼尼亞中部各部族的語言。因此這些民族在成為基督徒、開始使用羅馬字母之前，並非像一些人所想的那般不識字。

　　盧恩文的文字不拘一格，反映牽涉的語言類別。已知盧恩銘文的總數約在5,000份，幾乎都在北歐國家發現。數量最多的是瑞典，至今仍不時會發現刻寫盧恩文的岩石。挪威有1,000多份銘文，丹麥約有700份；冰島約有60份，年代都相對較晚，格陵蘭和法羅群島也有盧恩文本發現。至於不列顛群島，發現於曼島（Isle of Man）、奧克尼（Orkneys）、昔德蘭群島（Shetlands）、愛爾蘭和西部群島（Western Isles）的銘文，是旅行來此的古代挪威人之作；盎格魯薩克遜人的英國除了發行過數種刻有盧恩傳說的硬幣，也有大約70份銘刻的物件；德國約有60份；還有一些盧恩文散落在歐洲其他地區。

　　我們不知道盧恩文是在何時何地發明的。在羅馬尼亞彼特羅薩（Pietroassa）、德國中

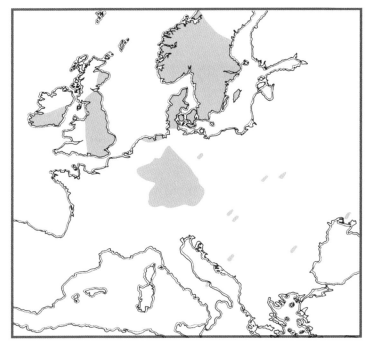

■盧恩文字在諸多形形色色的文化和傳統使用了一千多年。例如，請注意在南部及東部個別標出的出土地點，恰好在約西元200年哥德人的遷徙、8世紀盎格魯薩克遜基督徒的朝聖，以及11世紀維京人探險的路線上。

部達姆斯朵夫（Dahmsdorf）和俄羅斯克維爾（Kowel）等地發現的早期盧恩銘文物件顯示，盧恩文很可能是在東歐這一帶，由哥德人在多瑙河流域或維斯瓦河畔發明。另一種假設則提出盧恩文和瑞士南部、義大利北部阿爾卑斯山谷所發現銘文的文字有相似之處，因此認定發明者是那個地區羅馬化的日耳曼人。第三種假設則屬意丹麥的某支日耳曼部落，可能來自日德蘭半島的部落，是盧恩文的鼻祖；許多最早期的銘文都來自這一帶，而今天丹麥各地仍持續有盧恩文本出土。雖然各有各的假設，但所有學者一致同意這點：羅馬字母曾對盧恩字母造成某種程度的影響。

閱讀盧恩文字

ᚠᚢᚦᚨᚱᚲᚷᚹᚺᚾᛁᛃᛈᛉᛊᛏᛒᛖᛗᛚᛜᛟᛞ

f u þ a/æ r k g w h n i j ï p z s t b e m l n o d
   (th)   (R)   (ng)

　　盧恩文字有24個字母，以名為「futhark」的獨特方式排列，而futhark即是其前6個字母的發音。這裡的字母表是從左到右書寫，但早期從右到左，甚至用牛耕式轉行書寫也沒問題。偶爾，顯然是一時興起，個別字母也可以左右反轉，甚至上下顛倒來寫。盧恩字母沒有大小寫的區別。

　　一些盧恩字母顯然跟羅馬字母有關，如r、i和b。另一些則可能是羅馬字母的變形，如f、u（羅馬字母V上下顛倒）、k（羅馬字母C）、h、s、t、l（羅馬字母L上下顛倒）。但其他盧恩文，例如代表g、w、j、p的文字，就完全不像羅馬字母同樣讀音的符號了。

　　上圖列出的讀音是近似音：早期日耳曼語的發音跟現代英語並不完全一致。例如有一個盧恩字母代表摩擦音「th」，就像在「thin」的發音（我們在171頁見到，這曾在早期英文拼字中使用，名為「thorn」）。有一母音 ᛁ 在這裡標示為「ï」，發音目前仍有爭議。「ungrateful」和「sing」二字的「ng」，在盧恩文中也有區別，前者是 ᚾ + ᚷ，後者是 ᛜ 。

　　但就算盧恩文的銘文通常有辦法「讀」——就像伊特魯里亞文的情況——意義卻撲朔迷離，因為我們對於早期日耳曼語言缺乏認識。所以今天我們有了「解讀盧恩文」（to read the runes）這個諺語——意指依據貧乏或有歧義的證據做合理的猜測。誠如一位盧恩文學者所說，盧恩第一運動定律是：「每一種銘文都一樣：有多少學者進行研究，就有多少種解釋。」

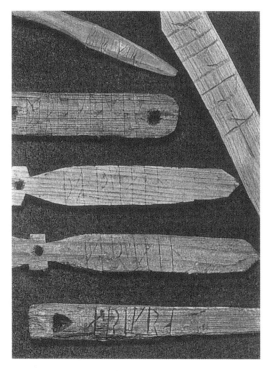

■在挪威西部卑爾根出土的12世紀盧恩商人木製標籤。每一支都刻有主人的名字，可能綁或釘在買來的貨物上。木材是理想的媒介，因為如果出錯可以刨掉，使用後還可以拿來當柴燒——但它容易腐朽，使早期的盧恩刻文皆無法保存下來。

最負盛名的英國盧恩文物可能是法蘭克斯的首飾盒（Franks Casket），年代大約在西元700年（法蘭克斯是將之獻給大英博物館的人）。盒子（下圖）的正面刻著鐵匠韋蘭（左側）和敬愛基督（右側）的場景，而場景上方出現「mægi」一詞，即「Magi」（《聖經》裡的東方三博士）。主銘文可從左上角以順時針方向讀出：

上行：

fisc. flodu | ahof on ferg

右行：

en berig

下行：

warþ gasric grorn þær he on greut giswom

左行：

hronæsban

這段文字是個謎語，要人猜製造這個盒子的材料出處：「魚攪動海水沖上山崖；恐懼之王游上砂礫變得哀傷。」答案就是左側的最後那個詞：「hronæsban」（鯨魚的骨頭）：盒子是由一頭擱淺鯨魚的骨頭製成。

我們可以看出，即便在全盛時期，盧恩文也被視為難以理解的謎。下右圖這枚在蘇格蘭發現的胸針，根據刻在針左側的盧恩文，是名叫*malbri þaastilk*，「Melbrigda」的凱爾特人所有；但針右側的盧恩文就只是無意義的仿盧恩文裝飾了。

在盎格魯薩克遜的英國，羅馬文字和盧恩文字似乎曾有激烈競爭。有時同一物品會使用兩種文字，一如下圖這只在蘭開夏發現的金戒指。競爭和宗教無關——基督教會對盧恩文並沒有特別的敵意——一切都是威望的緣故；到1066年諾曼人征服英格蘭之際，羅馬文字已經勝出，盧恩文字已幾乎在不列顛徹底絕跡，無人使用了。

■在蘇格蘭亨特斯頓發現的凱爾特式胸針，盧恩文刻在針的左側。

■英格蘭蘭開夏發現的9世紀金戒指，上面有混用盧恩和羅馬文字刻寫的銘文：「Ædred owns me, Eanred engraved me.」（伊恩里德所有，伊恩里德雕刻。）

■法蘭克斯的首飾盒，約西元700年。板子上描繪的是鐵匠韋蘭和敬愛基督的場景，標題「mægi」，刻在場景上方的小方塊裡。

卻洛奇的「字母」

由塞闊雅（Sequoya）在1821年發明的卻洛奇文字，儘管傳統上仍稱作字母，但其實主要是賦予每一個拉丁字母音節讀音的音節文字，因此J表示「gu」音、M表示「lu」音。85個符號代表6個母音、22個子音，以及大約200個音素串（phoneme cluster）和音節。

許多卻洛奇人學習這種「字母」，首先是發源地北卡羅萊納的族人，接著是奧克拉荷馬的族人（許多卻洛奇人在1830年後移居該州）。卻洛奇族的報紙和官方文件及其他資料都以這種文字出版，用1827年在波士頓設計的字體印刷。很快地，有90%的卻洛奇人能讀寫這種文字了。然而這套系統後來遭到廢棄——不過最近又有人嘗試復興。

一開始，塞闊雅想要為每一個詞創造一個字符，但在嘗試了一年、已創造數千個字符之後放棄。然後他偶然想出將字詞分成音節的概念。因為對自己辨別聲音的能力缺乏自信，他請妻兒幫忙，最終借助他們較敏銳的聽力找出母語的所有聲音。確定語音後，塞闊雅開始藉由一本英文拼字書的幫助設計符號。他總共彙編了200個符號，然後縮減為85個。

■卻洛奇的「字母」。
上圖：卻洛奇・塞闊雅（1760-1843）解釋他設計的「字母」。這張圖是同時代查爾斯・博德・金（Charles Bird King）的作品。塞闊雅不懂英文，但曾和美國殖民者接觸，決定模仿他們文字系統的成就，以便創造出相當於白人「談話葉」（talking leaves）的卻洛奇文字。

字母的奧祕

■久弗瓦·托利（Geoffroy Tory，約1480-1533）設計的尚弗勒里（Champfleury）字母。身為達文西和杜勒的弟子，托利獲法王法蘭索瓦一世（Francis I）任命為「御用印刷者」。托利指出，字母A「兩腳分開的方式就像人大步前進的樣子」。A的橫槓「剛好遮住男人的生殖器，表示對於那些企求字形優雅的人來說，謙遜和貞潔是首要之務，因此A也是所有字母的入口和排頭」。

常有人說，字母是民主發展的必要工具，因為那能讓許多百姓學會讀寫。還有人說西方人在近代世界的勝利，特別是科學方面的成就，大致可歸功於所謂的「字母效應」（Alphabet Effect）。他們拿中國和西方對照，指出：雖然東西方都曾發展科學，但西方進而發展出分析性思考，例如牛頓或愛因斯坦的學說，把中國遠遠拋在後頭——因為西方思想家是用逐字母的原則（字母系統與生俱來的原則）培養的。概略而言，字母據說能促進簡約性的思維，中文字則會促進整體性的思維。

第一種說法，關於民主和字母的關係，確實有些事實根據。但究竟是字母幫助民主發展，還是最初對民主的渴望催生出字母呢？（當然，如果有人相信記錄荷馬史詩是一大誘因，那麼希臘字母似乎有濃濃的貴族氣息！）古埃及人早在西元前3000至前2000年就接觸到沒有母音的字母。但他們棄之不用，反倒選擇書寫有多重符號的象形字：也許埃及人覺得他們的政治制度不必急著發展民主？

第二種關於科學的說法，固然乍看下引人入勝，但實為謬論。說中國繁複的文字系統阻礙了識字的普及是有道理的——但將深刻的文化趨勢，例如缺乏分析性思考，跟表意符號遠多於表音符號的現象連在一起，就顯得荒唐了。說不定也有人覺得印歐民族寫史詩的事實跟他們喝牛奶有關——中國人不寫史詩也不喝牛奶。某位著名的漢學家就反諷地稱此為「牛奶飲食效應」。要對深刻的文化差異提出有價值的解釋，我們必須全面、周延地檢視文化，不能只挑出單一層面，例如書寫方式，就算那看起來十分重要。畢竟，如果牛頓和愛因斯坦能夠理解萬有引力和相對論，一定也能精通用中文字傳授的教育——甚至用埃及象形文字或巴比倫楔形文字傳授的教育。

第十一章 中文字

■廣東一所中學的書法課。

閱讀甲骨

若說字母具有強大的力量，那中文字的力量更勝一籌，中文字被稱為「表意文字」（ideographic）——本書小心避免使用這個詞，不與較籠統的「表意符號」（logographic）混用——也就是不需要音標或口語介入就能交流思想的文字。因此有人說，雖然講普通話和粵語的中國人不懂對方的「方言」，也無法彼此交談，卻可以藉由書寫中文字來溝通。有些人（包括中國人和西方人）甚至主張同樣的腳本也適用於說華語、日語、韓語和（以前的）越南語的人，他們雖語言不通，但都有使用中文字書寫。同樣的情況當然不可能發生在說英語、法語、德語和義大利語的人身上，雖然他們也使用同樣一套文字。這種說法的言外之意是，中文系統的運作方式，與含大量表音成分的文字截然不同。提倡表意原則的人士表示，文字書寫系統基本分為兩大類，一類是表意文字（例如中文），一類是表音文字（例如字母）。

我們即將看到，以上種種說法都是假的。千百年來，重重迷思遮掩了世人對中文字的認識，首先是我們迄今仍無證據的，中文字的起源：中文字是中國人自己發明的，或是受到中東文字傳播的影響？到1899年才有可靠的早期中國文字發現。那寫成俗稱「甲骨」的形式。1899年以前，北京的中藥鋪已長年販售「龍骨」：那實為河南省北部安陽鎮附近一個小村子的農民，在犁地時翻出的古老龜殼和牛肩胛骨。這些東西的表面大多畫有符號，而農民在販賣甲骨之前，常先用鏟子把那些符號劈掉，因為「龍骨」不該有那些玩意兒。但這些符號卻引起北京兩位中國學者的極大興趣，他們發現，甲骨上有些符號跟早期青銅銘文上的文字相當類似。於是他們訪遍北京中藥鋪，把凡是有刻東西的殼啊骨啊統統買下來，並發表那些銘文的拓印。

後續於20世紀進行的挖掘和譯解工作已證實，這些銘文正是已知最早的中文字形式。它們是大約西元前1400至前1200年，商朝晚期12位君主的占卜紀錄。

■中文字的開始。商朝君主用龜殼和牛肩胛骨進行占卜，在上頭鑽、鑿出凹面，當占卜師為甲骨加熱後，甲骨就會出現 ㄣ 或 ㅏ 狀的裂紋（現代中文的「卜」字就是這樣來的）。占卜師會解釋這些裂紋，用來回答王室先祖的問題（預言）。上圖是武丁統治時期一塊甲骨的拓印，內容與分娩有關。預言說：「王讀了裂紋後說：『若孩子在「丁」日出生，吉，若在「庚」日出生，大吉。』」結果：「她在第三十一天，『甲寅』日分娩。不吉。是個女孩。」甲骨上許多符號都看得出來是現代中文字的前身。

中文字的發展

人　女　子　口　日　月　山　川　水　雨　竹　木　隹
1　　2　　3　　4　　5　　6　　7　　8　　9　　10　　11　　12　　13

今天的中文字和三千年前甲骨文的關係有密切呢？一個識字但沒學過古文字的中國人或許會覺得大部分的甲骨文乍看下難以理解，但只要稍加研究，關聯性便開始浮現。但許多商朝符號並沒有現代的後裔，一如許多現代的中文字沒有商朝的始祖。在迄今已辨識出來的4,500個商朝符號中，約有1,000個已確定是什麼字，我們也經由考證得知其中許多字演變成現代文字的過程。

一些演化的符號顯然是圖形符號，但比例遠比一般人想像中少。沒有人懷疑圖形符號（象形）在中文字起源的分量，但那顯然不是早期符號組成的首要原則。而就算在純圖形符號的例子，其象似性（iconicity）也難以捉摸。本頁上方是13個由圖形符號演變而來的現代中文字，猜猜看它們分別描繪什麼。你可能會對其中一、兩個有合理的推測。現在讓我們看看本頁下方的甲骨文，以及字形演變的第一階段：金文的字形。金文是青銅器上的銘文（見右頁），從西周時期（西元前1050-前771年）就開始有了，目前仍用於印章的篆刻。

答案分別是：1.人（人的通稱）、2.女人、3.孩子、4.口、5.太陽、6.月亮、7.山、8.河川、9.水、10.雨、11.竹子、12.樹木、13.短尾的鳥。

中文字的字體

中文字書寫方式的變遷，大致反映了中國歷史的階段。商朝之後是周朝（西元前1028-前221年），盛行大篆。但就政治和行政來說，這是一段漫長的分裂時期。文字是由生在不同歷史階段、說不同方言的書寫者創造，於是，中文字運用語音的情況非常複雜。秦在西元前221年建立統一帝國後實施字形變革，改

■上：甲骨文。下：金文。

用簡化的小篆體。小篆一直沿用到1950年代，中國共產黨統治者推行迄今仍備受爭議的簡體字為止。

■西周時期青銅器上的銘文（金文），約西元前1028至前771年。

下圖是兩個中文字從商朝到簡體的演變。這兩個字都是圖形符號（象形字），但圖形示意方式不一樣：第一個字讀「lái」，是「來」的意思，是依照類似畫謎的原則，源於同音字「麥」（來的古體就畫成麥的樣子），第二個字讀「mǎ」，意為「馬」。

三千年來，中文字的數量大幅增加。我們已經看到，商朝時約有4,500個字；到漢朝，雖然曾歷經秦朝（西元前221-前206年）的改革，已有近萬個文字；到12世紀有23,000個，到18世紀更達到近49,000個——其中許多當然是異體字或今已廢棄不用的形式。隨時光推移，文字的外貌發生相當大的變化，而許多文字的外形幾經扭曲變形，我們已無從理解依它們的組成結構，怎會演變成現今代表的意義了。不過，中文字的基本建構原則，至今從未改變過。

	商	大篆	小篆	隸書	楷書	簡體
lái	來	來	來	來	來	来
mǎ	馬	馬	馬	馬	馬	马

■兩個中文字的演變。大篆是周朝（西元前1028-前221年）的字體；小篆是秦朝（西元前221-前206年）的字體；隸書和楷書是漢朝的字體（西元前206-西元220年）。（資料來源：DeFrancis）

中文字的分類

49,000個字，若拿其中較重要的10,000個字來說，要怎麼為了編字典之類的目的，加以分析和歸類呢？答案不是三言兩語能說盡。傳統上，中文字可依其構成原則分為五類（有人主張六類）。

我們已經見到第一類：象形字。第二類不用圖形，而是用其他符合視覺邏輯的方式表現文字。例如數字1、2、3就用一條、兩條、三條橫線表示：

一　二　三

另一個例子是：

上　下

我們可稱這一類為「簡單指事字」。

第三類文字可稱「組合指事字」（即會意字），邏輯較為複雜，是基於概念而非視覺來造字。大家喜歡舉的一個例子是「日」和「月」組合成「明」：

日　月　明

第四類則牽涉畫謎原則。我們才剛見過一個例子，「麥」字被借用作「來」，因為兩者語音一致。另一個例子是大象的「象」亦用於形象的「象」，因為兩者都讀作「xiàng」。

最後一類通常稱為「形聲字」，這類文字由兩個字組合而成，一個表示意義，一個表示讀音。因此代表女性的「女」和有「mǎ」這個音的「馬」組合起來，創造了一個意為「母親」的新字：

女 + 馬 = 媽

請注意，這個表音的部分並不會準確地表示新字的發音：聲調不同。這個差別很重要，因為「mǎ」的意思是「馬」。這不免讓人這麼想：媽的意義其實是「女」「馬」二字意義的結合：

女 + 馬 = 媽（母馬）

而非取一意一音。但這種表意的概念雖然貌似吸引人（尤其說中過勞母親的心聲），但毫無根據，也是證明中文字充斥誤解的好例子。從這個角度看來，說中文字是「表意字」並不正確。

不同的時代，五類文字所占的比例並不一致。商朝時象形字的比例多於現在。今天，絕大多數，超過90%的中文字屬於「形聲字」。

中文字典

知道一個中國字怎麼念和怎麼寫，不保證能在中文字典找到它的意思。因為中國人不是按照簡單的字母順序來編纂字典——例如讀「xiàng」的字都排在讀「mǎ」的字之後（「x」一般排在「m」後面）。中國人是依

■1990年版的新華字典。中文字典依照文字的一般意義和字形，而非字音排列。因此中文字典用起來頗麻煩，甚至對說寫流利的母語人士也是如此。

文字的字形設計其他許多方案，而非發音或意義。

有些中文字典依文字的筆畫數排列，這種概念從求學時期就深植中國人的腦海，查繁複的字時用手指比來畫去算筆畫數是常有的事。中文字動輒超過20畫。如果筆畫數算錯，就得花時間在前後筆畫數的茫茫字海中搜尋。現在更多人用的是「部首─筆畫」系統，也是第一部中文字典（西元2世紀）使用的系統，將9,353個字用540個部首分類排列，例如「水」部、「草」部、「虫」部（前文提到的「媽」是「女」部）；部首數後來減為214個，再依筆畫數（1-17）排列，同筆畫數的則按固定順序排列（因此「水」部固定在第85個）。要使用這種字典，必須先判斷要查的字可能劃歸哪個部首──有時挺難判斷。有一部常用的字典另外附有「難字表」（部首不易判斷的文字表），收錄字典7,773個字的十二分之一。

這個部首─筆畫系統一直到1950年代都是標準規格。現在，在中國使用簡體字後，字典的部首數從186到250不等，沒有統一標準。由此引發的混亂可想而知，就像西方字典用不同的A到Z順序排列一樣。

蘇慧廉的音節表

中文字兼有表音（聲部）和表意（形部）的成分。前者提供字可能怎麼念的線索，後者則賦予意義。除了用筆畫數和部首分類，中文字也可以按字音分類。中文母語人士通常不這麼做，而把這個方法留給滿腦子語音概念的外國人——主要是外國傳教士。蘇慧廉（W. E. Soothill）正是其中之一；1880年代，他將大約4,300個字按895個語音分類。

對頁是蘇慧廉音節表的一部分。同一列的每一個字都有列首的音（例如「mǎ」）；於是，這些文字內含的語音被凸顯出來。同一列每個字的讀音大多非常相近，但外形和筆畫數（字義就更不用說）就相差甚遠了。

如果我們從表中選出幾列，並挑出同部首的字排成行，可以做成下面這張形聲方格圖（下圖）。順著聲部264「áo」往下看，我們可以看到「áo」這個音可相當準確地指出下面四個字的念法。但如果從行來看，例如形部9「人」，這個「人」就不是意義的好指標了。

■位於中國溫州的循理會教堂，蘇慧廉牧師曾在這裡佈道。圖中可以見到他的中國信眾站在教堂前面。

總的來說，就中文字而言，聲部與讀音的關係比形部與意義的關係來得密切——與某些堅持中文實為表意文字、表音在其中無足輕重的學者的看法恰恰相反。

中文母語人士在閱讀文字時，其實會同時考慮形部和聲部。想想下面這兩個聲部相同的字：

聲部 ／ 形部	敖 áo 264	參 cān 282	堯 yáo 391	甫 fǔ 597
9 亻（人）	傲 ào（驕傲）	傪 cān（好）	僥 jiǎo（幸運）	備 fǔ（幫助）
64 扌（手）	摮 áo（搖動）	摻 shán（抓住）	撓 nǎo（搔）	捕 bǔ（抓住）
75 木（木）	檄 āo（駁船）	槮 shēn（橫梁）	橈 náo（槳）	補 fú（棚架）
85 氵（水）	漦 ào（溪流）	滲 shèn（漏出）	澆 jiāo（淋灌）	浦 pǔ（水邊）

■上表和右頁。中國字兼具表音和表意成分。前者提供字可能怎麼念的線索，後者則賦予意義。

A 仃 dīng（孤獨）

B 汀 tīng（沙洲）

這個聲部的讀音（蘇慧廉音節表的聲部2）是「dīng」，這個讀音精確地表示A字的讀音，B字則有75%正確（4個音素有3個正確：i、ng和聲調）。兩個字的形部也有助益，只是沒有聲部來得大：在「仃」中指「人」、「汀」中指「水」。中文讀者可從聲部也可從形部開始猜測這兩個字，但無論如何，他必須先認識聲部和形部的含意，光看字形是毫無助益的。

前述分析在在說明，對母語人士來說，閱讀中文字有一部分要靠高超的記憶，一部分要靠發現文字關聯性的能力。這當然和記住及回想數千組電話號碼不同——不過也有人持相反意見就是。中文閱讀者並不像中文電報員那樣，會把每一個文字轉化成標準的四位數代碼（例如「明午抵達」會以2494 1131 0022 0582 0451的代碼傳送）。無論中文字在外國人眼中有多可怕，它們絕非沒有規則可循。

聲部 75 皇 huáng	聲部 158 辟 pì	聲部 255 馬 mǎ	聲部 391 堯 yáo
喤 huáng	僻 pì	瑪 mǎ	嶢 yáo
徨 huáng	譬 pì	碼 mǎ	齹 yáo
惶 huáng	闢 pì	螞 mǎ	僥 jiǎo
湟 huáng	嬖 pì	鎷 mǎ	澆 jiǎo
煌 huáng	避 pì	媽 mā	翹 qiáo
鰉 huáng	壁 pì	犥 mà	磽 qiáo
蝗 huáng	璧 pì	禡 mà	蹺 qiāo
鍠 huáng	劈 pì	罵 mà	嘵 xiāo
隍 huáng	癖 pǐ	獁 mà	驍 xiāo
遑 huáng	臂 pèi	嗎 ma	曉 xiāo
篁 huáng	擘 pò		燒 shāo
凰 huáng	孽 niè		蕘 náo
堭 huáng			橈 náo
艎 huáng			鐃 náo
			撓 náo
			髐 nào
			嬈 ráo
			蕘 ráo
			蟯 ráo
			饒 ráo
			繞 rào

華語

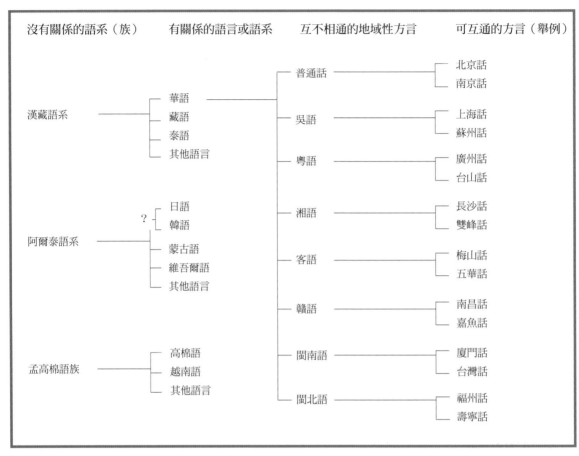

沒有關係的語系（族）	有關係的語言或語系	互不相通的地域性方言	可互通的方言（舉例）
漢藏語系	華語 藏語 泰語 其他語言	普通話	北京話 南京話
		吳語	上海話 蘇州話
		粵語	廣州話 台山話
阿爾泰語系	？日語 韓語 蒙古語 維吾爾語 其他語言	湘語	長沙話 雙峰話
		客語	梅山話 五華話
		贛語	南昌話 嘉魚話
孟高棉語族	高棉語 越南語 其他語言	閩南語	廈門話 台灣話
		閩北語	福州話 壽寧話

■上圖和右圖：東亞語言的系統樹，以及顯示中國各種地域性方言及一般方言的地圖。有超過70%的中國人説普通話，5%的人講廣東話（粵語）。（資料來源：德范克，1984）

　　1569年，中國一位多明尼教派的修士提出：中國人即便不懂彼此的語言，也能靠文字交流。他是第一位提出這種觀點的外國人，而這種觀點至今仍廣獲支持，但並非事實。

　　外界所謂的華語，其實是由8種互不相通的地域性語言（topolect/regionalect）和少説數十種名副其實的方言（dialect）組成。不過現在有70%的中國人確實會講同一種語言：國語，或稱普通話。現代書寫用的中文亦以國語或普通話為基礎。正是因為不分古今，說普通話的人在中國占有優勢，才助長了一般人認為中國人普遍能理解中文字的迷思。

　　上圖用系統樹來呈現東亞的語言。顯而易見的是，華語、日／韓語和越南語儘管都使用中文字，卻分屬三個不同語系。華語屬於漢藏語系，我們或許可拿它和印歐語系相對照；

各種中國地域性方言如粵語（廣東話）和吳語（上海一帶說的話）可比作條頓語系中的英語、荷蘭語和德語，或拉丁語系中的法語、西班牙語和義大利語；普通話裡的方言如北京話和南京話，則相當於英語中的英式、美式和澳洲式英語，或義大利語中的那不勒斯、羅馬和托斯卡尼方言。一如說法語和英語的人不學習對方的語言就讀不懂對方的文學（雖然都用羅馬字母），說粵語的人沒學會普通話也無法正確理解現代書寫用的中文字。雖然粵語和普通話比西班牙語和法語來得接近，但文法、字彙和發音上的差異仍相當大。

聲調

粵語有六個聲調，普通話則只有四聲：一聲（陰平）、二聲（陽平）、三聲（上聲）、四聲（去聲）（日語沒有華語這種聲調）。華語的聲調消除了大量同音字詞造成的混淆；一旦（這相當常見）外國人忽略聲調，他們自然會斷言華語是「難學」的語言。例如：如果沒有聲調，「ma」可能代表「媽」、「麻」、「馬」、「罵」；「shuxue」可能意指「數學」或「輸血」；「guojang」可以是「過獎」或「果醬」。有聲調的指引，意義就能區分清楚了。

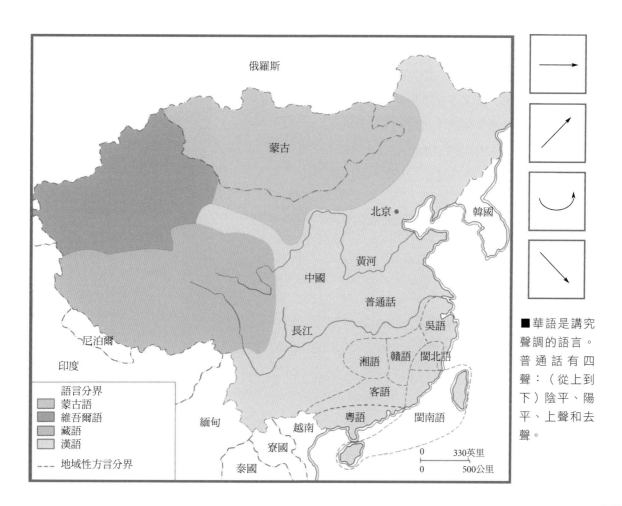

■華語是講究聲調的語言。普通話有四聲：（從上到下）陰平、陽平、上聲和去聲。

中國書法

英文「書法」（calligraphy）一詞原意為「漂亮的書寫」。在所有文化和所有時期，從古埃及的《死者之書》、中世紀的西方和阿拉伯用鮮明圖案裝飾的手稿，到今天精心製作的結婚喜帖，全都運用漂亮的書寫。但在中國，「書法」一詞向來不單指精緻優雅的文字；它就是書寫的同義詞。中國人不講「漂亮的筆法」，只說「書寫的技藝」，即「書法」。在古中國，書寫（「書」）是和繪畫、詩歌及音樂平起平坐的藝術，甚至有過之而無不及。

會有這種情況當然是因為：相較於字母文字，中文字的外形有其獨特的豐富多樣性。中國書寫者被要求用毛筆優美地展現這種豐富多樣，還得保持清晰易讀——相當嚴峻的要求。中國書法家追求的是賦予文字生命，使之生意盎然又不扭曲其基本字形。如此一來，個人的藝術氣息便會融入文字的形貌之中——這是一般說來不具個體性的西方書法所見不到的。因此，中國大書法家的名字在中國家喻戶曉，和西方書法家不同。

最近，有位學習中國書法的外國學生這麼說（多少有點誇大）：「毛筆不是像鋼筆那麼粗糙的工具，它會記錄手部的一舉一動，不論有多細微或迅速，精確得宛如地震儀。中國書法家用毛筆記錄從內心深處升起的力量：西方書法創造的是拘謹的形式，中國書法的本質則是動的藝術。」

■中國書法用具。除了毛筆和紙，還需要硯台、墨條和磨墨用的水。這個15公分厚的硯台雕了一隻從水中升起的龜，象徵原始符號的出現。

■中國毛筆一般用竹子做筆桿，嵌入羊毛、兔毛或貂毛。秋天獵獲的野貂貂毛被視為極品，最能靈活地表現運筆力度的變化，流露中文書法的蓬勃生氣。

■陳洪綬〈南生魯四樂圖〉（1649）。書法家準備寫字。他的紙鎮雕刻成一頭獅子；他面前有一盆水、墨條和
硯台，水盆裡放著長柄杓、硯台上有磨好的墨；他的左側放著一壺酒、一個杯子和一盆佛手柑。

寫字：工藝與美術

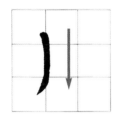   

我們已經見到（187頁），書寫中文字所需的筆畫數，是編纂和查閱中文字典的重要原則。上圖即為「丹」這個字的四個筆畫。

中國孩子很早就學習這種書寫技法，從最簡單的字開始，逐步學習愈來愈複雜的字。幼童會伸出手臂，跟著老師有節奏地在空中比劃字的軌跡，一邊念出一筆一畫的名稱——橫、豎、點等等——最後再念出那個字的讀音。比完手勢後，孩子會一起有節奏地把字大大的寫在紙上。接下來他們要學著把字寫小，並完全靠自己書寫。下圖是一個五、六歲學童寫得尚不熟稔的練習本。

從學童的練習到書法大師的傑作，之間需要長年的勤練、投入和研習早年書法名家之作。名家作品之所以如此生動，一部分是技巧的產物，一部分則是個人悟性的展現。

■中國書法的重要技巧。第一行的四個字寫得正確，但缺乏生命力。透過改變筆法和結構，書法家可以寫出第二行較生動（也比較好看）的字。

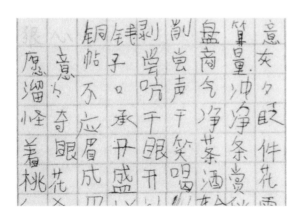

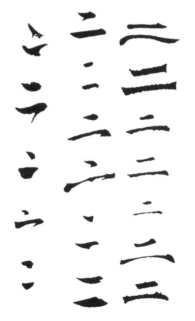

■「二」字的各種字體。對中文讀者而言，這些「二」在充分展現書法藝術的同時，字形仍清晰可辨。

■1923年，吳昌碩（1844-1927）於八十高齡書寫的「壽」字小篆體。許多書法名作，特別是早期的作品上，都有4、5個甚至更多後代書法家親筆題字，藉此表達對此原創大作的欣賞。

拼音：中文羅馬化

1936年，中國共產黨叛軍的領導人毛澤東這麼告訴美國記者艾德嘉·史諾（Edgar Snow）：「我們相信中文字的拉丁化是消除文盲的好辦法。中文字太難學了，就算用最好的基礎文字系統，或最簡化的教法，也無法使人民有效掌握豐富的字彙。我們相信，如果要創造一種讓大眾充分參與的新社會文化，遲早要徹底放中文字。」

實際推行時，毛澤東遭遇文人學士強烈反對，最後達成折衷方案。1955年，中文字進行簡化，先消除一些變體，剩下的字也多半減省了筆畫。1958年，政府採用羅馬化的中文字，即「拼音」，做為書寫讀音和翻譯中文字的官方系統。拼音用途甚廣，包括在中國以外的地方拼寫中文名字（因此北京從Peking變成Beijing，廣州成了Guangzhou等）。

在1960年代的文化大革命期間，拼音黯淡無光：仇外而支持簡體字的紅衛兵拆毀了街上用拼音拼寫的標誌，視之為中國人媚外的證據。今天，中國人或許來到這兩條途徑最糟的結局：中文字的混亂和羅馬化文字妾身不明。根據拼音研究的泰斗約翰·德范克表示：「整個世代，包括人和時間，都在膽小怯懦、雜亂無章，意欲透過文字簡化造就全民識字這個失敗可期的嘗試中白白犧牲了。」

簡體中文

中文字的簡化聽起來是個不錯的主意。減少文字的數量、降低必要文字的複雜，應可讓中文字更容易學習，不是嗎？政府認為文盲可從學習1,000到1,500個簡體中文開始，特別是和村落或工廠等在地境況有關的文字。政府希望這樣就能為農民和工人建立一些核心的字彙。之後，也許他們之中有些人可以繼續學習完整的文字。

這些信念證明毫無根據。毛澤東和其他熟悉整套文字的領導人，可用簡體中文節省書寫時間是一回事，不識字的農民、工人和低階黨工從零開始學習簡體中文，則完全是另一回事。結果就是混亂。例如1982年，這五個由政

■中國學童要學中文字也要學拼音（1958年開始推行）。證據顯示孩童學拼音比學文字快得多。「雙文制」（兩種文字並用）或許是中文書寫的未來。

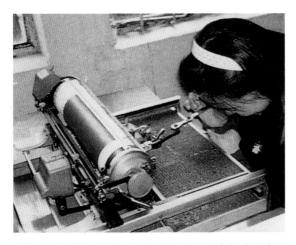

■中國打字員。這樣一部機器上有兩千多個中文字：整副鉛字最多可達一萬字。打字員每按一鍵，支臂就會選出要用的字，打印到紙上。支臂可水平和垂直移動。訓練有素的作業員每分鐘可打20到30個字；初用者可能只打得出兩、三字。隨著電腦問世，這些不易操作——也最鮮明生動地顯示中文字有多複雜——的機械，已幾乎無人使用。

府員工書寫的（簡體）字，出現在天津一條街道的電線桿上：

马
车
粪
奋
斗

《人民日報》刊登了這張照片，說人民對這些字些倍覺困惑。前兩個字是「馬車」，第三個字不存在，最後兩個字是「奮鬥」。原來是作者寫錯了，第三個字應該是「帶」，最後兩個字應該是「糞兜」。這則謎一般的訊息原意是要告誡馬車駕駛攜帶糞兜，別讓馬匹隨地大小便。

　　文字改革會在中國引起爭議並不令人驚訝。中文字不僅美觀、神祕又獨特，更是現今所有使用中的文字最古老的。受過教育的中國人必定感覺文字是身分認同的一部分。不過，或許毛澤東和其他許多主張文字改革的大老是對的：中國要追求進步，中文字是個無法逾越的障礙。正因如此，中國改革人士現在避談完全放棄中文字，改而強調「雙文制」：拼音及中文字並行，在最適合的地方使用（例如，拼音最適合在電腦輸入中文）。

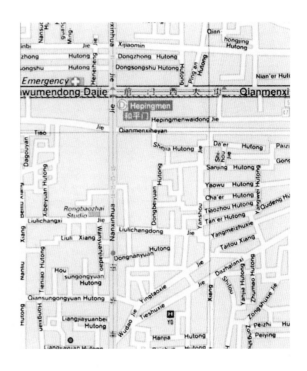

■用中文字和拼音標示的北京街圖。現行中國官方政策允許兩種系統並行。毛澤東本是造詣深厚的書法家，卻相信中國應廢除固有文字，改用羅馬字母。1956年，毛澤東向黨領導人表揚文字改革者吳玉章的貢獻：「假使拉丁字母是中國人發明的，大概就沒有問題了。問題就出在外國人發明，中國人學習……凡是外國好的東西，對我們有用的東西，我們就是要學，就是要統統拿過來，並且加以消化，變成自己的東西。」

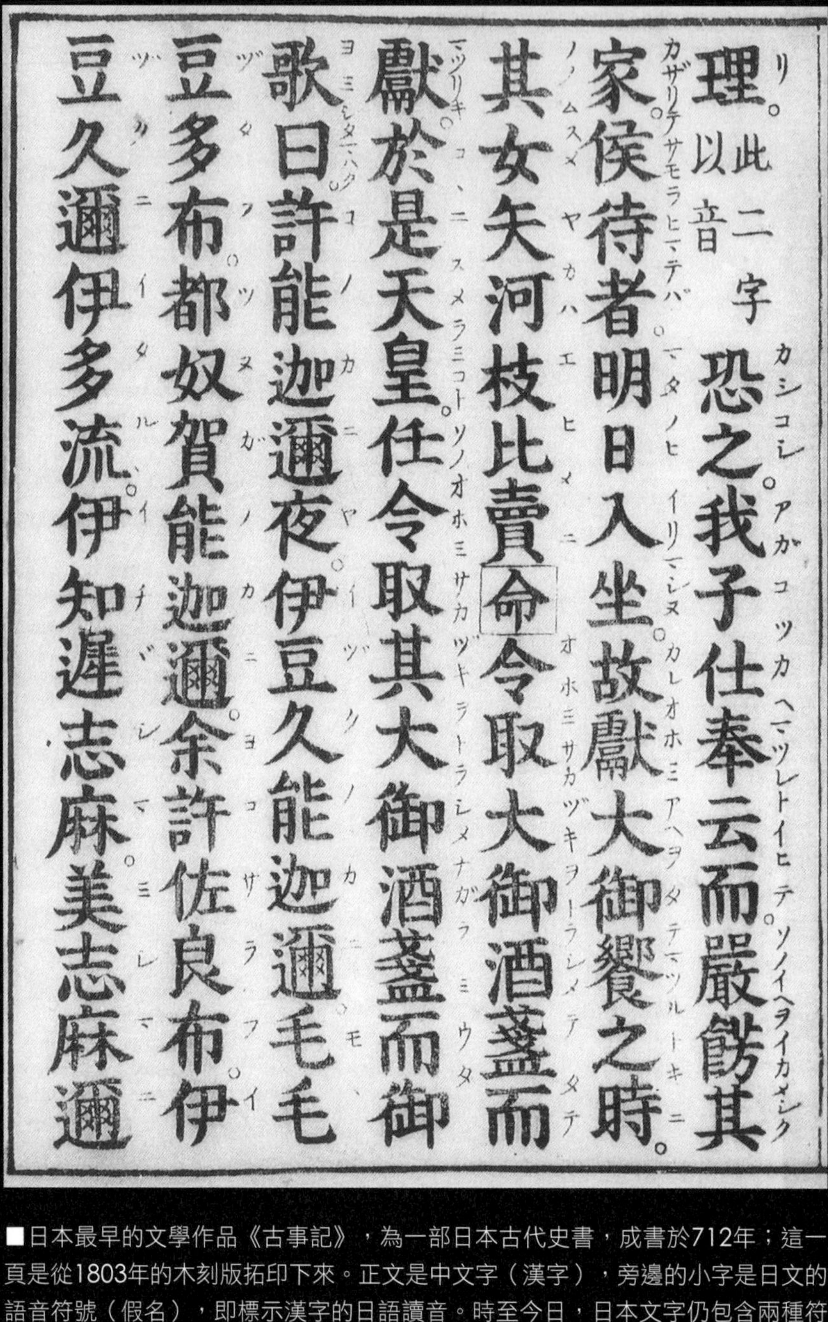

豆久邇伊多流伊知遲志麻美志麻邇

豆多布都奴賀能迦邇余許佐良布伊

歌曰許能迦邇夜伊豆久能迦邇毛毛

獻於是天皇仕令取其大御酒盞而御

其女矢河枝比賣命令取大御酒盞而

家侯待者明日入坐故獻大御饗之時

理。此以音二字恐之我子仕奉云而嚴餝其

■日本最早的文學作品《古事記》，為一部日本古代史書，成書於712年；這一
頁是從1803年的木刻版拓印下來。正文是中文字（漢字），旁邊的小字是日文的
語音符號（假名），即標示漢字的日語讀音。時至今日，日本文字仍包含兩種符
號系統：漢字和假名混用。

學習漢字

一位學日文的美國學生說：「一如中文和任何語言，中文和日文也有天壤之別，不論語音、語法和句型結構都不一樣。」不過，過去日本人的書寫系統確實是以中文字為基礎，他們稱為「漢字」（音「kanji」），亦即中文字。借用中文字時，日本人當然會改變原本的中文發音，改用和日語發音對應的方式。

後來，日本人發明了一組數量不算多的補充符號——其實是漢字的簡化版，本質為表音符號，稱為「假名」——以便清楚標示用來書寫日文的漢字該如何發音，以及如何轉寫本地字詞。

可能有人會想（這麼想並不無道理），假如日本人只使用這些新發明的符號，一舉廢止中文字，事情會比較簡單——但這無非是要排拒一套威名顯赫的文字系統。一如直到最近，拉丁文仍被歐洲人視為高等教育的必修學問，一如西元前一千多年，有教養的阿卡德人一定要懂蘇美語。因此，通曉中文也一直被日本的文人學士視為必備條件。

今天，受過普通教育的日本人應當認識近兩千個漢字；愛好文學者或許可掌握五千個漢字。不過，這種情況在二次世界大戰後才出現，是美軍占領期間推廣普及教育的成果。毫無意外地，很多日本人覺得這樣的學習要求壓力太大。1955至1958年，在第一批完全於戰後接受教育的學生離開學校之際，日本出現一波青少年自殺高峰，這恐怕不是巧合。此後，學習漢字之必要成了日本社會一股團結的力量，而這既助長了日語獨一無二的迷思，也強化了前文提到過的「表意」迷思（中國字不具有表音成分）。學習讀寫日文的經驗就像學習數千數萬題「機智問答」，但沒有人會安慰你「這只是一場遊戲」。事業、收入和地位皆取決於精通漢字的程度。「難怪，」另一個學習日本語言和文字的美國學生說：「日本人相信漢字無需言語也能表達意思！」

漢字的發音

除了學習漢字的寫法，日本人也要學漢字的讀音。漢字讀音分為兩大類，要用哪一種視上下文而定。這可能令學日文的外國人丈二金剛摸不著頭腦：要怎麼判斷漢字兩種甚至兩種以上的讀音，哪一種才正確呢？這有點像英語「2 + 3」裡的「2」一般念「two」，但「x^2 + 3」的「2」就要念「squared」了。

這兩套系統分別稱為「訓讀」和「音讀」。大致而說，第一種是日本本土的注釋，第二種則是源於中文的發音。漢字「海」的訓讀念「umi」，音讀則念「kai」。「音讀」系統源於中文字在西元7世紀前後，也就是日本借用漢字時的發音。

■現代日本填鴨式教育的漢字課程。小學生要學960個漢字；理論上中學（和大學教育）要再學1,000多個。孩子一般（不是絕對）會從漢字較簡單的「訓讀」念法開始學，也就是日本本土的發音，之後再學「音讀」（源自中文的發音）。

	水	下	海	面	星
訓讀	mizu	shita	umi	omote	hoshi

	水面	下水	海水	水面下	水星
音讀	suimen	ge sui	kai sui	sui men ka	sui sei

■並非所有漢字都有「訓讀」和「音讀」兩種讀音。這取決於日文是否有和對應中文字意近的翻譯。有些單一的「音讀」字是日文從中文借來的，但「音讀」更常用於多字組成的詞彙。下圖是5個漢字在單獨使用時念「訓讀」、和其他漢字結合時念「音讀」的例子。

平假名與片假名

日本的表音文字在借用中文字來書寫日文詞語後不久就出現了。日本人挑選了多個漢字、加以簡化，創作了兩套音節系統，即今天所謂的「平假名」和「片假名」。兩種假名各有46個符號（如下圖），另有兩種變音符（下圖未顯示），以及一種表現複雜音節的符號結合技巧。我們可以看到，曲線在平假名較常見，直線則是片假名的特色。

為什麼要有兩種音節系統呢？原本平假名適用於非正式書寫，片假名用於較正式的文書，如官方文件、歷史文獻和詞典。現今平假名是較常用的文字，片假名的功能則大致相當於字母文字裡的斜體。近年來借用的外國名字和外來語幾乎全用片假名書寫，下面這張海報即為一例：

a	ka	sa	ta	na	ha	ma	ya	la	wa
あ	か	さ	た	な	は	ま	や	ら	わ
ア	カ	サ	タ	ナ	ハ	マ	ヤ	ラ	ワ

i	ki	shi	chi	ni	hi	mi		li	
い	き	し	ち	に	ひ	み		り	
イ	キ	シ	チ	ニ	ヒ	ミ		リ	

u	ku	su	thu	nu	fu	mu	yu	ru	
う	く	す	つ	ぬ	ふ	む	ゆ	る	
ウ	ク	ス	ツ	ヌ	フ	ム	ユ	ル	

e	ke	se	te	ne	he	me		re	
え	け	せ	て	ね	へ	め		れ	
エ	ケ	セ	テ	ネ	ヘ	メ		レ	

o	ko	so	to	no	ho	mo	yo	lo	(w)o	n
お	こ	そ	と	の	ほ	も	よ	ろ	を	ん
オ	コ	ソ	ト	ノ	ホ	モ	ヨ	ロ	ヲ	ン

■日文假名，屬音節字母。上排（黑色）是平假名，下排（褐色）為片假名。

在此，美國名字克林‧伊斯威特（Clint Eastwood）用片假名拼成kurinto Isutouddo，日語沒有「l」的音，這裡的英文拼寫錯誤明顯反映了這個事實（不過，有意思的是，日語「r」的發音相當接近英式英語某些「l」的發音）。

而日本人又是如何決定一個句子裡該用假名還是漢字呢？兩者有相當多的變動和重疊之處。不過有個非常概略的原則是：假名用來表示屈折詞綴、文法用的虛詞、許多副詞和大多數源於歐洲的詞彙，漢字則用來寫大部分的名詞（包括日本本土的和來自中文的詞彙，不包括西方外來語）和許多動詞和形容詞的詞幹。

下圖是日本一家普通飯店的廣告，就彰顯了這種差異。廣告內文以漢字為主，襯托出上面第一行和最下面兩行較簡單的片假名（整幅廣告沒有使用平假名）。第一行是飯店的名稱，Oriento Hoteru（Orient Hotel，東方飯店）。最下面兩行的漢字右邊分別是：kādokīshisutemu（card key system，門卡系統）和bā、furansu resutoran（bar. France

restaurant，酒吧、法式餐廳）。

廣告其他部分混用了漢字、羅馬字（如TV）、數字和圖形符號。讓我們研究一下飯店名稱下面的那行字，那其實是飯店的地址（〒872單純指郵遞區號872）：

山	口	県	中	川	市	森	田	町2-16
「訓讀」 yama	guchi	(agata)	naka	gawa	ichi	mori	ta	machi
「音讀」 san	kō/ku	ken	chū	sen	shi	shin	den	chō

每個字在這個語境下的正確讀法以紅色標示。完整的地址改寫成英文是這樣的：

2-16, Morita Cho, Nakagawa Shi, Yamaguchi Ken, [postcode] 872

廣告其他部分涉及距離（從日本鐵路中川車站乘車15分鐘）、價格（11,800日圓起）、停車（可容納20輛車）、建築物（鋼筋結構、15層樓、200間房，包含日式房40間及西式房160間、每間都有電視、電話和空調）、位置環境（市中心）。

オリエントホテル　　　　　　　　　　☎095-76-0681

〒872　　山口県中川市森田町2-16
交　通　JR 中川駅 🚗15分
料　金　11,800円～　　　　　Ⓟ 20台
建　物　鉄筋　15階建　200室 和40 洋160 全TV ☎ A/C
立地環境　市街
特　長　カードキーシステム
設　備　バー、フランスレストラン

假名與漢字

　　原則上所有日文句子都可以完全用假名書寫。事實上，日本最偉大的文學作品之一，紫式部的《源氏物語》（11世紀初），就是用平假名寫成（雖然她的原始手稿已經失傳）。在長達好幾個世紀的時間，假名是女性主要使用的書寫文字。今天，日本大部分的點字（Braille）用假名書寫，不使用任何漢字；結果：日本盲人在閱讀方面比視力正常的日本人來得輕鬆！

　　那麼，日本人為什麼不乾脆改成僅用假名書寫呢？為什麼要無視不便與複雜，堅持混用假名和漢字呢？數個促成因素他們的決定，我們稍後會一一討論，這裡先提這點：同音現象。所有語言都有同音字，例如英語的「to」、「too」、「two」和法語的「cou」（脖子）、「coup」（突然的）、「coût」（成本）。

　　但在日語，同音是大規模現象。右邊這些傳自中文的漢字都讀kanshō，但意義都不一樣。

　　如果這林林總總的漢字詞組都換成拼作kanshō的假名，不確定的詞意可能會成為嚴重的溝通阻礙。日語可能造成同音混淆的例子很多。有些詞固然用途不廣，很多時候也可以視句子的上下文判斷，但同音現象仍被公認為日文無法只用假名書寫的主因。

漢字	意義
奸商	奸商
感傷	感傷
干涉	干涉
完勝	勝利
癇症	煩躁的
感賞	讚揚
勧賞	鼓勵
勧獎	獎勵
鑑賞	鑑賞
観賞	欣賞
観照	關注
観象	觀象
環礁	環礁
緩衝	緩衝
官省	政府部門
簡捷	加快
管掌	掌管

■日文的同音字。這17組不同漢字都讀作kanshō。如果全都用同樣的假名書寫，恐怕會造成嚴重的混淆，一個字前後文的脈絡未必夠清楚，讓讀者難以辨別書寫者心裡想的意思。

■鳥居清廣的木版畫〈風中信〉，年代約在1751至1764年。女人的手帕，和一封她一直隱藏的情書被風吹走。畫裡的文字有假名也有漢字；寫在空中的「俳句」（日本的一種詩歌）是一首帶有許多雙關語的淫詩。這種版畫——女子衣著規矩，卻暴露部分身體——被稱為「危繪」（危險的繪畫）。在日本歷史的初期階段，例如《源氏物語》作者紫式部的年代，女性幾乎只寫假名而不寫漢字，漢字是男性專用，地位較高。到18世紀（畫家鳥居清廣的時代），這個禁忌已經打破。

世上最複雜的書寫文字

1928年，日本專家喬治·桑塞姆爵士（Sir George Sansom）這麼說日本的書寫系統：「它無疑是一個令人神魂顛倒的研究範疇，但若以實用工具而論，沒有比那更差勁的了。」現代日本專家馬修·昂格爾最近補充：「廣義來說，幾個世紀以來，日本文字『運作順暢』。日本文化不是因為書寫系統錯綜複雜而繁榮，但無可否認地，書寫系統錯綜複雜也未阻礙日本的繁榮。」

例如，假設你需要在電話上拼出你的姓名和地址。用字母很簡單，但要用漢字區分發音相像的人名和地名就難上加難了。你要怎麼描述那兩千多個符號呢？你可能不得不這麼說：「三畫的川」（sandongawa）——有別於其他也可讀作kawa的漢字；或「橫一」（yoko-ichi）：讀「ichi」而寫作水平一畫的漢字「一」。但這種列舉漢字的方法效用有限，因為漢字的字形有時天差地遠、有時又十分類似。因此，在面對面交談而沒有紙筆的狀況下，日本人常訴諸比手畫腳：他們會把右手食指當「筆」用，在空中或左手掌「寫」漢字。但這招也常失靈，人們只好用某個適當的常用詞做為某個漢字的標籤。例如，在數十個可能讀作「tō」的漢字中，只有一個可能代表名詞「東」（higashi），因此這個字常被說成「higashi to iu ji」（東という字），「higashi 的東」之意。然而，當某個漢字只有一種讀音，而你又想加以描述時，就會遇上難題。要確切說明「satō（砂糖）」的「tō（糖）」的漢字時，你可能只能這樣說：「就是砂糖那個字的最後一個音節。」如果那還不能觸發對方的記憶，你就必須回頭描述字形：「就是左邊是『米』字旁，右邊是『唐朝的唐』的那個漢字。」

■鳥居清信（1664-1729）的這幅畫描繪18世紀初期一名街頭書販。她疊起的書本最上面是紫式部的《源氏物語》。《源氏物語》底下是有關音樂的書籍；箱上的文字是廣告。書販一手拿著毛筆，另一手拿著一本教人寫信的入門書。

羅馬字：日文的羅馬化

1980年代，羅馬字母開始透過廣告入侵日本文字。以前在報章雜誌、電視和廣告牌會用片假名書寫的詞彙，忽然開始寫成羅馬字母，甚至在前後都是假名和漢字的句子裡出現。字母最終有可能取代、攫走用了數個世紀的漢字嗎？或者逐漸接受字母一事只是再次證明，日本人有辦法從外國文化汲取對己有利的部分？三種不同的書寫系統有可能同時並存嗎？

毫無疑問，字母在日本已建立威望，就像中文字曾經那樣。這不單純是喜新厭舊，也似乎反映出人們想脫離漢字文化桎梏的心態（從人們不願再讀繁重的漢字、愈來愈喜歡讀漢字較少的漫畫，也可以看出這點）。誠如索尼公司（Sony）產品研發部主管在1984年所說：「羅馬字母的『愛』（love），我們可以藉由美術設計賦予它一種可愛、迷人的感覺。但中國字的『愛』，我們根本無法把它放到孩子的書包上。那會營造一種困難的感覺，只會使孩子心生抗拒，毫無銷售吸引力可言。」

進口貨物用羅馬字母拼寫的品牌名稱，往往很難用日文表達。但有些日本公司，不論規模大小，都覺得把他們日文品牌名稱印成羅馬字母，能造就一種新鮮而尊貴的企業識別。

■自1980年代開始，羅馬字母在日本大行其道。

漢字、假名和羅馬字

這篇1985年的早餐麥片廣告是日本文字「大雜燴」的絕佳範例。廣告傳達的基本信息是，如果一個男人在展開一天工作之前沒吃一頓好早餐，就無法表現優異（因此有幅插圖畫了男性在通勤途中精神委靡地拉著手環的樣子。）最上面一行的口號（1）是用漢字和平假名寫的，讀音是：

chō shoku nuki wa shusse ga osoi!?
不吃早餐，難以升遷!?

右上角的大字（4）是純漢字，讀作（這是在模仿知名報紙《朝日新聞》的刊頭）：

chōshoku shinbun
早餐新聞

刊頭下面是用羅馬字母拼寫的品牌名稱家樂氏Kellogg's（5）；但在「報紙」正中央，家樂氏改用片假名拼成keroggu（3），撇號「's」是虛詞，所以寫成平假名（符號「の」表示所有格）。大寫羅馬字母ABCD用來表示維生素，宣傳口號「BIG CHANCE」也寫成羅馬字——但贈品「早餐瓷具組」又寫片假名（2）：sutōnuea mōningusetto。正文的目標讀者是孩童和焦慮的妻子／母親，所以當然全寫漢字和假名，沒有半個外來的英文字。

對於他們混雜的現代書寫系統，日本人自己也意見分歧。多數人不認為羅馬字會對假名和漢字構成威脅——反倒挺有魅力的——但也有認為羅馬字大舉湧入是日本文化墮落的象徵。

（資料來源：Crystal）

日本文字的未來

早在1880年代，遠早於二次世界大戰後教育普及之前，就有人認真討論日本文字的改革了。面對保守派施壓，改革一直沒什麼進展。例如1938年，改革委員會審慎建議將漢字分為兩類，一類用於學校教材和一般用途，一類用於特殊文件，如天皇的詔書。這項改革並未實行。

然後，大戰期間，軍隊推波助瀾。軍隊經歷了危險事件：應召入伍的士兵讀不懂武器零件的說明文字。到1940年，軍隊把將武器零件用的漢字限縮在1,235個，並考慮再攔腰減半的可行性。然而，在此同時，民間報章雜誌又故意採用罕見的漢字，把軍事報導寫得晦澀難解，因為宣傳機構相信，這樣的文字才有震懾威嚇一般民眾的效果。

戰後，文字確實經歷了某種程度的改革，卻與政治立場牴觸。國內需要嫻熟使用大量漢字的日本人大幅增加。精通漢字的能力向來被視為人格養成的要素；在戰後的日本，民眾在

■東京街頭的標誌。上面黃色的兩行寫平假名，底下一行白色的是漢字。

學校至少要學會1,900至2,000個漢字。不同於中國引進拼音，日本不曾認真嘗試減輕漢字的負擔。中國只有漢字，日本則已經有行之有年的表音系統：假名的音節文字；或許是這個事實造成兩國政策的差異。

直到1980年代，文字才再次引發關注。這一次是因為在電子資料處裡方面使用日本文字的需求愈來愈高。電腦在日本流行起來，雖然不像西方世界那麼快（正是因為偏愛手寫文件，使日本人發展傳真，甚至到今天，日本用手寫的官方和商業信件，仍遠比西方來得多。）在電腦化的路上，漢字構成了某種棘手的障礙。

漢字的電腦化

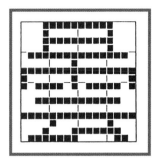

　　漢字的輸入和輸出都有困難。先說輸出，列印漢字需要的電腦記憶體遠比列印字母文字來得多。足夠輸出字母的記憶體往往不足以輸出漢字。典型16 x 16畫素會使某些漢字嚴重變形；如右圖所示，至少要24 x 24畫素才能在螢幕上呈現清楚的解析度。

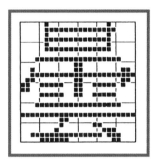

　　只要有足夠的記憶體，輸出的問題便迎刃而解。更麻煩的是輸入。至少要輸入2,000個漢字的電腦鍵盤要怎麼設計呢？——當然不會像我們前面見過的中文打字機。一個天生無固定邏輯的系統（漢字），要怎麼轉化成電腦可以理解的系統？而且還要組織得讓操作者可快速輸入，不必三不五時停下來在一長串可能的漢字搜尋，直到找到正確的為止。漢字輸入電腦的速度有望跟上字母的輸入速度嗎？

■漢字的「曇」。
上圖：16 x 16畫素
中圖：24 x 24畫素
下圖：這個字該呈現的樣貌。

　　透過對日本語言和文字的認識研究這個問題的馬修・昂格爾認為，答案基本上是否定的。他列出漢字和電腦的9個不相容之處，如下表所示。昂格爾的結論是：「不管我們說『漢字長久以來的使用堪稱成功』這句話有幾分道理，那都是因為漢字的變幻無常、難以捉摸正好契合人們思考和工作的方式。」換句話說，漢字和電腦格格不入是因為：人腦根本不是電腦。

　　至於其他覺得人腦和電腦如出一轍、對人工智慧抱持信心的人則提出，只要電腦科學家努力不懈，電腦最終一定可以辨識和處理手寫的漢字。許多日本人欣然接受這樣的保證，也投入時間和金錢研發這樣的電腦，迄今成果有限。目前看來，電腦化的需求總有一天會使漢字成為電子資料處理的棄子，就算日本人在生活其他領域繼續使用。

當漢字被用於電腦代表日語的數據資料時，它們：			
	不經濟	不精確	不方便
因為漢字的詞組	1 龐大	2 無限制	3 無特定順序
因為漢字的讀音	4 冗贅	5 不明確	6 不自然
因為漢子的字形	7 複雜	8 抽象	9 同質性高

第十三章　從象形文字到字母
——再回到從前？

■「一幅畫絕不值一千個字，卻往往需要一千個字才能解釋。」
——約翰・德范克，《看得見的語言》（*Visible Speech*, 1989）

1970年代中期，隨著國際旅遊日益蓬勃，美國平面設計協會（American Institute of Graphic Arts）和美國交通部合作設計了一套用於機場和其他旅遊場所的圖示，希望能為趕時間和不懂英文的旅客提供清楚的說明。圖示共有34個符號，如左頁所示（個別符號的含意請見226頁）。

設計委員會做了極具意義的觀察。他們寫道：「我們相信圖示的效用非常有限。唯有在表示可用單一物體，如公車或玻璃杯表現的服務或營業場所時，圖示效用最高。用來表示一種程序或活動，如售票，效果就大打折扣，因為〔後者〕是複雜的互動，在不同的情境甚至不同的交通工具大相逕庭。」設計師的結論是圖示不應單獨使用，必須整合成一套「全符號智慧系統」，包含圖示和文字信息。不這麼做，就會造成旅客混淆。

今天許多研究文字系統的學者不同意這種符號不足以完整傳達訊息的說法。他們願意把現代的「象形文字」如機場圖示、道路標誌和電子商品使用手冊所用的符號——連同音樂符號、數學符號、電路圖、美洲印地安人的圖形符號和蘇美人最早的泥板（以上本書統稱為「原始文字」）——一律稱作「文字」。他們主張，理論上，只要有足夠的想像力和創造力，一個符號系統就能擴展為「通用」的書寫系統，那會是個純表意的系統，與語言無涉，而能夠表達所有可用語言表達的思想。

這些學者不相信，成熟的文字是以語言為基礎。相反地，他們主張是字母式的文字影響

了語言，所以（舉例）孩子會以為「pitch」的聲音比「rich」多，儘管tch和ch的發音一模一樣。這些學者不認同「字母勝利」的說法。他們不認為書寫或閱讀非需要表音原則不可。他們指出中文字（日文字就不盡然）就是純表意至少可行的證明。他們的基本論點是，可行的文字系統有二，表音及表意，同樣合理。本書看法不同。本書認為在實際的文字系統以表音原則為本，但表意可以、也一直在補表音之不足；所有成熟的書寫系統都混有表音和表意成分，只是比例不一。

表意的烏托邦

信仰表意文字的渴望根深柢固且盤根錯節。赫拉波羅和珂雪都深信不疑，也都自稱可以完全不靠表音原則來「解讀」埃及象形文字。萊布尼茲也是表意文字的信徒，他在1698年寫道：「關於符號，我明確地認為，有學之士應就符號達成共識，這符合文壇、特別是學生的利益。」

今天，很多人想要（雖然不明顯）將表意文字視為「全面」的文字，不像字母文字那樣「簡化」；表意文字是「被殖民」的文字，而非殖民者——這一點一直被忽略；表意文字能比表音符號更細微、更人性、更靈活地表達思想，表音符號則是造作的，甚至天生有專斷的傾向。因此，純表意文字成了某種烏托邦，語言的隔閡不復存在，人人都能透過普世一致的通用符號進行友好的溝通（有意思的是，表意符號的擁護者認為，有兩種基本文字系統存

■「通用」的符號。
1972年慕尼黑奧運的標誌（上圖）和1980年代以來可口可樂的商標（下圖）都可證明圖形符號和表音符號在現代圖文傳播中的力量。可口可樂的商標是用下列語言寫成（上排起，由左至右）：西班牙文、泰文、土耳其文、日文、法文、中文、希伯來文、阿拉伯文、希臘文、俄文、德文、韓文。

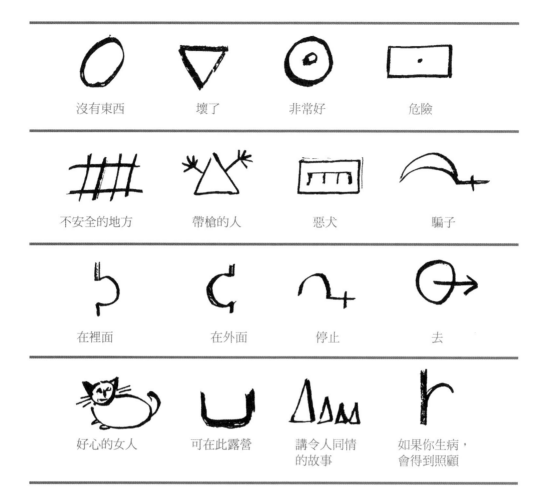

沒有東西	壞了	非常好	危險
不安全的地方	帶槍的人	惡犬	騙子
在裡面	在外面	停止	去
好心的女人	可在此露營	講令人同情的故事	如果你生病，會得到照顧

■吉普賽和流浪民族的符號。雖然引人入勝，但這些不足以支持某些學者相信的：不靠表音符號也可以發展出成熟的文字系統。

在，勝過只有一種統一的「混雜型」文字系統）。總的來說，這種對表意文字的信仰雖然自詡為現代，實為古時候那種崇拜神祕、靈性東方的翻版。歐洲一位中國書法專家的觀點就是箇中典型：字母「就像貨幣，把自然和人類工業的所有產品全部簡化成交易價值的公分母，將物理現實的無限財富收縮成一些本身缺乏意義的符號……〔相形之下〕中國文字……讓我們不必費心關注可見符號背後的抽象本質來研究符號與表象的關係、配置和再現，符號即表象，表象即符號……我們只需用心觀察那些和我們的不同，但同樣饒富意義的線條」。

這種想法極其撩人，就像中國萬里長城的民間傳說那般──傳說萬里長城橫跨中國北方、從大海一路綿延至沙漠，但其實它從來不是一座完整的巨大建築。我們多數人都覺得我們的思考優於字母原則（字母原則難免會和「大腦只是極其複雜的電腦」這種簡化的想法連在一起），而支持表意文字正好迎合了這種感覺。表意原則不禁讓我們想起英國小說家

E・M・福斯特（E. M. Forster）的名言：「只有連結最重要！」而字母原則可能和「只會分析」畫上等號。

20世紀文化對視覺與日俱增的偏愛助長了這種誘惑。在工業化的世界，我們被衝擊力十足的影像團團包圍，仰賴詞語，無論是話語或書面文字的程度，都遠不及之前的世代。這個世紀最重要的藝術形式已經不是文學，而是電影了。電影能夠在潛意識吸引全球觀眾的事實似乎暗示，影像的語言是可行且合乎自然的。但我們很容易忘記，詞語其實對電影有多重要。

電影和文字的發展有異曲同工之妙。為了說故事，大部分的默片常不得不穿插說明卡，用列印或手寫的都有；光靠影像是無法把故事說清楚的。當然，有聲電影一問世，默片便很快銷聲匿跡。即便是最優秀的電影藝術家也不覺得有必要為了維持影像的純粹性就避免使用聲音。尚・雷諾瓦（Jean Renoir）論及聲音時這麼寫：「我一直不曉得怎麼看〔電影〕，直到1930年前後撰寫對白的義務帶我回到現實，為我和我必須讓他開口說話的人物建立真正的聯繫。」至於觀眾，則立刻接受有聲電影。今天，觀看默片——即使是最富想像力的默片——會覺得好像少了什麼。不用說，我們見到烏魯克出土的早期蘇美泥板，或一大堆莫名其妙的圖形符號（例如210頁那些）的反應也是如此。那些東

■我們生活在一個傳播以影像為主的時代，電影，20世紀首要的藝術形式，就是這種現象的縮影。但我們很容易忘記詞語對電影有多重要。在《辛德勒的名單》（Schindler's List, 1994）片中，詞語構成電影的關鍵點：詞語是名副其實攸關生死的問題。

西都少了一個面向。聲音的引用徹底改革了電影；表音符號的引用則讓原始文字蛻變為成熟的文字。

文字的演變

如果這個類比站得住腳，我們可以就哪

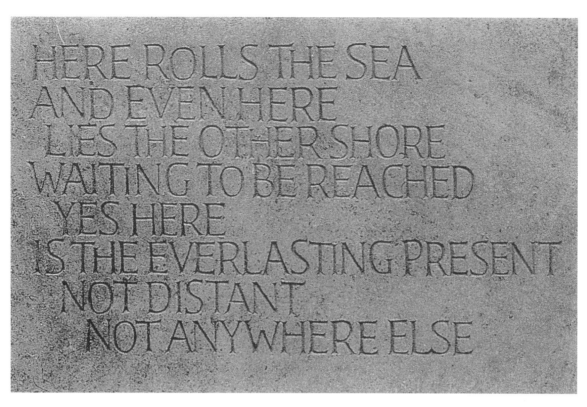

■字母文字的力量與神祕。這份由拉爾夫‧拜耶（Ralph Beyer）刻在石灰石上的碑文，內容來自泰戈爾（Rabindranath Tagore）的《人生論》（*Sadhana: The Realisation of Life*, 1913）。

種意義探討現代文字從古至今的「演變」呢？直到一、二十年前，人們仍普遍認為，數百寒暑以來，西方文明都在試著讓文字盡可能接近語言。字母自然被視為這種刻意探索的顛峰；相反地，中文字就被普遍認定有無可救藥的缺陷。照此推論，世人便堅信：隨著字母傳播全世界，民眾的識字能力和民主制度終將普及。因此學者——至少學者——歸結出一個清楚的概念：文字是從累贅龐雜、有多重符號的古文字，進步到簡單而優越的現代字母。

現在很少人那麼有把握了。字母的優越性不再被視為理所當然。根本原因在於，過去很多人認為對表音效率的深刻認識必能促成文字的簡化，但這點始終沒有證據支持。如我們所見，古埃及人在近5000年前就有一套24個符號的「字母」，卻選擇棄而不用。馬雅人如果願意，也可以完全使用單純得多的拼音系統，而非精心設計的表意及表意／表音混合系統。日本人也一樣，並未愈益頻繁地使用他們簡單的音節假名，反倒引進愈來愈多漢字（中文字），最多一度達到逼近五萬個。

另一種類比也相當吸引人：認為文字系統的演變和地球生命的演化有雷同之處。從簡單的起源——圖形符號和原生動物——文字和生命發展得愈趨複雜。有時，這會橫生過多枝節，導致不便的累贅——如楔形文字、中文字

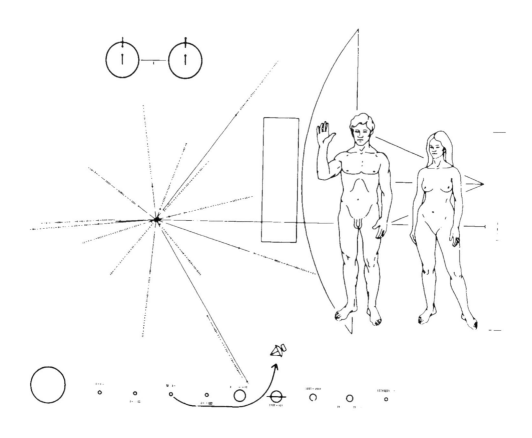

■太空時代和冰河時期的原始文字。這兩組「圖形符號」的創作者相隔數千年,但我們很難不覺得這位在法國岩洞裡作畫的冰河時期藝術家,和現代天文學家卡爾·薩根(Carl Sagan)心有靈犀。薩根設計了這片15 x 23公分的鍍金鋁板,在太空船先鋒10號(Pioneer 10)於1972年發射升空前安裝在它的天線上。我們無法闡述這頭公牛的全部涵義,也不知道史前時代的岩洞畫家是否具有文字系統的概念——也不清楚他們口語溝通的複雜程度。反觀薩根就針對鋁板的每一個部分提供書面說明。「那只用我們和收件人唯一共通的語言:『科學』來撰寫。」

鋁板最下面是氫原子的某種能量轉換。氫是我們這個星系含量最豐富的元素,而一般認為物理學會在我們這個星系遵守同樣的定律,因此這部分的訊息應能傳遞給數萬乃至數十萬年後和先鋒10號相遇的先進文明。外星人應該能算出,這片鋁板屬於銀河系極小的體積,以及銀河系歷史的一年(1970)。鋁板下方描繪的太陽和行星應能讓外星人確定我們的位置;太空船離開太陽系的圖當然也能被理解。但未知的生物會怎麼解讀那兩個人形——在我們眼中訊息最明顯的部分呢?這兩個人形之於外星人,說不定遠比冰河時期的公牛之於我們還要晦澀難解。薩根說:「人類,正是整幅畫之中最神祕的信息。」

和恐龍；但也會發展出非常成功的形式——字母，以及智人。而在字母和物種的演化過程中，不時都會有絕種的情況發生。

無疑地，這種類比不能過度延伸。我們很難評估同個時代的字母、識字率和民主發展的關係，雖然表面上似乎可行。當然，或許有人認為，如果一種文字簡單易學，理解它的人一定比如果難以學習多；而如果民眾因而比先前更了解公共事務，就更可能參與其中，並要求參與的權利。誠然，當今民主政府的教育政策皆強調高識字率的重要，強化了不識字等於落後的普遍認知。然而，論及民眾的素養，除了讀寫能力，其他許多因素也很重要；民眾素養和民主要生根發展，經濟、政治、社會和文化條件也必須符合條件。我們不能說古埃及未出現根本性的社會變化而古希臘發生了，是因為兩地分別使用象形文字和字母所致，一如今天我們顯然不能將日本的高識字率歸因於它擁有全世界最複雜的文字。

象形文字的遺產

不熟悉遠東地區文字的人，就算有最簡扼、最友善的認識（例如本書的介紹），也一定會訝異：竟然有人可以那般輕鬆地駕馭日本漢字或中文字。古埃及、美索不達比亞和馬雅的文字也一樣。這難道就是古文字對我們這些門外漢最大的吸引力——讓我們對人類語言的獨創性嘆為觀止？除了許多古文字動人的美、內含古代世界的文化訊息，以及帶給譯解者的智力挑戰，難道這些已無人使用的文字本身就是深奧難解的古玩，就像托勒密（Ptolemaic）的本輪、燃素學說（phlogiston

theory）和中國的纏足那樣？

字母使用者似乎從古代世界學不到任何可以直接用來改進本身文字的東西。如果真的要說，中國、日本和其他使用中文字的遠東國家，較可能逐漸趨向以表音為基礎的文字，如假名和拼音；換句話說，字母原則終將深入這些表意文字最後的堡壘。畢竟，這是史上許多國家發生過的事。在中國，儘管遭到保守人士的阻撓，但這是毛澤東、周恩來等領導人心之所向。任何文字改革都需要漫長的時間，且過程免不了混亂——拉丁文歷經數世紀才從歐洲高級書寫中絕跡，約莫就是這種情況。在說英語的世界，就連最細微末節的拼字和文法變動都可能給人激進的感覺。想像一下，如果英國或美國政府要實行大規模的文字改革，例如蕭伯納倡導的那種（40頁），會引發何種反應！

不，象形文字留給世人的東西可能更微妙，觸及語言和文字、表音和表意的相對關係。歸根究柢，埃及象形文字、美索不達米亞楔形文字、馬雅字符和其他複雜文字令人神魂顛倒，是因為它們讓我們重新思考讀、寫、說、想的過程。而同樣令人畏懼的中文和日文能沿用至今且運作順暢，更提醒我們，我們其實對那些過程知之甚少。我們可以探測遙遠星系某個恆星的化學成分，可以分析我們大腦神經中樞的化學作用，但在心智和意識的範疇，我們的了解仍非常粗淺。至今尚無人能確切說明，在你讀這個句子的時候，你的腦袋裡正發生什麼事。詳盡、感性地研究古代文字系統，並與我們自己的文字比較，或可提供我們一些有益的線索。

■埃及阿比多斯（Abydos）U-j 陵墓發現的埃及古製標籤，年代約在西元前3200年。這
是埃及已知最古老的一批雕刻工藝品。有些學者相信標籤上的圖形符號是象形文字系統的
前身（參見223頁）。

附錄：新千禧年的文字

隨著有文字紀錄的文明邁入第六個千年，美索不達米亞再次成為歷史事件的中心。在這片孕育文字的土地，漢摩拉比和大流士等強權統治者的治國能力曾被用蘇美、巴比倫、亞述和古波斯楔形文字記錄在陶板和石頭上，而現在，討伐海珊總統的伊拉克戰爭，也用如同巴別塔嘈雜的世界語言，於報章和網路寫下無數大多以字母構成的詞句。

儘管現今書寫的技術和西元前兩千多年有天壤之別，但自蘇美《吉爾伽美什史詩》創作至今，文字的語言學原則並沒有重大改變。就連印刷的紙本書，雖然對其數位化的命運有諸多不祥的預言，迄今仍無跡象顯示，它們會步入陶板和紙草的後塵。有意思的是，書本反倒是自全球網路建立以來交易最成功的物品之一。至於我本人，身為網路革命時代一份高等教育報刊的文學編輯，我不時對送審教科書愈來愈多且愈來愈廣的情況感到驚訝，就算他們的作者和出版商會把相關資料存在光碟一起寄來或放在網站上。

然而，電子書寫和建檔在資訊傳播方面（當然也包括我個人的研究）的劇烈影響，卻使何為「文字」正確定義的辯論更趨兩極化。有些人堅決認為，數位資訊爆炸幾乎不會對人們閱讀、書寫和思考的心智過程構成影響，另一派則同樣固執地堅稱，文字的數位化正徹底改變我們吸收知識的方式，不用多久，就會迎來眾人引頸期盼、三百年前萊布尼茲想像的「通用」傳播系統。另外，後面這種對於電腦智慧的信心，恰與許多學者愈來愈崇敬古文字背後智慧的態度一致。他們說，放下昔日難以撼動的「字母勝利說」吧，改支持中文字、埃及和馬雅象形文字，支持他們大雜燴一般的圖形、表意和表音符號。這種信念進而鼓勵人們將文字系統視為與整體文化緊密交纏，而非只是解決這個問題的技術：如何有效地用視覺表現一種文化的語言。雖然我個人並不苟同數位化有什麼潛藏的力量，也仍對表意文字的表達效力抱持懷疑，但我認為以全方位的角度看待文字系統是一種健康的發展，能反映書寫與社會之間微妙而複雜的真正關係。

在此同時，有關文字的老問題，仍以新的面貌持續著。它起源於何時何地，是如何產生，又為什麼要產生呢？是在單一地點——美索不達米亞——發明的，或是各自於相差甚鉅的年代出現在數個不同的地點，特別是美索不達米亞、埃及、印度河文明、中國和中美洲？字母的源頭又在何方？在邁入新的千禧年之際、於埃及、中國和中亞等地的考古新發現，已為這些問題帶來清楚的線索。我們將一一探究。

嘗試譯解未譯解文字的努力也持續進行。獨一無二的克里特費斯托斯圓盤仍對譯解者有莫大的吸引力，無論結果是否正確。1999年，又有兩本著作宣布（內容截然不同！）順利譯解這塊神祕的圓盤，其中一本，《青銅器時代的電腦碟片》（*The Bronze Age Computer Disc*）宣稱圓盤是一部極為複雜的曆法，圓盤兩側被劃分為30和31區，就代表該月份的日數。在此同時，對於其他文字貌似較可信的譯

超級暢銷書：「達文西公路密碼」

發生驚悚謀殺案　　主角進場　　檢查犯罪現場　　募得性感助理

四處奔走　　分析「最後的晚餐」　　揭露耶穌不是神　　他生了個小孩

聖殿騎士涉案　　還有梵諦岡　　找出聖杯　　請買續集

■文字與文化。這些圖形符號和它們帶反諷意味的圖說（漫畫家麥克‧巴菲德〔Mike Barfield〕繪於2004年）構成視覺性的玩笑，凡是讀得懂字的人都能理解。但要充分領會箇中幽默，讀者必須具備多元的背景知識。古代的銘文需要類似複雜和微妙的詮釋──21世紀的學者不了解銘文當初所有的文化意涵，因此面臨嚴峻的挑戰。

解登上新聞頭條，尤以兩份自稱洞察復活島文字和墨西哥地峽文字（Isthmian script）的聲明最引人注目，不過最終兩者皆未獲得學界認可。若要論文字譯解故事的戲劇性，則當以馬雅為最，那在世紀之交進入更成熟的階段，一如商博良去世後的埃及象形文字。另一方面，一些仍如謎一般的文字，特別是伊朗的原始埃蘭文和巴基斯坦／印度古印度文字的解讀，也有穩定的進展。多虧羅伯特‧英格朗（Robert Englund，對原始埃蘭文字）和阿斯科‧帕波拉（Asko Parpola，對古印度文字）煞費苦心

的研究，兩者最後都以易讀而正確的語料庫形式發表，也可以在電腦上處理了。沒有人需要屏息以待，但如果未來的挖掘工作幸運發現重要的銘文（依過去線性文字B和伊特魯里亞文字的經驗判斷，這種可能性相當高），這些尚未譯解的重要文字也許就能獲得更充分、更全面的解讀。（2006年，在印度南部距離印度河流域相當遠的坦米爾納德邦〔Tamil Nadu〕，一位教師在自家後院偶然挖到一把明顯刻有四個古印度文字符號的石斧──進一步支持古印度語屬達羅毗荼語的論點。）

新發現，老謎題

最近在伊特魯里亞的一項發現再次造成轟動。1999年，義大利當局透露在特拉西梅諾湖（Lake Trasimeno）附近的科爾托納（Cortona）發現一塊刻有約200個伊特魯里亞文字的青銅板，命名為「科爾托納銅板」（Tabula Cortonensis）。這塊銅板固然明顯是和其他青銅文物一起在一處建築遺址出土，但環境並不完全明朗，銅板表面有鋼刷刮過的痕跡，顯示有人試著查明這塊金屬是不是黃金做的。一通匿名電話揭露那些物品並非來自當局聲稱的發掘地點。銅板也失落了一片，雖然當局在建築遺址展開地毯式搜索，仍無其他發現；此外，土壤分析顯示遺址的土壤和青銅文物裡的土壤並不吻合。正是因為希望釐清銅板是否來自科爾托納，並找出失落的碎片，使得官方延宕六年多才正式宣布這項發現。

這8片銅板有7片流傳下來，它們可以拼接起來，之間縫隙不大。針對碎裂線的科學分析可以證明銅板是在古時候被打破的；可能有人打算將之熔化、重新利用青銅。它的大小：28.5 x 45.8公分，大約相當於兩張辦公用紙。頂端的柄暗

示銅板曾懸掛於檔案館之類的公共場所。它的製造年代介於西元前225至前150年之間。

銅板上的文字和一般伊特魯里亞銘文一樣是從右寫到左（當然跟希臘字母相反），並且優美地刻在銅板兩面，可能是用脫蠟法

■科爾托納銅板，字數第三多的伊特魯里亞銘文，年代在西元前3世紀或前2世紀。

（cire perdue）鑄造，更可能是直接刻在青銅上。文字刻滿正面，反面則只刻了八行。不必真正閱讀銘文也可以覺察幾個重要的現象。首先，銅板兩面絕大部分的文字顯然出自同一位抄寫員之手，唯有正面的最後六行不同：那些刻得比較深，因此彎曲更明顯（為什麼會有兩名抄寫員，我們只能猜測）。其次，銅板正面有4個不尋常的記號，ㄥ，很像現代校對人員使用的「插入段落」符號：它的作用看起來正是如此（紅框標出）。最後，我們可以發現在科爾托納銅板上，代表e的符號，ヨ（也是伊特魯里亞人借用第5個希臘字母ᒣ的符號）有兩種形式，方向相反的 ヨ 和 ᒣ。我們從其他銘文得知，這種變體是科爾托納這一帶獨有，這恰好做為銅板出自科爾托納的實質證據；「Velara」一名在銅板出現兩次 𐌄𐌋𐌀𐌓𐌀（紅框標出），且使用第5個希臘字母的在地變體拼成，更進一步支持這個推論──「Velara」是科爾托納特有的家族姓氏。

專家馬上套用伊特魯里亞字母來解讀銅板的文字。詞語的分隔相當清楚：刻在銅板上的圓點，以及不少為人熟知的詞組，包括專

■科爾托納銅板的正面。紅框標出的是四個段落符號和兩個「VELARA」的例子。

有名詞和其他已知詞語，例如cel（土地）、vina（葡萄園，與拉丁文vinum〔葡萄酒〕有關）、puia（妻子）、clan（兒子）、rasna（伊特魯里亞人，人）和數字zal（2）、sa（4）、sar（10）等都有幫助。但剩下的詞語還是有太多名字（超過三分之二）和比例相當高的未知詞語，使得我們無法翻譯這份

文件，不過可以確定它的大意。根據在2000年發表科爾托納銅板的盧西亞諾·阿古斯提尼亞尼（Luciano Agostiniani）表示，幾乎可以百分之百確定的是，這塊銅板是Cusu家族——Petru Scevas名列其中——和其他15個人的契約紀錄，由一群具名的第三方，包括他們的兒孫做見證。契約和特拉西梅諾湖平原上的土地買賣或租賃有關，包括一座葡萄園，而這個地方顯然拼作「celtinêitisś tarsiminaśś」：

ᴟᴟᴀᴴIᴴ⼻ᎤᎱᎪᛐ·ᴟ⼻Iᛐ∣Ɛᴴ∣ᛐᎫƎᴟ

這個詞的第一部分，「celtinêi」已知和「cel」（土地）有關，所以「tisś」可能是「湖」的意思，這是合理的推論，也為我們的伊特魯里亞詞彙增加一個新詞。

至於埃及的銘文，近年來幾次突破性發現可分為兩類。第一類和象形文字在早於西元前3000年的起源有關，第二類則關乎字母在西元前2000年過後不久的起源。

以甘特·德雷爾（Günter Dreyer）和烏爾里奇·哈爾通（Ulrich Hartung）為首的德國挖掘隊在埃及阿比多斯開啟了名為U-j的王室陵墓，發現了埃及迄今已知最古老的一批刻字工藝品，年代可溯至西元前3200年甚至更早，換言之，一定是前王朝時代。出土文物包括一百多個陶罐，罐子上大大刻著單一或成對的符號。第二種工藝品更引人好奇，包含將近兩百個骨頭和象牙做的標籤（見218頁），平均高度僅1.5公分，一角鑽孔，看似曾繫在大捆的布疋或其他貴重的陪葬品上，而那些值錢的東西已被盜墓者洗劫一空。標籤上刻的是成組的數字——最多12個數，還有代表100和100＋1的符號——和圖形符號，但令人匪夷所思的是，數字和圖形符號幾乎不曾同時出現在同一個標籤上。至少有一些圖形符號（當然不是大多數）和後期的象形文字非常相似，尤其是一些鳥、一大片河水（參見97頁代表的單子音符號）和可能是響尾蛇的符號。

德雷爾在1998年指出，那些標籤暗示當時存在著一種兼有表意和表音元素的文字系統，且即將在幾百年內催生出我們熟悉的象形文字，而這個受經濟而非政治或宗教驅使的系統——一如寫在美索不達米亞早年陶板上的存貨清單——屬於極久遠前的年代，說明埃及的文字發明可能比美索不達米亞更早。但，或許除了會計的用途和年代外，一切只是推測（年代主要是以碳-14年代測定法推算，但就連這樣也無法確定——德雷爾相信那早於西元前3200年）。就證據而言，我們仍無法確定這批數量有限的原始符號的確切用途和意義，以及可能和後來的象形文字有何關聯；符號中也沒有看似和埃及語言有關的語音成分。德雷爾的同事埃及學家約翰·貝恩斯（John Baines）雖然贊同他的觀點，但也說：「發現U-j古墓大幅增進了我們對埃及和其文字的了解，但除非發現更多資料，我不認為人們可能就埃及銘文建立普遍認同的詮釋。」

約莫同時，兩位美國考古學家，約翰·柯爾曼·達內爾（John Coleman Darnell）和他的妻子戴波拉（Deborah）在埃及考察古代旅行路線時，於底比斯西方的恐怖峽谷（Wadi el-Hol）沙漠有了重大的發現。1999年，他們宣布發現年代似乎落在西元前1900至前1800年

的字母文字，這個時間點遠比在黎巴嫩和以色列發現最古老的字母銘文來得早。

這兩段簡短的銘文是用一種閃族的文字刻寫，照專家的說法，這些字母最可能是以類似埃及半草書文字的樣式發展。書寫者被認為是一位與傭兵同行的抄寫員（當時有相當多這樣的傭兵為法老效力）。如果這個理論正確，那麼字母的概念說到底還是受到埃及象形文字啟發，而且是在埃及，而非巴勒斯坦發明——這

將使達內爾的理論與1916年艾倫·賈德納爵士在譯解原始西奈符號時率先提出的理論遙相呼應（參見161頁）。但這新的事證尚不確鑿，搜尋更多銘文的工作仍持續進行。字母起源之謎仍未破解。

在中國，考古學在20世紀晚期大有進展，不斷有年代可上溯至西元前6000多年的銘刻工藝品出土，比長久以來公認甲骨文在殷商文明出現的時間，即西元前1200年，提早了五千多年。一些學者（以中國人為主體）已試著找出新石器陶罐上的記號和最簡單的甲骨符號（交叉線、箭頭、平行線和其他簡單的形狀）之間的關聯，進而聲稱中國文字的歷史最為悠久。但這樣的主張無法考證，因為那僅以兩者圖形相似為依據，而就我們從其他文字所知，這樣的比對說好聽是不可靠，說難聽是詬騙世人。但確實貌似合理的一點是，複雜的甲骨文字系統並非突然發展，也不是無中生有。很有可能，中國在西元前1200年以前已有文字系統存在。但那是從

■埃及恐怖峽谷出土之可能是字母的銘文，年代約在西元前1900至前1800年。唯一可試著解讀的符號是最靠近照片下緣的兩個，可能代表古閃族語的「el」（神）。這份銘文的年代甚早，暗示字母可能起源於埃及，而不是巴勒斯坦。

■西元前5000至前4000年中國仰韶文化陶器上的符號。有些中國學者認為這些符號和後來殷商文明書寫系統的符號有相似之處。

■土庫曼阿瑙出土的印章，年代約在西元前2500年前後。這枚印章上的符號迄今仍獨一無二——和同時代印度河流域的印章不同——可能屬於中亞地區某種已失傳的文字系統，也可能沒這回事。

外地傳入，還是在殷商之前的文化自行發展、仍等待後人挖掘呢？漢學家對此意見極為分歧。例如，羅伯特‧貝格里（Robert Bagley）認為殷商文字可能是慢慢從更早的中國文化獨立發展出來，只是一直到現代才被挖掘和理解，但蒲芳莎（Françoise Bottéro）卻認為中國是引進文字後迅速發明自己的一套，而最初可能是受到美索不達米亞文字的影響。

單獨一枚在2001年公布發現於中亞的印章，能為這道中國的謎題提供線索嗎？這枚印章是由美國考古學家弗雷德里克‧希伯特（Fredrik Hiebert）在土庫曼和伊朗、阿富汗北部的邊界上發現，屬於青銅器時代的「阿克瑟斯文明」（Oxus civilization）：在此之前，除了少數俄羅斯考古學家，此文明罕為人知。碳-14年代測定法確定它的年代落在西元前2500年左右，迄今已有四千多年，與著名的古印度印章年代相當。印章上的符號看來相當複雜，且有點像中文字，但因為挖掘者沒有發現類似文物，現在說印章上必是文字尚嫌太早。但這項發現最起碼提醒我們，這麼久以前，一如後來的絲路，亞洲各文化之間可能已經在進行交流了。且讓我們大膽假設，這枚土庫曼的印章是不是西元前3000至前1000年間、文字的概念橫跨古文明世界，從近東傳播到遠東的一環呢？文字的故事將繼續令我們深深著迷。

解答

94 小圖最右邊那個有把手的籃子畫反了。可跟左邊的籃子比較。

97 這些象形文字可翻譯如下：
（1）Mary、（2）Charles、（3）Elizabeth、（4）William、（5）Patricia、（6）Alexander、（7）Cleopatra。

210 這些符號的意義如下
第一行：電話、郵件、外幣兌換、急救、失物招領；
第二行：行李寄放、電梯、男廁、女廁、洗手間；
第三行：詢問處、住宿資訊、計程車、客運（公車）、道路交通工具；
第四行：鐵路運輸、航空運輸、直升機場、水路運輸；
第五行：租車處、餐廳、咖啡館、酒吧、商店；
第六行：售票處、行李托運、行李領取、海關、移民局；
第七行：吸菸區、禁止吸菸、停車處、禁止停車、禁止進入。

補充讀物

這不是學術性的參考書目，而是列出與本書每一章直接相關的書籍和文章。只納入以文字為主題的書籍；更廣泛的古文明研究則未納入。日期除非另有標註，大多為英文版的初版日期。

序／綜合作品

Most of these books contain extensive bibliographies.

Baines, John, John Bennet and Stephen D. Houston (eds), *The Disappearance of Writing Systems: Perspectives on Literacy and Communication*, 2008

Daniels, Peter and William Bright (eds), *The World's Writing Systems*, 1996

DeFrancis, John, *Visible Speech: The Diverse Oneness of Writing Systems*, 1989

[Galeries Nationales du Grand Palais], *Naissance de l'écriture: cuneiformes et hiéroglyphes*, 1982 (exhibition catalogue)

Gaur, Albertine, *A History of Writing*, 3rd edition, 1992

Harris, Roy, *The Origin of Writing*, 1986

Houston, Stephen D. (ed.), *The First Writing: Script Invention as History and Process*, 2004

—— (ed.), *The Shape of Script: How and Why Writing Systems Change*, 2012

Pope, Maurice, *The Story of Decipherment: From Egyptian Hieroglyphs to Maya Script*, revised edition, 1999

Postgate, Nicholas, Tao Wang and Toby Wilkinson, 'The evidence for early writing: utilitarian or ceremonial?', *Antiquity*, 69, 1995

Sampson, Geoffrey, *Writing Systems*, 1985

[Trustees of the British Museum: no editor, six authors with an introduction by J. T. Hooker] *Reading the Past: Ancient Writing from Cuneiform to the Alphabet*, 1990 (includes 'Cuneiform', 'Egyptian Hieroglyphs', 'Linear B and Related Scripts', 'The Early Alphabet', 'Greek Inscriptions' and 'Etruscan')

Woodard, Roger D. (ed.), *The Cambridge Encyclopedia of the World's Ancient Languages*, 2004

World Archaeology, February 1986 (special issue on early writing systems)

解讀羅賽塔石碑

Boas, George (trans.), *The Hieroglyphs of Horapollo*, 2nd edition, 1993

Champollion, Jean-François, *Egyptian Diaries*, 2001 (in English translation)

Iversen, Erik, *The Myth of Egypt and Its Hieroglyphs in European Tradition*, 2nd edition, 1993

Parkinson, Richard, *Cracking Codes: The Rosetta Stone and Decipherment*, 1999

—— *The Rosetta Stone*, 2005

Ray, John, *The Rosetta Stone and the Rebirth of Ancient Egypt*, 2007

Robinson, Andrew, *The Last Man Who Knew Everything: Thomas Young*, 2006

聲音、符號與文字

Bissex, Glenda L., *Gnys at Work*, 1980

Crystal, David, *The Cambridge Encyclopedia of Language*, 1987

Kolers, Paul, 'Some formal characteristics of pictograms', *American Scientist*, 57, 1969

McCarthy, Lenore, 'A child learns the alphabet', *Visible Language*, Summer 1977

Pinker, Steven, *The Language Instinct: The New Science of Language and Mind*, 1994

Saussure, Ferdinand de, *Course in General Linguistics*, (Roy Harris trans.), 1983

原始文字

Bahn, Paul and Jean Vertut, *Images of the Ice Age*, 1988

Englund, Robert K., 'The origins of script', *Science*, 11 June 1993 (review of Schmandt-Besserat, *Before Writing*, 1 – see below)

Marshack, Alexander, *The Roots of Civilization*, 2nd edition, 1991

Nissen, Hans J., Peter Damerow and Robert K. Englund, *Archaic Bookkeeping: Writing and Techniques of Economic Administration in the Ancient Near East*, 1993

Quilter, Jeffrey and Gary Urton (eds), *Narrative Threads: Accounting and Recounting in Andean Khipu*, 2002 (study of *quipu*)

Schmandt-Besserat, Denise, *Before Writing, 1: From Counting to Cuneiform*, 1992

楔形文字

Bermant, Chaim and Michael Weitzman, *Ebla: A Revelation in Archaeology*, 1979

Collon, Dominique, *Near Eastern Seals*, 1990

Cooper, Jerrold, 'Bilingual Babel: cuneiform texts in two or more languages from ancient Mesopotamia and beyond', *Visible Language*, 27, 1993

—— 'Babylonian beginnings: the origin of the cuneiform writing system in comparative perspective', 2004, in Houston (cd.), *The First Writing* – see Introduction

Larsen, Mogens Trolle, *The Conquest of Assyria*, 1996

Postgate, J. N., *Early Mesopotamia*, 1992

Potts, D. T., *The Archaeology of Elam*, 1999

Powell, Marvin A., 'Three problems in the history of cuneiform writing: origins, direction of script, literacy', *Visible Language*, Autumn 1981

Walker, C. B. F., *Cuneiform*, 1987

埃及象形文字

Arnett, William S., *The Predynastic Origin of Egyptian Hieroglyphs*, 1982

Baines, John, 'Literacy and ancient Egyptian society', *Man*, 18, 1983

Davies, W. V., *Egyptian Hieroglyphs*, 1987

Faulkner, Raymond O. (trans.), *The Ancient Egyptian Book of the Dead*, revised edition, 1985

Gardiner, Alan H., *Egyptian Grammar*, 3rd edition, 1957

Reeves, Nicholas, *The Complete Tutankhamun*, 1990

Robinson, Andrew, *Cracking the Egyptian Code: The Revolutionary Life of Jean-François Champollion*, 2012

Wilkinson, Richard H., *Reading Egyptian Art: A Hieroglyphic Guide to Ancient Egyptian Painting and Sculpture*, 1992

Zauzich, Karl-Theodor, *Discovering Egyptian Hieroglyphs: A Practical Guide*, 1992

線性文字B

Chadwick, John, 'Linear B', in *Current Trends in Linguistics*, 2, (Thomas A. Sebeok ed.), 1973

—— *Linear B and Related Scripts*, 1987

—— *The Decipherment of Linear B*, 2nd edition with a new postscript, 1992

Evans, Arthur, *The Palace of Minos at Knossos*, 4, 1935

Kober, Alice E., 'The Minoan scripts: fact and theory', *American Journal of Archaeology*, 52, 1948

Robinson, Andrew, *The Man Who Deciphered Linear B: The Story of Michael Ventris*, 2002

Ventris, Michael, 'Deciphering Europe's earliest scripts', *Listener*, 10 July 1952

—— 'King Nestor's four-handled cups: Greek inventories in the Minoan script', *Archaeology*, Spring 1954

—— *Work Notes on Minoan Language Research and Other Unedited Papers*, (Anna Sacconi ed.), 1988

Ventris, Michael and John Chadwick, *Documents in Mycenaean Greek*, 2nd edition, 1973

馬雅的字符

Coe, Michael D., *Breaking the Maya Code*, revised edition, 1999

—— *The Maya*, 7th edition, 2005

Coe, Michael D. and Mark Van Stone, *Reading the Maya Glyphs*, 2001

Houston, Stephen D., *Maya Glyphs*, 1989

—— 'Writing in early Mesoamerica', 2004, in Houston (ed.), *The First Writing* – see Introduction

Knorosov, Yuri V., 'The problem of the study of the Maya hieroglyphic writing', *American Antiquity*, 23, 1958

Martin, Simon and Nikolai Grube, *Chronicle of the Maya Kings and Queens*, 2000

Miller, Mary-Ellen, *The Murals of Bonampak*, 1986

Robertson, Merle Greene, *The Sculpture of Palenque, 1: The Temple of the Inscriptions*, 1983

Schele, Linda and Peter Mathews, *The Code of Kings: The Language of Seven Sacred Maya Temples and Tombs*, 1998

Stephens, John L., *Incidents of Travel in Yucatan, 1 and 2*, 1841

Stuart, David, 'The Rio Azul cacao pot', *Antiquity*, 62, 1988

Thompson, J. E. S., *Maya Hieroglyphic Writing*, 1950

—— *A Commentary on the Dresden Codex*, 1972

尚未譯解的文字

Bonfante, Giuliano and Larissa Bonfante, *The Etruscan language: An Introduction*, revised edition, 2002

Butinov, N. A. and Y. V. Knorosov, 'Preliminary report on the study of the written language of Easter Island', *Journal of the Polynesian Society*, 66, 1957

Chadwick, John, *Linear B and Related Scripts*, 1987 (covers Linear A and the Phaistos disc)

Duhoux, Yves, *Le Disque de Phaistos*, 1977

Fischer, Steven Roger, *Rongorongo: The Easter Island Script*, 1997

Hood, M. S. F., 'The Tartaria tablets', *Antiquity*, 41, 1967

Lamberg-Karlovsky, C. C., 'The Proto-Elamites on the Iranian plateau', *Antiquity*, 52, 1978

Page, R. I., *Runes*, 1987

Parpola, Asko, *Deciphering the Indus Script*, 1994

Robinson, Andrew, *Lost Languages: The Enigma of the World's Undeciphered Scripts*, 2009 (covers the Meroitic, Etruscan, Linear A, Proto-Elamite, Rongorongo, Zapotec, Isthmian and Indus Valley scripts, and the Phaistos disc)

Ventris, Michael, 'A note on decipherment methods', *Antiquity*, 27, 1953

最早的字母

Cambridge Archaeological Journal, 2, 1992 (feature devoted to Powell, *Homer and the Origin of the Greek Alphabet* – see below)

Cook, B. F., *Greek Inscriptions*, 1987

Gardiner, Alan H., 'The Egyptian origin of the Semitic alphabet', *Journal of Egyptian Archaeology*, 3, 1916

Hawkins, David, 'The origin and dissemination of writing in western Asia', in *The Origins of Civilization*, (P. R. S. Moorey ed.), 1979

Jeffery, L. H., *The Local Scripts of Archaic Greece*, 2nd edition, 1990

Moscati, Sabatino, *The Phoenicians*, 1988

Naveh, Joseph, *Early History of the Alphabet*, 1982

Powell, Barry B., *Homer and the Origin of the Greek Alphabet*, 1991

Sassoon, John, 'Who on earth invented the alphabet?', *Visible Language*, Spring 1990

從古字母衍生的新字母

Diringer, David, *The Alphabet: A Key to the History of Mankind, 1 and 2*, 3rd edition, 1968

Gardner, William, *Alphabet at Work*, 1982

Healey, John F., *The Early Alphabet*, 1990

Jean, Georges, *Writing: The Story of Alphabets and Scripts*, 1992

Logan, Robert K., *The Alphabet Effect*, 1986

Sacks, David, *The Alphabet: Unraveling the Mystery of the Alphabet from A to Z*, 2003

Safadi, Y. H., *Islamic Calligraphy*, 1978

中文字

Billeter, Jean-François, *The Chinese Art of Writing*, 1990

DeFrancis, John, *The Chinese Language: Fact and Fantasy*, 1984

DeFrancis, John and J. Marshall Unger, 'Rejoinder to Geoffrey Sampson, "Chinese script and the diversity of writing systems"', *Linguistics*, 32, 1994

Hessler, Peter, 'Oracle bones', *New Yorker*, 16 and 23 February 2004

Moore, Oliver, *Chinese*, 2000

Tsien, Tsuen-Hsuin, *Written on Bamboo and Silk*, 2nd edition, 2004

Ye, Chiang, *Chinese Calligraphy*, 3rd edition, 1973

日本文字

Gottlieb, Nanette, *Word-Processing Technology in Japan: Kanji and the Keyboard*, 2000

Saint-Jacques, Bernard, 'The Roman alphabet in the Japanese writing system', *Visible Language*, Winter 1987

Seeley, Christopher, *A History of Writing in Japan*, 1991

Unger, J. Marshall, *The Fifth Generation Fallacy: Why Japan Is Betting Its Future on Artificial Intelligence*, 1987

—— *Ideogram: Chinese Characters and the Myth of Disembodied Meaning*, 2004

從象形文字到字母——再回到從前？

American Institute of Graphic Arts, 'The development of passenger/pedestrian oriented signals for use in transportation-related facilities', *Visible Language*, Spring 1975

Boone, Elizabeth Hill, 'Beyond writing', 2004, in Houston (ed.), *The First Writing* – see Introduction

Hollis, Richard, *Graphic Design: A Concise History*, 1994

Mead, Margaret and Rudolf Modley, 'Communication among all people, everywhere', *Natural History*, 77, 1968

Sagan, Carl, *The Cosmic Connection*, 1972

Taylor, Insup and David R. Olson (eds), *Scripts and Literacy: Reading and Learning to Read Alphabets, Syllabaries and Characters*, 1995

附錄：新千禧年的文字

Agostiniani, Luciano and Francesco Nicosia, *Tabula Cortonensis*, 2000 (in Italian)

Bagley, Robert W., 'Anyang writing and the origin of the Chinese writing system', 2004, in Houston (ed.), *The First Writing* – see Introduction

Baines, John, 'The earliest Egyptian writing: development, context, purpose', 2004, in Houston (ed.), *The First Writing* – see Introduction

Bottéro, Françoise, 'Writing on shell and bone in Shang China', 2004, in Houston (ed.), *The First Writing* – see Introduction

Englund, Robert K., 'The state of decipherment of proto-Elamite', 2004, in Houston (ed.), *The First Writing* – see Introduction

Hiebert, Fredrik T., 'The context of the Anau seal', *Sino-Platonic Papers*, 124, 2002 (published by the University of Pennsylvania)

Li Xueqin, Garman Harbottle, Juzhong Zhang and Changsui Wang, 'The earliest writing? Sign use in the seventh millennium BC at Jiahu, Henan Province, China', *Antiquity*, 77, 2003

Parpola, Asko, 'Study of the Indus script', *Transactions of the International Conference of Eastern Studies*, 50, 2005 (proceedings of a conference in Tokyo)

Subramanian, T. S., 'Significance of Mayiladuthurai find', *The Hindu* (newspaper), 1 May 2006

圖片出處

Unless specified otherwise, illustrations on the following pages are by Tracy Wellman: 22, 29, 30, 31, 32, 33, 35, 40, 48, 64, 65, 75, 79, 86, 87, 96, 97, 100, 101, 104, 105, 110, 111, 114, 115, 116, 127 (adapted from Schele and Freidel, *A Forest of Kings*, 1990), 147, 148, 149, 161, 163, 178.

Illustrations on the following pages are reproduced courtesy of Michael Coe: 124–25, 126, 128–29, 130–31, 134–35, 136 (below), 137, 143 (below).

Illustrations on the following pages are reproduced courtesy of H. Nissen: 62–7, 87, 89. All maps are by Annick Petersen.

序

6 Wallpainting from Karashahr, China, 10th century. Copyright British Museum. **8** Ramesses II planning the Battle of Kadesh, 1285 BC. Illustration of a relief at Karnak from I. Rosellini, *Monumenti*, 1832–44. **9** Oracle bone, China, c.1500 BC. Copyright British Museum. Stone seal, Mohenjo-daro, c. 2000 BC. Photo Enja Lahdenperä for the University of Helsinki, © National Museum of India. **10** Relief with scribes recording the dead. Assyrian, 8th century BC. Copyright British Museum. **11** Section of the Dresden Codex from E. Förstemann, *Die Maya-Handschrift der Königlichen Bibliothek Öffentlichen zu Dresden*, 1892. **12** Angels recording the deeds of men. Illumination from al-Qazwini, *The Wonders of Creation*, Iraq, 1280. Bayerische Staatsbibliothek, Munich. **13** Kemal Atatürk teaching the Roman script. Photo Ministry of Information, Istanbul. **14** Cultural Revolution, China, mid-1960s. Photo *China Pictorial*. **17** Three signs (below) designed for Stansted airport, 1990–91. Pentagram.

I 文字是如何運作的

18 Vase showing the life of the Sun-god. Yaloch, Guatemala. Painting by Annie C. Hunter, courtesy University Museum, Philadelphia. Box from Tutankhamun's tomb. Thebes, 14th century BC. Egyptian Museum, Cairo. Ägyptisches Museen Staatliche Museum Preussischer Kulturbesitz, Berlin. Photo Margarete Büsing.

第一章 解讀羅賽塔石碑

20 The Rosetta Stone. Egyptian, c. 196 BC. Copyright British Museum. **21** Woodcut from C. Giehlow, *Die Hieroglyphenkunde*, 1915. Woodcut from *De Sacris Aegyptiorum notis*, 1574. Woodcut from *Hori Apollinis Selecta hieroglyphica*, 1599. Vulture. Painted Egyptian relief. Photo Jean Vertut. **22** Obelisk in Piazza della Minerva, Rome. Egyptian, 6th century BC. © Photo Peter Clayton. The Minervan obelisk. Engraving from A. Kircher, *Obeliscus Aegyptiacus*, 1666. Sceptre sign. Drawing from the coffin of Sebko. Egyptian, Middle Kingdom. Sceptre sign interpreted as a stork. Woodcut from P. Valerianus, *Hieroglyphica*, 1556. **23** Pastoral letter on an ostracon. Thebes, 6th century AD. Copyright British Museum. **24** Dominique Vivant Denon on a bronze medallet, 1808. Collection Peter Clayton. © Photo Peter Clayton. **24–5** Thebes. Engraving from *Description de l'Egypte*, vol. III, 1823. **26** Thomas Young. Engraving after Thomas Lawrence. © Photo Peter Clayton. **27** Page from Thomas Young's diary. By permission of the British Library. **28** The Philae obelisk, Kingston Lacey. Photo Emily Lane. Four cartouches. Engravings from J.-F. Champollion, *Précis du Système Hiéroglyphique des Anciens Egyptiens*, 1828. **29** J.-F. Champollion from *Académie des Inscriptions*, vol. 25, 1921–22. **30** Cleopatra and her son Caesarion. Relief, 1st century AD, on the temple of Hathor, Dendera. © Photo Peter Clayton. Champollion's name in demotic from J.-F. Champollion, *Lettre à M. Dacier* in *Académie des Inscriptions*, vol. 25, 1921–22.
31 'Tableau des Signes Phonétiques', October 1822. Facsimile in J.-F. Champollion, *Lettre à M. Dacier* in *Académie des Inscriptions*, vol. 25, 1921–22. **32** The Temple of Abu Simbel, inaugurated 1256 BC. © Photo Peter Clayton. **33** Six cartouches of Ramesses II. Engraving from J.-F. Champollion, *Précis du Système Hiéroglyphique des Anciens Egyptiens*, 1828. **34** Lid of Tutankhamun's alabaster box. Thebes, 14th century BC. Egyptian Museum, Cairo. Miniature coffin for Tutankhamun's intestines. Thebes, 14th century BC. Egyptian Museum, Cairo. Photo The Griffith Institute, Ashmolean Museum, Oxford. **35** Lid of a box with Tutankhamun's name. Thebes, 14th century BC. Egyptian Museum, Cairo. Photo The Griffith Institute, Ashmolean Museum, Oxford.

第二章 聲音、符號與文字

36 Table of scripts after DeFrancis, *Visible Speech*, 1989. **37** Masthead of *Le Maître Phonétique*, 1914. **38** American deaf signing from Scott K. Liddell, *American Sign Language Syntax*, Mouton de Gruyter, The Hague 1980. **40** George Bernard Shaw. Photo Irish Tourist Board. **41** Sign in Soho, London. Photo Rob Campbell. Extract from physics text courtesy F. N. H. Robinson. **42** Rebus from G. Palatino, *Libro Nuovo*, c. 1540. Rebus letter by Lewis Carroll, c. 1869, from Evelyn M. Hatch, *A Selection from the letters of Lewis Carroll to his Child-Friends*, 1933. Sumerian tablet, c. 3000 BC. Illustration from A. A. Vaiman, *Über die protosumerische Schrift. Acta Antiqua Academiae Scientiarum Hungaricae 22*, 1974. **43** Samuel Pepys. Engraving from S. Pepys, *Memoires Relating to the State of the Royal Navy*, 1690. Last page of Samuel Pepys's diary, 1669. The Master and Fellows of Magdalene College, Cambridge. **45** Advertisement from *l-orizzont*. It-Tlietla, 20 September 1994. Osmanian alphabet from David Diringer, *The Alphabet*, London 1968. **46** Inscription from statue of Darius. Susa, 6th–5th century BC. Archaeological Museum Tehran. **47** Sumerian-Akkadian tablet, c. 1750 BC. Illustration from M. Civil and R. Biggs, *Notes sur des textes sumériens archaïques, Revue d'Assyriologie*, 60, 1966. Crowd with banners on the Mount of Olives, Jerusalem, 1918. Photo Imperial War Museum. Commemorative rubbing by Mao Zedong, c. 1953, from DeFrancis, *The Chinese Language*, 1984. **48** Planting rice in China. Photo from Gerhard Kiesling and Bernt von Kügelgen, *China*, Verlag Neues Leben 1957.
49 Woman praying before the character 'fo'. © Wang Miao/ANA, Paris. **50** 12 signs (above) from DeFrancis, *The Chinese Language*, 1984. 18 signs from *Reading the Past*, British Museum Press, 1990. Copyright British Museum. **51** M. C. Escher, *Metamorphosis III* (detail). Woodcut, 1967–68. © 1995 M. C. Escher/Cordon Art-Baarn-Holland. All rights reserved.

第三章 原始文字

52 Hand print and dots in a cave, Pech Merle. Photo Jean Vertut. **53** Bison with marks. Marsoulas, France. Drawing by H. Breuil, from *Four Hundred Centuries of Cave Art*, Montignac 1952. Engraved horse. Les Trois Frères, France. Drawing after H. Breuil. **54** Customs officers. Engraving after a 15th century window in Tournai Cathedral. The Mansell Collection. Eagle bones from Le Placard, W. France, c. 13,500 BC. © Alexander Marshack, *The Roots of Civilization*, Moyer Bell Limited, 1991. Tally stick of 1739. Engraving. The Mansell Collection. Tally stick from the British Exchequer. Courtesy of the Governor and Company of the Bank of England. **55** Kupe, Torres Strait Islands. Copyright British Museum. Inca clerk with quipu. Engraving from G. Poma, *Nueva Crónica*, 1613. Quipu, Peru. Copyright British Museum. **56** Pictorial roster of 84 families in the band of Big Road, Oglala Sioux, Dakota. Drawing, before 1883. National Anthropological Archives. The Smithsonian Institution, Washington. Letter from a Cheyenne father. Illustration from G. Mallery, *Picture Writing of the American Indians*, 1893. **57** Yukaghir Love Letter. Illustration after Shargorodskii, 1895. **59** Clay tokens. Susa, c. 3300 BC. Photo courtesy Musée du Louvre, Paris. Leonard Woolley digging at Ur, 1920s. Photo British Museum. **60** Bulla with six tokens. Late Uruk. Musée du Louvre, Paris. © Photo R.M.N. **61** Bulla with seven tokens. Late Uruk. Musée du Louvre, Paris. © Photo R.M.N. Bulla with cuneiform inscription. Nuzi, c. 1500 BC. Courtesy Ernst Lacheman. Bulla and X-ray. Susa, Late Uruk. Photo courtesy Musée du Louvre, Paris. **62** Clay tablet. Late Uruk. Staatliche Museen zu Berlin – Preussischer Kulturbesitz Vorderasiatisches Museum. **63** Tablet relating to administration of barley. Uruk. Photo courtesy of Christie's, London.

64 Black obelisk. Assyrian, 9th century BC. Copyright British Museum.
65 Relief with weighing scene. Kalhu, 9th century BC. Copyright British Museum. 66 Administrative tablet. Archaic script phase III. From the Erlenmeyer collection: State of Berlin. Photo M. Nissen.

II 失傳的文字

68 Boundary stone. Babylonian, c. 1120 BC. Copyright British Museum. Text from the Book of the Dead inscribed on a scarab of Web-Seny, 18th dynasty (1570–1293 BC). Courtesy of the Royal Scottish Museum. Mace head. Babylonian, c. 2250 BC. Copyright British Museum.

第四章　楔形文字

70 Impression of a seal of Ur-Nammu (2112–2095 BC). Copyright British Museum. Darius hunting lions. Impression of a seal. Iraq, c. 500 BC. Copyright British Museum. 72 Stairway of the Palace of Darius, Persepolis. Photo courtesy of the Oriental Institute, University of Chicago. Religious ceremony at Persepolis. Engraving from T. Hyde, *Historia Religionis*, 1700. 73 Carsten Niebuhr. Engraving. Photo Det Kongelige Bibliotek, Copenhagen. Inscription from Persepolis. Engraving from C. Niebuhr, *Reisebeschreibung nach Arabien*, 1774. 74 Decipherment by Georg Grotefend. Engraving from A. H. L. Heeren, *Ideen über die Politik*, 1815. Portrait of George Grotefend from E. A. Wallis Budge, *The Rise and Progress of Assyriology*, 1925. 76 The rock at Behistun. Engraving from E. Flandrin and P. Coste, *Voyage en Perse*, 1851. 77 Portrait of Henry Rawlinson. Mezzotint after Henry Wyndham Philips, 1850. The inscriptions and relief at Behistun. Lithograph after Rawlinson, from *The Persian cuneiform inscription at Behistun*, 1846. 78 Clay cylinder of Tiglath-Pileser I (1120–1074 BC). Assyrian. Copyright British Museum. 80 Statue of Gudea. Sumerian, c. 2100 BC. Musée du Louvre, Paris. Brick inscription of Ur-Nammu (2112–2095 BC). Sumerian. Copyright British Museum. Impression of a cylinder seal inscribed to Ibni-Amurru. Babylonian, 18th century BC. Copyright British Museum. Impression of a cylinder seal with Pu-abi. Ur, c. 2600 BC. Copyright British Museum. 81 Gold plaque of Darius from Persepolis, 6th century BC. Archaeological Museum, Tehran. Cone inscription of Ur-Bau (2155–2142 BC), Lagash. Copyright British Museum. 82–83 School tablet. Old Babylonian period. Copyright British Museum. 83 Writing in cuneiform. Photos courtesy Marvin A. Powell. 84 Two tablets, c. 3000 BC and c. 2100 BC. Copyright British Museum. 85 Tablet, c. 600 BC. Copyright British Museum. Stele of Hammurabi. Susa, c. 1760 BC. Musée du Louvre, Paris. © Photo R.M.N. 86 Tablet with multiplication table. Old Babylonian. Copyright British Museum. 87 Tablet recording the distribution of seed grain. Old Sumerian. Photo courtesy Musée du Louvre, Paris.
88 Tablet concerning field ownership from Shuruppak, c. 2600 BC. Staatliche Museen zu Berlin – Preussischer Kulturbesitz Vorderasiatisches Museum. Photo G. Stenzel. 90 Tablets in the library at Ebla, c. 2300 BC. Photo Paolo Matthiae. 91 The Tarkondemos seal. Copyright British Museum. 'Squeeze' of a Hittite inscription from Carchemish from D. G. Hogarth, *Carchemish*, 1914.

第五章　埃及象形文字

92 Narmer palette. Egyptian, c. 3200 BC. Egyptian Museum, Cairo. Part of a letter in hieratic script with comparative hieroglyphs. All rights reserved, the Metropolitan Museum of Art, New York. 94–95 False door of Khut-en-Ptah. Egyptian, c. 2000 BC. Staatliche Museen Preussischer Kulturbesitz Ägyptisches Museum, Berlin. 98 Wooden mirror case from Tutankhamun's tomb. Thebes, 14th century BC. Egyptian Museum, Cairo. Boltin Picture Library. 99 Relief from the temple of Amun-Re. Karnak, 1965–20 BC. © Photo Peter Clayton. 100 Thoth from the funerary papyrus of Sety I. Memphis, c. 1310 BC. Copyright British Museum. 102–103 Section from the funerary papyrus of Pawiaenadja, 1000–800 BC. Staatliche Museen zu Berlin – Preussischer Kulturbesitz Ägyptisches Museum und Papyrussammlung. Photo Dr G. Murza. 105 Tile inlaid with the name of Ramesses II, c. 1250

BC. Staatliche Sammlung Ägyptischer Kunst, Munich. 106 Egyptian scribe. Saqqara, 5th century BC. Musée du Louvre, Paris. Signs for a scribe from G. Möller, *Zeitschrift des Deutschen Vereins für Buchwesen und Schrifttum*, II, 1919. 107 Hesire. Relief carving from Saqqara, c. 2700–2650 BC. Egyptian Museum, Cairo. Hirmer Fotoarchiv. Tutankhamun's writing implements. Thebes, 14th century BC. Egyptian Museum, Cairo. Photo The Griffith Institute, Ashmolean Museum, Oxford. Writing implements. Staatliche Museen zu Berlin – Preussischer Kulturbesitz Ägyptisches Museum und Papyrussammlung.

第六章　線性文字B

108 Arthur Evans. Painting by W. B. Richmond, 1907. © Ashmolean Museum, Oxford. 109 'The Room of the Throne' from A. Evans, *Palace at Minos*, vol. IV, 1935. Photo of Linear B tablet published by A. Evans in *American British School in Athens*, VII, 1900. 111 Gold double-axe. Minoan, c. 1500 BC. Iraklion Archaeological Museum. Hirmer Fotoarchiv. 112 Cypriot inscription. Copyright British Museum. 113 Horse tablet from Chadwick, *The Decipherment of Linear B*, 1958. Sanctuary of Aphrodite, Paphos, Cyprus. Photo courtesy Professor Franz Georg Maier. 115 Michael Ventris in 1937. Photo R. & H. Chapman, Buckingham. Grid from Michael Ventris, *Work Notes on Minoan Language Research and Other Unedited Papers*, ed. Anna Sacconi, 1988. 117 Grid from Michael Ventris, *Work Notes on Minoan Language Research and Other Unedited Papers*, ed. Anna Sacconi, 1988. 118 Linear B tablet. Pylos, 13th century BC. 119 Sign drawings by Ventris from *Archaeology*, Spring 1954. Ventris at work. Photo by Tom Blau. Camera Press London.

第七章　馬雅的字符

120 Section of the Dresden Codex from E. Förstemann, *Die Maya-Handschrift der Königlichen Öffentlichen Bibliothek zu Dresden*, 1892. 121 Eric Thompson. Photo courtesy George Stuart and the National Geographic Society. Photo Otis Imboden. 123 Copán in the late 8th century AD by T. Proskouriakoff. Courtesy Peabody Museum, Harvard University. Drawing by Barbara Fash, from William Fash, *Scribes, Warriors and Kings*, 1991. 124 Drawing below right from David Kelley, *Deciphering the Maya Script*, University of Texas Press, 1976. 125 Rabbit drawing a codex. Drawing by Diana Griffiths Peck. 128 Section of the Dresden Codex from E. Förstemann, *Die Maya-Handschrift der Königlichen Öffentlichen Bibliothek zu Dresden*, 1892. 129 Statuette of the young maize god. Copán. Courtesy American Museum of Natural History, New York. 131 The 'Church'. Chichén Itzá. Photo Irmgard Groth. Portrait of Fray Diego de Landa from *Relación de las Cosas de Yucatán*, 1941. 132 Yuri Valentinovich Knorosov. Photo Michael Coe. 133 Section of the Dresden Codex from E. Förstemann, *Die Maya-Handschrift der Königlichen Öffentlichen Bibliothek zu Dresden*, 1892. 134 Lintel with bloodletting scene. Yaxchilán, AD 770. Copyright British Museum. 3 drawings (above) from Stephen D. Houston, *Maya Glyphs*, British Museum Press, 1989. 136–7 Cylinder vase. Nakbé Region, Guatemala, c. 672–830. © Justin Kerr. 138 Mosaic mask. Temple of Inscriptions, Palenque, AD 683. Merle Greene Robertson copyright 1976. 139 Lid of Pacal's sarcophagus. Temple of Inscriptions, Palenque, AD 683. Merle Greene Robertson copyright 1976. 140–141 Glyphs from the edge of Pacal's sarcophagus. Temple of Inscriptions, Palenque, AD 683. Drawings and photographs Merle Greene Robertson copyright 1976. Pacal's name in glyphs drawn by John Montgomery. 142 Mural. Room 2, Bonampak, late 8th century AD. Drawing byAntonio Tejeda. Courtesy Peabody Museum, Harvard University. Reproduced in Mary Miller, *The Murals of Bonampak*, Princeton University Press, 1986. 143 Cacao pot, Rio Azul. Courtesy George Stuart. Photo by George Molley. Glyph drawings by David Stuart.

第八章　尚未譯解的文字

144 Zebu seal. Mohenjo-daro, 2500–2000 BC. Photo Erja Lahdenperä for the University of Helsinki. © National Museum of India. 146 Priest-king.

Mohenjo-daro, c. 2000–1750 BC. Museum of Pakistan, Karachi. **147** Seals from Mohenjo-daro. Photos Erja Lahdenperä for the University of Helsinki. © Archaeological Survey of India. **148** Drawing (right) from *World Archaeology*, February 1986. **149** Cretan seals from A. Evans, *The Palace at Minos*, vol. IV, 1935. **150** Phaistos disc. Crete, not later than c. 1700 BC. Iraklion Archaeological Museum. **151** Proto-Elamite tablet. Musée du Louvre, Paris. Tablet with biscript dedication. Susa, c. 2200 BC. Musée du Louvre, Paris. **153** Gold tablets. Pyrgi, c. 500 BC. Museo di Villa Giulia, Rome. Photo Scala. **154** Mirror. Etruscan, 3rd century BC. Etruscan gems. Hercle, c. 400 BC; Achle, 500–400 BC. Drawings from *Reading the Past*, 1990. Copyright British Museum. Sarcophagus of Seianti Hanunia Tlesnasa. Chiusi, c. 150 BC. Copyright British Museum. **155** Rongorongo board. Easter Island. Copyright British Museum.

II 仍在使用的文字

156 Base of Trajan's Column, Rome. Photo J. C. N. Coulston.

第九章　最早的字母

158 Souk in Aleppo. Photo Michael Jenner. **159** Illustrations from Rudyard Kipling, *Just So Stories*, 1902. **160** Sandstone sphinx. Serabit el-Khadim, Sinai, 15th century BC. Copyright British Museum. Inscriptions from William Foxwell Albright's *The Proto-Sinaitic Inscriptions and their Decipherment*, *Harvard Theological Studies*, vol. 22, 1966. Copyright 1966 by the President and Fellows of Harvard College. Reprinted by permission. **162** Literary tablet. Ugarit, c. 14th century BC. Copyright British Museum. Bilingual seal of Mursilis III. Ugarit. Hirmer Fotoarchiv. **163** Bronze statuette of a god. Ugarit. Copyright British Museum. Silver statuette. Ugarit, 15th–13th century BC. Aleppo Museum. School tablet. Drawing by C. Virolleaud in *Le Palais Royal d'Ugarit*, vol. II, 1957. **164** Phoenician ship on wall relief from the Palace of Sencherib (705–681 BC), Nineveh. Engraving in A. H. Layard, *Monuments of Nineveh*, 1849. Ostracon from Izbet Sartah. Drawing from F. M. Cross, *Bulletin of the American School of Oriental Research*, no. 238, 1980. Inscription from Byblos. Illustration from M. Dunand, *Byblia Grammata*, 1945. **165** Phoenician inscription on stone (above). Idalion, 391 BC. Copyright British Museum. Inscription (middle) from Donner and Röllig, *Kanaanische und Aramäische Inschriften III*, 1969. Inscription (below) from M. Lidzbarski, *Ephemeris für semitische Epigraphik III*, 1915. **167** Greek inscription on a limestone base, 6th century BC. All rights reserved, the Metropolitan Museum of Art, Rogers Fund, 1916 (16.174.6). Attic jug with inscription, 8th century BC. National Museum, Athens. Photo DAI, Athens.

第十章　從古字母衍生的新字母

168 Bucchero-ware jug in the shape of a cock. Viterbo, 7th–6th century BC. The Metropolitan Museum of Art, Fletcher Fund, 1924. **171** Page from the Book of Kells, before AD 807. Courtesy of the Board of Trinity College, Dublin. Page from the Gospels of Tsar Ivan Alexandre. Bulgaria, 1355–56. By permission of the British Library. **172** Dead Sea Scroll. Title page of the Manual of Discipline, mid-1st century AD. Palestine Archaeological Museum. **173** Scribal implements, 19th century. Courtesy of the Isaac Kaplan Old Yishuv Court Museum, Jerusalem. **174** Detail from the Koran. Iraq, 1304. Shi'ah prayer. Calligraphy by Muhammad Fatiyab, early 19th century. Musée de l'histoire naturelle, Paris. Wine-bowl with kufic script. Seljuq, early 11th century. Copyright British Museum. **175** Film poster by Satyajit Ray, 1960. Courtesy Satyajit Ray. Fragment of pillar with the edict of Ashoka. Central India, 3rd century BC. Copyright British Museum. Part of so-called Velvikudi grant. Copper plate, Madakulam, 769–70 AD. By permission of the British Library. **176** Explanation of Hangul by King Sejong. Modern facsimile. By permission of the British Library. **178** Runic merchants' labels. Bergen, 12th century AD. University Museum of National Antiquities, Oslo, Norway. **179** Hunterston brooch. Early 8th century. © Trustees of the National Museums of Scotland 1995. Ring. Lancashire, 9th century. Copyright British Museum. Panel from the Franks Casket. Ivory

box, c. AD 700. Copyright British Museum. **180** Portrait of Sequoya by Charles Bird King, early 19th century. Library of Congress Washington. Cherokee alphabet of 1821. By courtesy of the American Tourist Board. **181** Letters from Geoffroy Tory, *Champ-fleury auquel est contenu l'art et la science de la vraie proportion des lettres*, 1529.

第十一章　中文字

182 Student in a calligraphy class in Canton Middle School. Photo Rupert Harrison. Camera Press London. **183** Oracle bone rubbing from reign of Wu Ting, c. 1200–1180 BC. **184** Illustrations from J. F. Billeter, *The Chinese Art of Writing*, Editions d'Art Albert Skira S.A. Geneva, 1990. **185** Rubbing from an inscribed bronze vessel. Chinese, Western Zhou period, 1050–771 BC. Copyright British Museum. Characters from DeFrancis, *The Chinese Language*, 1984. **187** Pages from the Xinhua Dictionary, 1990. **188** Photo from W. E. Soothill, *A Mission in China*, 1907. **192** Inkstone. Hopei province. Private collection. Chinese calligraphy brushes. Private collection. From J. F. Billeter, *The Chinese Art of Writing*, Editions d'Art Albert Skira S.A. Geneva, 1990. **193** Chen Hongshou, 'The Four Joys of Nan Sheng-lu'. © Foto Wettstein & Kauf, Museum Rietberg, Zurich. **194** From J. F. Billeter, *The Chinese Art of Writing*, Editions d'Art Albert Skira S.A. Geneva, 1990. **195** The character 'shou' by Wu Changshuo, 1923. From J. F. Billeter, *The Chinese Art of Writing*, Editions d'Art Albert Skira S.A. Geneva, 1990. **196** A children's class in China. © Sally and Richard Greenhill, London. **197** A Chinese typewriter. Photo B. Lang. Detail from map of Beijing. © RV Reise- und Verkehrsverlag. © Cartography: Geo Data.

第十二章　日本文字

198 Page from *Kojiki*, *Ancient history of Japan*, completed in AD 712. Copy printed in 1803. By permission of the British Library. **200** Japanese crammer. Photo Jung Kwan Chi. Camera Press London. **204–5** 'The letter in the wind.' Japanese woodblock by Torii Kiyohiro, 1751–64. Copyright British Museum. Bookseller. Japanese woodblock, Torii Kiyonobu. 18th century. Copyright British Museum. Japanese Cornflakes packet, 1985. Kellogg Company of Great Britain Limited. **208** Street sign. Japanese National Tourist Organisation. Kanji from J. Marshall Unger, *The Fifth Generation Fallacy*, Oxford University Press, New York, 1987.

第十三章　從象形文字到字母——再回到從前？

210 Signage developed by the Institute of Graphic Arts for U. S. Department of Transportation. **212** Coca-Cola logos. Photo courtesy of Coca-Cola Great Britain and Ireland. Coca-Cola and Coke are registered trademarks which identify the same product of the Coca-Cola Company. Symbols for the 1972 Olympics by Otl Aicher. **213** Gypsy and hobo signs from Albertine Gaur, *A History of Writing*, British Library, revised edition 1993. **214** Poster for *Schindler's List* © 1993 Universal City Studios, Inc. & Amblin Entertainment, Inc. **215** Inscription by Ralph Beyer, 1980s. Courtesy of Ralph Beyer. **216** Diagram engraved on a plate sent into space on *Pioneer 10* 1972. Photo NASA. Cave painting of an ox, Font de Gaume. Drawing by H. Breuil, from *Four Hundred Centuries of Cave Art*, Montignac 1952.

附錄：新千禧年的文字

218 Bone tags from tomb U-j, Abydos, Egypt, c. 3200 BC. Courtesy Deutsches Archäologisches Institut, Cairo. **220** 'The Da Vinci Highway Code' cartoon, 2004. Reproduced by kind permission of Private Eye/Mike Barfield. **221** Tabula Cortonensis, 3rd or 2nd century BC. Florence, Museo Archeologico. **222** Tabula Cortonensis, drawing of side A. Luciano Agostiniani and Francesco Nicosia. **224** Egyptian inscription from Wadi el-Hol, Egypt, c. 1900–1800 BC. Digital image from a photograph by Bruce Zuckerman and Marilyn Lundberg, West Semitic Research. Courtesy Department of Antiquities, Egypt. **225** Chinese pottery signs from Yangshao culture, c. 5000–4000 BC. *Antiquity* 1995. Seal from Turkmenistan, late 3rd millennium BC. Fred Hiebert.

圖解
文字的祕密：從甲骨文、羅賽塔石碑到表情符號，重新
認識文字穿越時空的演變史

2017年6月初版　　　　　　　　　　　　　　　　　定價：新臺幣600元
2020年5月初版第二刷
有著作權‧翻印必究
Printed in Taiwan.

著　　　者	Andrew Robinson	
譯　　　者	洪　世　民	
叢書主編	李　佳　姍	
校　　　對	吳　淑　芳	
封面設計	廖　　　韡	

出　　版　　者	聯 經 出 版 事 業 股 份 有 限 公 司	副總編輯	陳　逸　華
地　　　　　址	新北市汐止區大同路一段369號1樓	總 經 理	陳　芝　宇
叢書主編電話	（02）86925588轉5320	社　　長	羅　國　俊
台北聯經書房	台 北 市 新 生 南 路 三 段 9 4 號	發 行 人	林　載　爵
電　　　　話	（ 0 2 ） 2 3 6 2 0 3 0 8		
台 中 分 公 司	台 中 市 北 區 崇 德 路 一 段 1 9 8 號		
暨 門 市 電 話	（ 0 4 ） 2 2 3 1 2 0 2 3		
台中電子信箱	e-mail：linking2@ms42.hinet.net		
郵 政 劃 撥 帳 戶 第 0 1 0 0 5 5 9 - 3 號			
郵 撥 電 話 （ 0 2 ） 2 3 6 2 0 3 0 8			
印　 刷 　者	文 聯 彩 色 製 版 印 刷 有 限 公 司		
總 經 銷	聯 合 發 行 股 份 有 限 公 司		
發 行 所	新北市新店區寶橋路235巷6弄6號2樓		
電　　　話	（ 0 2 ） 2 9 1 7 8 0 2 2		

行政院新聞局出版事業登記證局版臺業字第0130號

國家圖書館出版品預行編目資料

文字的祕密：從甲骨文、羅賽塔石碑到表情符號，
　重新認識文字穿越時空的演變史/ Andrew Robinson著 .
　洪世民譯 . 初版 . 新北市 . 聯經 . 2017年6月（民106年）.
　232面 . 19×25.5公分（圖解）
　譯自：The story of writing
　ISBN　978-957-08-4963-9（平裝）
　[2020年5月初版第二刷]

　1.文字　2. 字母　3.歷史

800.9　　　　　　　　　　　　　　　　　106008748